好運綿綿

3

完

文創風 869

采采 著

風文創 869

目錄

第五十一章

姜錦魚本來不想多費口舌，可對王氏這樣的婆婆，倒是覺得十分難得，想了想，便勸慰她道：「想來是緣分未到的緣故，既然堂嫂、堂兄身子都沒什麼問題，孩子遲早是能有的。您放寬心，也勸堂嫂放寬心，堂兄、堂嫂都還年輕，負擔那麼重做什麼？最不濟就像您所說，大不了過繼。再說了，指不定您今兒一回去，下個月就有喜訊了呢。可您要問我有什麼生孩子的秘方，我確實是沒有。」

王氏不死心，失落道：「真沒有啊？妳使勁兒想想，指不定就想出來了呢。」

怎麼能憑空想出什麼？姜錦魚失笑，但看王氏看著自己，猶如看著一根救命稻草，設身處地想一想，那位只見過幾面的堂嫂五年沒有動靜，只怕心裡負擔也很重，便道：「那要不，我把瑾哥兒和瑞哥兒用過的小衣裳，送您一、兩件？」

王氏聽了喜上眉梢，恨不得立刻跟著姜錦魚回家取。「那敢情好啊！這哥哥帶著弟弟跑，一帶一大串啊。妳又是生雙胞胎，也讓我兒媳婦沾沾妳的喜氣！」

這小衣裳也就是一個心理安慰，姜錦魚答應得順口，也沒放在心上，倒是王氏感激萬分，一頓宴下來都跟著她，似乎生怕她忘了。

酒宴結束，姜錦魚便和王氏一起回了家中，取了兩件瑾哥兒和瑞哥兒穿過的小衣裳。

王氏迫不及待接了過去，然後喜孜孜道：「我這就回去，把這小衣裳壓在兒媳婦枕頭下，指不定今年我就能做祖母了！」

然後，匆匆謝過姜錦魚，便急急忙忙抱著兩件小衣裳趕回府裡去了，看那樣子，還以為是拿了什麼金銀珠寶，生怕被人搶走似的。

這事姜錦魚也沒放在心上，小衣裳送出去了，她也沒當一回事，畢竟這是別人的家事，她不會特意打聽。

過了兩個多月，瑾哥兒和瑞哥兒已經半歲了，姜錦魚把他們養得很好，兩個小寶貝都是白白嫩嫩的，小臉圓圓的、大眼睛忽閃忽閃的，把府裡上上下下都給收服了。

尤其是顧嬤嬤和福嬤嬤兩個，張口閉口就是「瑾少爺、瑞少爺」。

五月中旬的時候，顧軒和王寧正式辦親事了。

還是跟先前訂親一樣，王氏只派了王寧的兄長過來送嫁妝，為了方便，便直接在盛京的一個宅子裡出嫁，沒有特意趕回泰郡。

姜錦魚和顧衍作為兄嫂，理所當然要出席，胡氏素來不樂意他們插手顧軒的事情，姜錦魚也索性樂得清閒，只要成親當日去喝個喜酒便行了，不用太費什麼勁兒，倒給她省了不少事。

顧軒、王寧成親那一日，姜錦魚帶著兩個兒子，和顧衍一起去了顧府主宅。這兩人一進門，郎才女貌，還抱了一對玉雪可愛的小寶寶，讓大家眼紅得不行。

這是瑾哥兒和瑞哥兒第一次出門，對於兒子的第一次出場，姜錦魚還是很放在心上。為了符合今日成親的場合，特意給兒子們穿了一模一樣紅色小衣裳，戴上虎頭帽，穿了軟底的小虎頭鞋，上頭的小老虎栩栩如生，雄赳赳、氣昂昂的，又氣派、又吉祥。

沒見過還不如何稀罕，可一見到雙胞胎，眾人才忍不住羨慕起來，連年紀不大的顧酉都忍不住過來說：「大哥，小姪兒能讓我抱抱不？」

面對兄弟的羨慕，顧衍難得與他說笑。「不行，你想抱，何不自己生去？」

顧酉頓時牙酸，大哥這是明目張膽的炫耀自家兒子啊！顧酉還真想硬氣一回，但是扭頭一看白嫩嫩的小姪兒，又萎了。

硬氣不起來啊……他也想生對雙胞胎，可他媳婦都還沒影兒呢！

再說了，雙胞胎也不是那麼容易就生得了的好嗎？

還是姜錦魚看不下去，把懷裡的瑞哥兒遞上，給顧酉抱著過了把乾癮。

顧酉抱著小姪兒過夠了乾癮，才戀戀不捨把瑞哥兒送回嫂嫂懷裡。

姜錦魚抱著瑞哥兒，顧老太太身邊伺候的嬤嬤過來請她過去。喜宴也還早，連接親都沒開始，她索性一口答應下來。

等到要走的時候呢，原本還在顧衍懷裡的瑾哥兒不幹了，非要跟著娘去。

嬤嬤知道老太太疼兩個重孫兒，見狀便建議道：「不如一起抱到老太太那兒去吧，這前頭等會兒要點爆竹，老太太那兒清靜些。」

姜錦魚想了想，也覺得是，便示意顧嬤嬤把瑾哥兒抱過來，跟著一起去找顧老太太。

顧老太太等得望眼欲穿，一見他們來了，迫不及待起身，喜盈盈道：「快進來，快過來坐！」

姜錦魚也知道老太太這是惦記重孫兒了，便也走近了，方便祖母看。

且兩個小的也很給面子，眼珠子骨碌碌的轉，不哭不鬧、白白嫩嫩，看起來又乖巧、又機靈。顧老太太頓時心花怒放，嘴都差點咧到耳後去了。

姜錦魚見狀，將懷裡抱著的瑞哥兒送過去。「祖母，您來抱抱。」

顧老太太頓時又驚又喜，一邊小心翼翼伸手接過孩子，嘖嘖道：「這是瑞哥兒吧？妳懷裡那個是瑾哥兒？這哥兒倆瞧著倒是像，不過瑞哥兒的眉毛像妳些，瑾哥兒的像他爹，更英氣些。」

說完，她一會兒看看大的，一會兒看看小的，簡直覺得自己的眼睛都不夠用了，目不轉睛，那個稀罕的模樣，就甭提了。

領著兒子們哄了一會兒祖母，姜錦魚就聽到外頭吹鑼打鼓的聲響遠遠傳過來。

「怕是軒哥兒的媳婦來了。」顧老太太側耳一聽，估摸著時間說道。

話音剛落，便有婆子進來，說要請他們去觀禮了。

堂。

來到前廳，鑼鼓聲響已經停了，新婦也被迎進門，正被喜娘扶著站在正廳中間，等著拜堂。

顧軒則站在新婦身邊。

顧家人的長相都不差，顧軒也算生得風度翩翩、眉目俊秀，只是眉眼間總歸有些青澀。而顧衍像他這樣大時，早已能夠獨當一面了。

新人拜堂，隨後新婦便在眾人的祝福聲中，被送進了後院。

接下來則是喜宴，本來按照盛京的規矩，中午的宴該在女方那邊擺，晚上的宴才在男方這裡擺，但王寧的高堂均在泰郡，這回只來了一個兄長送嫁，自然不好擺酒，乾脆便都由顧家來操持。

不過，看胡氏喜孜孜的神色，她倒是挺樂意操持這些，並不嫌棄事多。

眾人入座了許久，胡氏才姍姍來遲，端著酒杯謝罪道：「讓大家久等了，我自罰一杯。」

今日是胡氏兒子的大喜日子，大家還是很給面子的，皆笑盈盈道：「什麼賠罪不賠罪的？妳今日做婆婆，怕是忙得腳都不沾地了吧？」

胡氏掩嘴一笑，態度中隱隱含著些炫耀，道：「欸，這不也是沒法子的事嗎？我這兒媳婦的娘家遠，在泰郡，他們家又是百年士族，嫁女兒的規矩也多，我寧可多費點心思，也不能讓親家覺得我們沒規矩呀！」

又是泰郡王氏，又是什麼百年士族，長了耳朵的都能聽得出來，胡氏這是在炫耀自己娶了個家世顯赫的兒媳婦。

席上婦人中還真有吃她這一套的，奉承道：「我看軒哥兒就出色，娶的媳婦自然也差不了，這成了家，往後就該立業了，到時候給妳生個孫兒，妳這日子還不美滋滋的？」

胡氏得意一笑，覺得這話真順耳。

可有人樂意奉承她，就有人懶得理她這一套，不過畢竟今日是顧府的喜日子，也沒當眾嗤笑就是。都是族裡人，不會有誰這樣不給面子。

胡氏喜孜孜炫耀完，又笑盈盈道：「我去別的桌看看，今日我實在忙，招待不周的地方，還請多多見諒。」

眾人都樂呵呵的表示無事後，胡氏這才離了這桌，到旁邊一桌去坐著了。

姜錦魚輩分低，自然是與族中同輩的堂嫂、堂弟媳們坐在一起，多是年輕的小娘子，有的年紀稍大個七、八歲，但也都是斯斯文文的，不像別的桌上那樣喧鬧碰杯。

姜錦魚剛挾了一筷子菜，就察覺旁邊有一抹視線落在自己身上，毫無掩飾，她想裝作沒看見都不成，只好扭頭對旁邊人笑笑。

沒等她開口，旁邊人便感激萬分道：「弟妹，我真是要謝謝妳啊！」

姜錦魚聽得一頭霧水，就見那位只有幾面之緣的堂嫂白氏，已經壓抑不住內心的喜悅握住她的手，激動之情溢於言表。「真是太謝謝妳了。上回我婆婆拿了小衣裳回家後，妳猜如何？前幾日我便診出了喜脈！定是沾了妳的福氣！妳真是我的恩人啊，弟妹……」

白氏太激動了，語氣幾乎有點哽咽，姜錦魚仔細回想了一下，才想起自己送出去那兩件小衣裳。

這叫什麼事，居然這麼巧？可這功勞也不能算在她的頭上啊！純粹是巧合吧？

姜錦魚忙道：「實在恭喜，不過這沾福氣什麼的，也就是討個彩頭，算不得數、算不得數。就是湊巧了而已，堂嫂妳的身子本來就沒什麼問題，有孩子不是遲早的事嗎？」

姜錦魚這話說得也沒錯，但白氏五年無子，什麼法子都試了，本來都陷入絕望了，如今好不容易懷上，自然一口咬定，就是姜錦魚帶來的好運。

要不怎麼早不懷上，晚不懷上，偏偏婆婆拿了兩件小衣裳回來，沒三個月她就懷上了呢？

白氏委實太激動了，姜錦魚勸說了好一會兒，白氏的心情才平復下來。

但饒是如此，同桌不少小婦人們也都瞧見了這一幕，甭管膝下有沒有孩子的，都豎著耳朵仔細聽，等聽到族中出了名的「不下蛋的母雞」白氏都懷了孕，個個都先信了三分。看著姜錦魚的目光，也更熱烈了。

姜錦魚招架不住，生怕她們個個都跑來問自己要瑾哥兒和瑞哥兒的衣裳，連忙佯裝沒看見眾人的目光。

幸好在場都是年輕媳婦，就是心裡按捺不住，臉皮也薄，當著眾人的面不敢開口，一時之間都有點失落。

姜錦魚全部當作沒看見，主要是自己真沒有這送子的本事，白堂嫂這事在她看來，純屬湊巧而已。

姜錦魚一心想躲，哪曉得另一張桌上的白氏婆婆王氏，一坐下便喜孜孜把她的「功勞」給宣揚了一番，末了還拍著胸脯自賣自誇道：「得多虧我下手快啊！這雙胞胎多難得啊？得有多大福氣才能平平安安生下來？果不其然，這不就旺著我兒媳了！」

「真有這麼稀奇的事？不會是湊巧吧？」

「這可不一定，這雙胞胎難得，不帶福氣，能平平安安落地嗎？肯定是娘胎裡就帶了福氣……」

與王氏同桌而坐的可不是什麼臉嫩的小媳婦，全都是與她同輩的，這個年紀的人，對這種事更加偏信，且王氏的兒媳婦白氏，五年無子是族裡出了名的，王氏也沒給兒子納妾，族裡人念叨的次數可不少。

如今看王氏這樣言之鑿鑿，面上沒如何表現，可心裡早都信了七、八分了。

家中孫兒、孫女多的，還只是當個樂子聽一聽。可那些家裡只有獨苗，或者親戚裡沒有兒子的，馬上就動心了。

等胡氏招待到這一桌的時候，就發現，她炫耀兒媳婦的時候，眾人一臉尋常，倒是有個嬸子卻莫名其妙問：「可有衍哥兒那兩個兒子用過的衣裳？」
胡氏一臉莫名，繼子一家她都不待見，更別提兩個小的了，看見都覺得煩。
胡氏搖頭，然後就見那發問的嬸子失望道：「那我還是去問問衍哥兒媳婦吧。」
胡氏在這一桌吃了癟，心裡納悶，轉身去另一桌招待去了。

幾日之後，胡氏娘家姐姐特意上門來問她要「孫子的衣裳」時，她終於忍無可忍抱怨。「姐，怎麼連妳也來要？」
胡氏姐姐見她一臉茫然，道：「妳還不知道啊？妳那大兒媳婦顧氏生的雙胞胎帶福，就妳族裡那個白氏，進門五年沒動靜的那個，收了姜氏孩兒的小衣裳，愣是就懷上了！妳甥媳婦妳也知道，進門三年才生了個閨女，我這不是著急嗎？」
胡氏嗤笑出聲。「她有什麼福氣？妳別是被騙了！」
胡氏姐姐道：「我這不是破罐子破摔，活馬當死馬醫了嗎？再說了，進門兩年不到，就平平安安生了雙胞胎，還都是大胖兒子，這叫沒福氣？那我也不知道什麼叫有福氣了。妳要是拿不到，我可就找別人去了。」
說罷，也不等胡氏說什麼，她匆匆告辭走了，留下一肚子氣的胡氏。
胡氏氣還沒消，顧忠青下值回來，一進門，一開口居然就是吩咐。「妳明兒去一趟大兒媳婦那裡。」

胡氏才不樂意去，推託道：「有什麼事，讓下人跑一趟不成嗎？還要我做婆婆的，眼巴巴跑去找兒媳婦啊。」

顧忠青扭頭瞪了她一眼。「什麼事？妳們婦人之間的事情，我能知道？讓妳去妳就去，去顧氏那裡要幾件瑾哥兒和瑞哥兒的衣裳。」

胡氏要被逼瘋了，這一天下來就沒逃開這個話題，忍無可忍。「我不去，誰愛去誰去！我就說那天軒哥兒好好的大喜日子，怎麼個個都發了瘋似的，原來就是姜氏在背後攪亂！大喜日子也要搶風頭，還說什麼有福氣？呵！也不怕風大閃了舌頭！」

說著，也不管顧忠青說什麼，扭頭氣哄哄往外走。

院子裡，昨兒下過雨，青石板上還殘留了些雨水，胡氏一腳踩上去，鞋底跟抹了油似的，一下子滑了一跤。

恰巧經過的十來個灑掃的下人撞見了，生怕被記仇，忙扭開頭裝作沒看見。

胡氏也是倒楣，當眾摔了個淒慘不說，還在家中下人面前出糗，更是氣得不輕。

半夜，尾椎骨開始疼了，胡氏也沒在意，以為是白天磕到了而已，覺得熬一熬就過去了。結果她疼了一夜，連翻個身都疼得齜牙咧嘴，才害怕得不行，找了大夫來看。

大夫一摸脈，順便問了幾句，摸著鬍子道：「估計是尾骨裂了，服藥臥床養病吧。」

胡氏連帶一屋子的下人都傻了，不就是摔了一跤，胡氏又不是什麼七、八十的老人家，怎麼摔一跤就把尾骨摔裂了呢？

但不信又不行，胡氏的確是疼得起不了身，她也算是錦衣玉食大半輩子了，就算近幾年忙著跟琴姨娘鬥法，時不時被繼子順風順水的日子氣得一肚子火，但也沒有吃過這樣的皮肉之苦。

大夫淡定得很，稀奇古怪的病他沒少見，摸著鬍子下結論。「至少臥床一個月，等一個月之後，看恢復的情況。」

然後，又留下幾帖藥，拿了診金走了。

送走大夫，胡氏臥床休息，越想越是一肚子的氣，氣得把茶杯摔了。

「那姜氏果然是個災星，不折不扣的掃把星！活該跟繼子那個剋母的喪門星在一起！」

剛罵完，尾骨又是一陣痛，胡氏連忙消停，老老實實趴在床上歇著。

胡氏這一病，而且病的地方還這麼不文雅，對外只能含糊說是摔傷了。

胡氏生病的消息，尚未傳到姜錦魚耳裡時，她正在哄著瑾哥兒張嘴。

姜錦魚發現瑾哥兒長牙了，小白米粒似的，小小一顆。

因為瑾哥兒最近總是啃手指，以前這孩子可是最愛面子的，突然啃起了手指頭，她自然注意到了。她又哄又騙的，哄得瑾哥兒把嘴張開，仔細一看，果真是長牙了，看起來嫩生生一顆，摸上去卻硬硬的。

看完瑾哥兒，姜錦魚又把小兒子瑞哥兒給抱到懷裡。這孩子愛笑，都不用她哄，直接就笑得咧開嘴，露出一顆小白牙。

小桃在一邊看得新鮮不已，跟看見什麼似的，屏住呼吸，驚喜道：「小少爺們長牙了！夫人，小少爺長牙了！」

姜錦魚失笑，搖頭道：「這有什麼稀奇的？算算日子，也該長牙了。」

全府上下都圍著兩個小寶寶轉，疼得跟眼珠子似的，家裡養得好，瑾哥兒和瑞哥兒都長得結實，生下來半年了，沒病沒災，長牙也很正常。

不過既然長牙了，再過幾個月，輔食也該慢慢讓孩子先習慣了，鍛鍊鍛鍊他們咀嚼的能力。

當然，奶水還是不能斷的，畢竟這麼小的孩子，光靠輔食肯定是不行的。

小桃聽了吩咐，也一本正經點頭，道：「那我這就去和顧嬤嬤、福嬤嬤傳個話，告訴她們小少爺們長牙了。」

至於胡氏摔不摔跤的事，小桃頓時拋諸腦後了。

這天底下，還能有比小少爺長牙了值得關注的事情嗎？

第五十二章

夜裡顧衍回來之後，姜錦魚就把兒子長牙的事拿來說了。

顧衍見妻子眉開眼笑的，彷彿這是什麼了不得的事情，也跟著心情愉悅起來，道：「走，去看看兒子的牙去。」

這會兒去看兒子的牙？兒子都睡了啊！你這個假爹！

姜錦魚傻了，可惜顧衍還真不是說笑，直接就拉著她去側間。

雙胞胎還小，姜錦魚也就沒急著讓他們分房睡，仍是睡在主臥這邊，不過是住在側間，平素就是兩個乳母守著。白天的時候，只要姜錦魚有空，大多是自己帶著。

兩人進屋，雙胞胎兄弟倆睡得正香，一人一個小搖車，蓋著小被子，小臉睡得紅撲撲的，瑞哥兒還流口水，把小枕頭都弄濕了。

伺候瑞哥兒的那個乳母見狀，生怕主家覺得她沒伺候好，忙解釋道：「瑞少爺睡下前才換過枕頭。」

姜錦魚倒沒去怪她，這麼小的孩子流口水是正常的，安撫了她幾句。「沒事，妳們兩個平日都伺候得很仔細。」

又另外囑咐了幾句伺候瑞哥兒的那個乳母。「流涎水正常，不過平素妳還是要多上點心。我讓針線房準備些涎水巾，平時給瑞哥兒胸口塞一張巾子，濕了就及時換掉。另外瑞哥兒這麼流涎水，面霜得用勤快些，每日都塗個兩次。」

又對伺候瑾哥兒的那個吩咐。「瑾哥兒那裡也一樣，妳們兩個多上心些。」

兩個乳母聽了忙點頭，顧家給她們的月銀不少，主家人也不錯，廚房那邊日日送滋補的湯湯水水來，比在別家做乳母舒服多了，兩人自然精心伺候。

說罷，兩個乳母都退了出去。

顧衍走到長子身邊，細細打量，開口道：「長大不少了。」頓了頓，又看了看右邊的小兒子，有點遲疑的問道：「兒子是不是有點胖啊？」

姜錦魚瞪他，眼尾挑起，凶是挺凶的，就是沒什麼威懾力，瞧著軟綿綿的，她道：「你這是胡說什麼？小心讓兒子聽到了！哪裡胖了，明明就剛好。小嬰兒嘛，不都是這樣白白胖胖的。」

顧衍聽罷，仔細想了下，也覺得大概是自己沒經驗，養兒子這事，還是妻子比自己有發言權一些，遂點頭道：「嗯，夫人說得對，為夫又仔細看了看，斟酌一二，覺得的確是剛好。」

姜錦魚拿他沒辦法，這人在外面素來是冷著一張臉，冰山似的，回到家倒是生動了許多，又懂得哄人。

好在顧衍這個爹還算是稱職的，沒荒唐到真把兒子鬧醒看牙，見兒子睡得香，看了一會兒也就放棄了。「還是下回再看吧。」

姜錦魚心道：你若是真敢把兒子吵醒了，大不了就讓你來哄，爹哄兒子，那也是天經地義。

兩人出來，又囑咐乳母照顧好小寶寶們，回到屋裡，洗漱之後歇下。

蓋好被褥，顧衍倒是忽然有了談興，問道：「像瑾哥兒和瑞哥兒，大概多大能出門？」

姜錦魚聽得迷惑，不過還是道：「若只是串門子，這麼大，尋個天氣好的日子，就可以帶出門了。若是出遠門，得等到兩歲吧。怎麼忽然問這個？」

對她，顧衍從來不藏掖著，大大方方道：「陛下有意派我出京。」

官場上的事情，姜錦魚素來都不插手，反正家裡有相公，而且她總是覺得，家裡的男人在為官上真的是有自己的一套。

像爹就是如此，一個舉人而已，如今做官都做到吏部去了，那可是天底下讀書人都想去的六部之首啊！

而阿兄姜宣差些，但也是個悶聲發大財的主，看著是溫潤如玉的文雅書生，又像個只知道悶頭讀書的呆子，在翰林院卻很得掌院的喜愛。

至於相公，姜錦魚更加不擔心了，心眼比誰都多，下棋時，別人至多多想了十幾步，她家相公是整個棋局都想到結尾了，順便還預設了好幾種路數。

所以，在這些事情上，姜錦魚是真的一點都不操心。

想了想，她道：「那我把瑾哥兒和瑞哥兒照顧好了，身子骨結實些，到時候跟著我們出門，路上也安全些。」

顧衍也算了算日子，道：「嗯，若是順利的話，大約也是那個時候。」

心裡卻是想著，若是不行，留在盛京也無妨，這次機會的確不錯，陛下有意讓壽王牽頭，他來輔佐，但實際上壽王就是過去做個擺設，陛下不可能給壽王什麼太大的權力，至於他，離了盛京，能施展手腳的機會反而多。

不過機會再好，也比不過家裡人，若是真的不行，那便以後再說。

後來姜錦魚還是知道了胡氏的事，面上差人去關懷過便不再理會。

少了婆婆要應酬，她的日子更悠閒了，大多數時候在家裡帶兒子，時不時去府裡看看老太太，也沒人來打攪，不過還是有一堆人來要兒子的小衣裳。

轉眼到了中秋，老宅顧府那邊來人，說請他們夫婦回去吃中秋酒。

原本顧衍分家之後，便與族中顯得生分了不少，有些族人倒是想湊上來，但愣是被顧衍的冷臉給嚇退了。

不過，自打姜錦魚進了門，這一點上改善了不少。

這麼一來，顧衍在族中的口碑也變好了，這對顧衍而言是好事，至少胡氏鬧起來的時候，族中不少人都會站在他們這一邊。

今日，夫妻倆帶著兒子赴宴，回到家裡，見到了許久沒露面的胡氏。

胡氏上次摔了一跤，臥病休息了一個月，結果大夫來了一看，愣是說她心浮氣躁，沒養好，再躺一個月，愣是到半個月前身子骨才恢復徹底。

胡氏本來就不年輕了，在床上躺了兩個多月，吃的還都是些滋補的湯湯水水，整個人臃腫了不少，以往略顯刻薄的面孔，現下太過豐腴，襯得旁邊坐著的琴姨娘如柳枝一般鮮嫩。

顧忠青看著對面坐著的長子，心裡有點彆扭。

兒子出息，身為老子，最有立場面上有光。可是長子跟他不親近，現在連孫子都有了，父子倆還是生分著，鬧得他明明有個比誰都出息的兒子，愣是沒信心在外人面前炫耀。

在家裡，那更不用提了。胡氏是個心眼小的，他一提長子，就能把她氣出個好歹來。在老太太、琴姨娘那兒更沒有臉說，以前他是怎麼對長子的，這幾個人可都是看在眼裡的，他連辯解都沒機會。

嘆了口氣，就這樣吧！偶爾回來大家吃頓飯，也挺好的。

顧忠青內心感慨，面上倒還算平靜，見眾人都到齊了，道：「今日是家宴，不用太拘謹，軒哥兒媳婦今日就不用站規矩了，坐下一起吃吧。」

王寧巴不得不站規矩，立刻向公公道謝，然後就坐下了。坐下後，她眼珠子就彷彿黏在對面的顧衍身上，顧軒連喊了她兩聲，她都沒聽見。

顧軒皺皺眉頭，他和王寧一開始還算恩愛，畢竟王寧生得不錯，家世又好，娘對這個兒媳婦也很滿意，可王寧太愛出風頭了，這一點顧軒很不喜歡。在他看來，若是娶妻，應當還是娶那種賢慧些的，不過，這話他也不敢跟王寧說，說了只怕王寧要鬧。

眾人吃吃喝喝，間或聊上幾句，有老太太在席上，氣氛還算不錯。琴姨娘一向感激顧衍對他們母子二人的照顧，示意顧酉去敬酒。顧酉隨即側過身子，扭頭跟兄長敬酒。他年歲不算大，卻比顧軒還要沈穩上幾分，大約是庶子，不受重視的緣故。

顧衍對顧酉母子的照顧，不過是順手為之，但見顧酉這樣誠懇，便也應了他這杯酒，碰杯後，一飲而盡，放下酒杯，又勉勵了他幾句。「在書院好好念書，若是有不懂的，也可以來問我。」

顧酉感激涕零，他對自己這個嫡兄，多多少少有些崇拜之情，尤其是在家裡做慣了小透明，爹不疼、嫡母不愛的，唯獨一個姨娘又使不上什麼勁。

身為人子，他也不願再讓姨娘為自己操心，只一心盼著能學顧衍，日後分了家，帶著姨娘出去單過。

所以聽了顧衍的勉勵，顧酉感激道：「嗯！多謝大哥。」

這邊兩人兄弟和睦，看上去氣氛挺不錯的，卻把那頭坐著的顧軒給氣了個好歹。

不等他開口說什麼，他身邊的妻子王寧倒是迫不及待開口了，開腔道：「大哥，相公這幾日也在家裡埋頭念書呢，有個做了探花郎的兄長，相公怎麼也不能差太遠啊。若是有哪裡不懂的，還望大哥點撥一、兩句，那可比相公一人埋頭琢磨上幾天還要有用。不是還有句話，聽君一席話，勝讀——」

王寧還沒說完，顧軒黑著臉打斷了王寧的話，難堪道：「王氏，妳少說幾句！」

他什麼時候要顧衍來教他怎麼念書了？是，他顧軒念書是比不過顧衍，但也用不著自己的妻子，去顧衍面前做小伏低！

不過，顧軒這麼不高興，姜錦魚完全能夠理解，說實話，她都有點鬧不明白王寧怎麼會親自打自己相公的臉？明明兩兄弟的關係不好，還讓相公指教顧軒，那不是把顧軒的臉往地上踩嗎？王寧就是再沒眼力，也應該看得出來兩兄弟不和吧？

可王寧卻不這麼想，她還覺得自己委屈，她好歹出自王氏，嫁給顧軒這麼個秀才，分明就是顧家高攀。若非當時進宮無望，她又不願意回泰郡受族中姐妹奚落，加上當時婆婆胡氏百般允諾，說一定待她如親生女兒，連身邊的嬤嬤、丫鬟們也勸她嫁，否則她怎麼會嫁給顧軒？

眼下她不過是說了句實話，讓顧軒跟著顧衍好好學，又沒說錯！好好的兄長，不去套近乎，打好關係，反倒讓個低賤的庶子搶先，顧軒蠢，她可不蠢！

王寧沒了好臉色，顧軒也不理睬她，自顧自端起酒杯，向顧衍敬酒。「大哥，婦人愚昧，你別理她。」

說罷，顧軒仰頭把酒一飲而盡，接下來便只顧悶頭喝酒。

中秋家宴，無非便是吃酒，再就是賞月。

有老太太在，眾人還算是和和氣氣的，哪怕先前王寧說錯了話，顧軒夫妻倆悶悶不樂，也不影響大家賞月。

姜錦魚這回照例是把兒子帶來的，吃了飯又讓顧嬤嬤與福嬤嬤抱過來，自己懷裡抱一個，另一個讓顧衍抱著。

顧衍一個大男人，抱孩子倒是很熟練，看得出在家裡也沒少抱，一手托著，一手在瑞哥兒背後扶著，手法很是熟練。

顧老太太見狀，忍不住笑了，瞇著眼睛拿了個金燦燦的鈴鐺逗弄曾孫。

小孩子最喜歡叮鈴的聲響，一聽到這動靜，兩個都扭頭看向老太太那邊，一看到那金燦燦的模樣，瑞哥兒的眼睛都亮了。

可惜他動作沒哥哥索利，瑾哥兒一伸手，就把那鈴鐺握在手掌心了，他也不像一般孩子那樣獨占，只是握在手心裡一陣搖晃，聽夠聲音就鬆開手了。

「這孩子性子好。」顧老太太含笑道，然後又把鈴鐺給瑞哥兒玩。

瑞哥兒在家裡的時候，無論什麼東西，他有的，哥哥也一定有，哥哥有的，他也一定有。所以對於獨占鈴鐺，瑞哥兒也不太感興趣，很快就撒手了。

顧老太太這就有點驚訝了，稀奇道：「咱們瑞哥兒也這麼懂事呢？不愧是兄弟倆。」

顧忠青方才眼珠子一直直勾勾看著這邊，眼饞得很，想過去逗逗孫子，又覺得沒面子，此時才算是覺得能插話了，忙道：「是啊，兄友弟恭的，不愧是我顧家的子孫。」可惜他誇得再真誠，愣是沒人理他，也就姜錦魚扭頭，對自己這位公爹捧場的笑了笑。

顧老太太含笑從袖裡掏出兩只金鈴鐺來，用紅繩繫著，一人給了一個，笑咪咪道：「瑾哥兒一個，瑞哥兒一個，兄弟倆一人一個。」

老太太這一出手，顧忠青頓時覺得坐不住了，老太太都給了禮，他這個做爺爺的，卻是什麼都沒準備，繼而不由得想到，好像兩個孫兒出生後，他還真是什麼都沒給，硬著頭皮呵呵一笑，拍了下腦袋道：「瞧我都給忘了，我也給瑾哥兒和瑞哥兒準備了東西，我這就去拿。」

顧老太太這才抬頭看了兒子一眼，沒好氣道：「這都能忘？都做爺爺的人了，一點也不穩重！」

這話純屬給顧忠青面子，大家都知道，顧忠青壓根兒不是忘了拿，而是根本沒準備。也就老太太，心裡還是盼著父子倆能重歸於好，才故意給顧忠青一個面子。

顧忠青沒去多久，回來後，氣勢足了些，從袖中掏出兩個紅包，一人給了一個。「拿著長大了買零嘴啊。」

姜錦魚有些無奈，這長輩愛塞銀子這事，難道都是一個樣嗎？這麼小的孩子，給他銀票做什麼？

接著，顧忠青又扭頭咳了一句，清了清嗓子才道：「姜氏這回也辛苦了，我在城郊有個莊子，不大，妳拿著，有空跟著衍哥兒一起去玩玩。」

這意思是要給她一個莊子，當作生了兒子的獎勵？

姜錦魚還想推託一句，顧忠青卻是堅持道：「這是妳應得的。」

顧老太太在一邊也勸。「沒事，妳就收下吧，也是妳爹的一番心意。」

姜錦魚這才點頭收下了。

顧忠青是高興了，雖然花了銀子，但在他看來，給孫子、給兒媳婦，那還不是在顧家自己人手裡？也沒什麼差別，沒看老太太都一副讚許的樣子嗎？

可他是高興，卻把胡氏給氣壞了，狠狠咬了口月餅，恨不得衝過去把地契搶回來。

這可是她兒子的東西！

中秋的月亮又大又圓，可惜顧衍他們也不能留在府裡住，兩人看著時間差不多了，便跟老太太說要回去了。

老太太一看兩個小的都犯睏了，也不敢留，這麼大的孩子，可不能胡亂換地方睡，說不定還會認床，忙道：「行，那你們路上小心些。」

顧衍和姜錦魚離開，顧老太太也沒了賞月的興致，又坐半個時辰，就起身回院子去了。

老太太一走，胡氏可算有機會說話了，她也不敢在顧忠青面前撒潑，只裝著顧全大局的樣子勸道：「老爺，我知道您是覺得姜氏生了瑾哥兒、瑞哥兒，有功勞，就該賞。可您想啊，姜氏這才剛進門，早早把她的心給養大了，這樣也不好。我也是為了咱們家裡考慮……」

胡氏喋喋不休，偏偏她胖了不少，臉上氣色也差，還這麼囉嗦，惹得顧忠青更加不喜，直接扭頭就走，還不忘說一句。「我心裡有數，妳不必多說。」

胡氏氣得又覺得自己尾骨那裡開始隱隱作痛了，扭頭看見還傻愣愣站在原地的兒媳婦王寧，頓時氣不打一處來，沒好氣教訓道：「妳方才那是什麼話！軒哥兒哪裡不如顧衍了，還讓顧衍指教指教，他能有什麼好心？軒哥兒的臉都被妳丟盡了！」

她一半是真心覺得王寧不會說話不會做事，另一半卻是遷怒。

但王寧怎麼會吃她這一套，本就心高氣傲，覺得自己嫁虧了，見胡氏居然也訓自己，隨即就嗆回去了。「相公哪裡比得上大哥了？大哥是探花，讓相公跟大哥學，哪裡錯了？」

胡氏一聽，險些給氣出病來。

這叫什麼事？自己的親兒媳婦居然跟她這個做婆婆的頂嘴？就算是姜氏，面上也都是客客氣氣的，從來沒真的與她起什麼衝突。

反倒是自家兒子娶的媳婦，進門沒半年就跟她頂嘴！她是倒了什麼楣啊！

胡氏眼前一黑，彷彿看到了以後兒媳婦天天跟她頂嘴的畫面。

第五十三章

瑾哥兒和瑞哥兒快兩歲的時候，顧衍外派的事情總算塵埃落定了。

壽王為首，由顧衍等人輔佐，外派的地方算不上窮鄉僻壤，但也不是享福的地方，而是素有北寒之稱的遼州。

遼州地域遼闊，民風彪悍，且此前常年被胡族糾擾，還是年前朝廷出兵把胡人徹底趕出了遼州後，如今才算是安生了不少。

作為一國之主，自然不會任由這麼一片土地荒廢，且縱使把胡人給趕走了，要想徹底收服遼州，也不是什麼容易的事情。

故而，這回周文帝早把人才物色好了，放在眼皮子底下觀察近一年，這才下聖旨，把人給外派了。

聖旨一下，府裡人有些心思浮動，畢竟安寧日子過得久了，乍一聽要去那麼個剛打完仗的地方，心裡多多少少有點慌亂。

不過姜錦魚早就知道情況，得了消息便不慌不忙收拾起來，因為兩個小的是要跟著一塊兒走的，所以行李收拾起來，陣仗便有些嚇人了。

這一去，路程就得一個月，吃穿住行都要安排好，姜錦魚有條不紊派活下去，顧嬤嬤和福嬤嬤兩個都是能擔得主事的，一看主子不慌，也馬上跟著冷靜下來了。

約莫收拾了半個月，姜錦魚回了趟娘家，又帶著兩個兒子去老太太那裡一趟，然後便上路去遼州了。

路途遙遠，路上比不上在家裡舒適，不過姜錦魚早有準備，馬車不大，但佈置得很舒服，平時趕路也就是有點晃，其他什麼的都還好。

生怕瑾哥兒和瑞哥兒在馬車上悶，她還特意仿照做了一套在大學裡看到的小卡片。她沒急著教孩子識字，只是把一些常見的糧食、植物、動物、什物之類的畫在上面，解悶的同時，也能讓他們學著說說話。

她正拿著卡片給瑾哥兒和瑞哥兒認，馬車卻停了一下，小桃接著上來道：「方才前頭來了消息，說等會兒車隊便會停了。休整一日，再往前就離遼州不遠了，路不太好走。」

姜錦魚答應一聲，繼續陪兒子打發時間，有時顧衍騎馬累了，也會上來歇一歇。

如今入秋，越往北走越冷，不過還沒有冷到不能騎馬。

見相公過來，姜錦魚便讓瑾哥兒和瑞哥兒自己先玩，側身過去取來水囊。水囊是路上讓下人燒的，外頭包著一層厚厚的羊毛，水還是溫熱的，裡面泡了枸杞。

她將水囊遞過去。「喝點熱水暖暖身子。」

顧衍接過水囊，仰頭喝了一口。

姜錦魚又塞了還有餘溫的餡餅過去。「之前歇在客棧時給了錢，借了廚房做的，還剩下幾個，先墊墊肚子。」

因為要趕路，路上大多都吃乾糧，又乾又冷硬，也就是能果腹。不過姜錦魚帶著自家兩兒子，在吃食上便格外費心些，每逢得歇便會想法子換個口味。

顧衍溫水下肚，身體就暖烘烘的。手裡的餅子是溫熱的，散發著一股麥香，一口咬下去，滿滿的都是肉餡和豆腐，香味一下子便散開了。

瑞哥兒一下子被爹給饞到了，跑來找娘撒嬌。「娘，吃餅餅。哥哥也吃。」

姜錦魚不敢讓他們多吃，拿了一個掰成兩半，一半又一分為二，用乾淨的油紙墊了分給兩個小的。「慢點吃，別噎著了。」

瑾哥兒和瑞哥兒都乖，這一點上可以說是姜錦魚的功勞，帶孩子、教孩子，她從來不假手他人，一向自己親自帶，乳母也就是餵奶、晚上照料罷了，且因為這回去遼州，已經給兩個乳母結了月銀送走了。

顧衍剛吃完，便聽到外頭下人騎馬來報，說壽王請他過去，遂摸了摸兒子們的腦袋，囑咐他們要聽娘的話，才掀了簾子出去了。

外頭已經有點冷了，顧衍把厚實的簾子遮得嚴嚴實實的，才扭頭上馬去尋壽王說話。

聽見馬蹄聲，壽王回頭看他，笑道：「你家那兩個小的可還好？」

這趟路，大人累一點倒是沒什麼，可孩子要出什麼事，那可就不好伺候了。壽王以往也是個只管自己快活的主兒，這一次出來才知道，帶孩子還真是累，他家小的一路可讓他操了不少心。

這回帶著孩子的，就只有他家跟顧衍，可不得多關心幾句嗎？

提及孩子，顧衍難得多說了幾句。「內子照顧得仔細，兩個小的都還好。」

壽王一下子就笑了，皇兄給自己安排的這個顧通判，平時冷冷清清，也就提到妻子、兒子時才有些人氣。

不過他也有點佩服這位小顧夫人，一路上把一家子照顧得好好的，一人照顧兩個兒子，卻是一路平平安安的，什麼小病都沒有，的確是難得的細緻人。

別小看了這細緻，就說一路跟著他們去遼州的人也不少，都是拖家帶口，那些年長些的還好些，可像孟旭幾家，妻子都年輕，一路上可沒少鬧笑話。

壽王也沒揪著這話繼續問，轉頭道：「方才我手下的門人過來說，只怕過幾日再往北走些，會趕上雪。我把你喊來就是想商量商量，得把一車隊的人照顧好了，免得地方還沒到，路上先被人給算計了。」

「那把孟旭也喊來吧，他負責護衛，知道的事多些。」

顧衍說罷，見壽王也沒意見，便派人去喊孟旭來。

孟旭本來也在自家馬車上，他倒不是累了來歇著，而是囑咐妻子商雲兒等會兒要準備什麼，可與他同車的商雲兒還不耐煩理他，一聽有人喊他過去，便催促道：「那你快去吧，別讓人久等了。」

孟旭囑咐的話說到一半，硬生生給噎了回去，惱是有一點惱，但到底沒對商雲兒發火，而是扭頭出去了。

商雲兒躲過一劫，劫後餘生拍了拍胸脯，托腮道：「一個大男人，那麼囉嗦……」

進來伺候的嬤嬤聽了，搖頭無奈道：「夫人這是什麼話？大人也是惦記您呢。您這話讓人聽了可寒心啊，您不能總跟大人僵著，您看跟咱們同行的顧大人和顧夫人，感情多好。兒子都有了，夫妻倆還是如膠似漆的……」

商雲兒不耐煩聽這個，嘖了聲。「嬤嬤妳少說兩句。我就是這個脾氣，姜姐姐脾氣好，我哪裡學得來？」

嬤嬤聽了苦笑，心道：妳知道喊人家姜姐姐，那怎麼不跟著學一學?!

到了驛站，車隊停下了，一番折騰，才安頓好。

小桃帶人把晚膳送來，姜錦魚便給瑞哥兒和瑾哥兒戴上小圍兜，純棉的質地，摸起來軟軟的，邊上還各繡了一隻小老虎。

戴上圍兜，姜錦魚又給他們塞了個木勺子，特意做的，很輕，邊緣磨得很圓潤，一點兒毛刺都沒有。

瑾哥兒一拿到勺子，也不用娘說，自己便有模有樣用小勺子挖雞蛋羹吃，裡頭只加了一點調料，簡單的蒸過。

瑞哥兒嬌氣一點，扭來扭去撒嬌。「娘餵。」

姜錦魚不縱容，也沒責罵，只是笑道：「哥哥都自己吃了，瑞哥兒也自己吃好不好？吃完了讓爹爹陪你們飛飛好不好？」

兩個小的一開始都不太親近爹，姜錦魚發現之後，費了好大的勁兒，總算讓父子之間親暱起來了，父子三個之間還有專門的親子遊戲。

瑞哥兒糾結了一下，似乎是覺得「飛飛」也很有意思，扭頭看哥哥吃得香，放棄了撒嬌讓娘餵的念頭，乖乖自己吃起了雞蛋羹。

照顧兩個小的吃飽了，姜錦魚才跟顧衍開始用晚膳。

用完晚膳，履行了「飛飛」的承諾，兩個小的玩開心了，笑得小臉紅撲撲的，才乖乖睡著。

把兒子們哄睡了，夫妻倆也歇下了，相擁而眠，氣氛溫馨。

大概在路上走了一個多月，總算到了遼州。

他們一行人進城，便有遼州百姓探頭探腦出來打量，似乎也知道這是盛京派來的大官。

小桃從車簾縫隙看出去，轉頭道：「我瞧遼州的百姓，不論男女，都生得格外高大。虎背熊腰的，就是穿得都不大好，破破爛爛的。」

遼州先前戰亂不休，好不容易才安定下來，生活水準自然與盛京比不了。這也是周文帝派人過來的原因，要幫著遼州百姓把日子過好起來。

進城後，遼州便有官員來迎，壽王與顧衍等人皆去與當地官員交談，家眷們則被領著往住處去。

城裡的路上也不太平坦，馬車晃晃悠悠，最後停在一座古樸的宅子前。

姜錦魚帶著眾人下了馬車，吩咐顧嬤嬤等安排人去搬行李，自己則帶著瑾哥兒和瑞哥兒進了宅子。

他們這一行人，最大的自然是壽王，當今陛下的親弟弟，郡王之尊，這回也被授了官職，乃是遼州的州牧。當然，州牧的品階遠遠比不上郡王，平日眾人自然還是以壽王相稱。

再往下，同行之中官職最高的，便是顧衍和孟旭，一個文官、一個武官，明面上是周文帝給皇弟壽王挑的左右手，其實是帶頭負責辦實事的。

顧衍任的是通判，孟旭則任參事一職。再往下，便是些被塞進隊伍裡，來遼州撈功勞的。

知道周文帝有意發展遼州，朝中不少宗室大臣都覺得，這是難得的立功機會，既不用上陣流血賣命，也能入得了陛下的眼，雖然環境艱苦些，但熬一熬也就過去了。所以，來撈功勞的也不少。

當然，功勞好不好撈，那便不一定了。

再便是各府帶來的一些謀士、門人之類的，整個隊伍還是很龐大的。

本地官員準備宅子的時候，也是按照官職高低來的，最大的自然要留給壽王，稍遜一籌的，便是給顧家、孟家準備，因此顧家分到的宅子很不錯。

宅子是三進的，光是前院，便有十來間，而住人的後院更是足足大了一倍有餘。

小桃跟著一塊兒進來，被唬了一跳，道：「這遼州不光人生得高大，連宅子都造得這麼大……」

姜錦魚本來也有些驚訝，不過轉念一想，遼州地賤，且他們這回又是壽王帶頭來的，本地官員怕也是把最好的宅子都搗騰出來了，裡頭擺設好不好另說，但大小上卻是不敢虧待了他們。

「先按著咱們帶來的人頭數收拾房間吧，前院先多安排些人收拾乾淨了，剩下的若是弄不過來，等明日慢慢來也成。」

姜錦魚吩咐下去後，顧嬤嬤便索利安排好了。

等到傍晚的時候，宅子裡基本都收拾得能住人了，姜錦魚怕瑾哥兒和瑞哥兒不習慣，還特意安排兒子們今日和自己睡一起。

用晚膳的時候，顧衍身邊隨從趕回來傳話。「大人讓奴回來給夫人遞個話，遼州官員設了宴，今日便不回來用晚膳了，讓夫人您別等著了。」

姜錦魚應了一句，吩咐下人把晚膳送上來。陪著兒子用了晚膳，洗漱了一番後，整個人才算是鬆快下來。

不過這鬆快也是一時的，他們這回來了這麼些人家，路上不來往還有理由，等安頓下來後，設宴、赴宴便是免不了的。

更別提本地官員家眷中，肯定也有想來套近乎的，強龍不壓地頭蛇，他們初來乍到，也不能太不給面子，這都是姜錦魚作為主家夫人需要考慮的事情。

姜錦魚正在心裡盤算著，瑞哥兒爬過來撒嬌了，他也剛被嬤嬤抱去洗了澡，身上香香的，小臉紅撲撲的，可愛極了。

被兒子這麼一鬧，姜錦魚也懶得想那些有的沒的了，揉揉瑞哥兒腦袋。「睏不睏？」

瑞哥兒搖頭搖得跟撥浪鼓似的，生怕娘要喊他睡覺去，兩手摟著姜錦魚的脖子，親親熱熱的。「娘抱。」

被他這麼一喊，姜錦魚心都軟了，把小兒子抱進懷裡，由著他虛虛抓著自己的髮絲玩。過了會兒瑾哥兒也被嬤嬤抱進來了，哥哥一向比弟弟沈穩些，這一點還在襁褓裡就體現出來了。

姜錦魚伸手把自家大兒子也攬進懷裡，笑盈盈問：「喜不喜歡新家？」

瑾哥兒大約是覺得自己長大了，不能跟以前似的總被娘摟著，但又覺得娘懷裡暖暖的，特別舒服，捨不得起來，紅著小臉道：「尚可。」

圓圓小臉板著，一本正經評價著「尚可」，這彆彆扭扭的樣子，直接把姜錦魚給逗笑了。

瑞哥兒等哥哥說完了，才慢吞吞道：「灰灰的。」

姜錦魚聽了就明白了，兒子是嫌棄這宅子到處都是灰撲撲的，不像他們在盛京的家，滿院子的花花草草。

這一點倒是說到她心坎裡去了，雖說在這兒住不長久，最多也就是幾年的工夫，但是日子自己過的，當然要舒舒服服，這宅子也得慢慢佈置起來，一家人才能過得有滋有味。

哄睡了兩個小的，姜錦魚又等了會兒，才等到顧衍回來。他進門時腳下似乎有些踉蹌，身上帶著淡淡的酒味，不是很濃，看得出估計在外頭吹過風。

姜錦魚忙去扶了他，吩咐旁邊隨從。「你去歇著吧，這邊有我。」

姜錦魚扶著顧衍坐下，要了熱水，擰了帕子給他擦臉，見他清醒了些，才問：「怎麼喝了這麼多？」

顧衍微醺，身上發熱，總覺得妻子拂過自己面頰的手帶著絲絲的涼意，便有點貪涼似的靠上去，口中應道：「遼州這邊，不論男子、女子，皆能喝，且以能喝為榮。莫說我，便是壽王，今日也被灌得迷糊了。」

姜錦魚雖然不贊同，但也知道這是沒法子的事情，強龍不壓地頭蛇，他們剛來這裡，自然要入鄉隨俗，一開始架子擺得太高，不利於往後做事。沒看連壽王都不端著？若是他真的不願意，哪有人敢灌堂堂郡王。

秋霞敲門，送了一份養胃粥進來，先前用白色的小盅放在爐子上溫著。

姜錦魚掀開蓋子的時候，還有一股熱氣，香氣也隨之瀰漫開來。

「知道你們肯定要喝酒，提早讓廚房準備了養胃的粥。」姜錦魚舀了一小碗遞過去，又忍不住勸了句。「即便是入鄉隨俗，那也不能日日都像這樣喝。遼州的酒烈，只怕什麼事都沒幹成，先把你們的身子給喝壞了。」

顧衍聽罷，懶懶靠著，渾身上下雖有醉意，但整個人並不顯得頹廢，邊喝著粥，邊道：「今日第一次，難免要給些面子，往後便不會了。」

說到底，周文帝派他們過來，可不是來喝酒的，而是來接管遼州的。這一點本地的官員比他們更清楚，套近乎歸套近乎，他們今日也給足了面子。再往後，這官場的規矩，還得按著盛京的來。

不過，官場上的事情，顧衍很少拿來和妻子說，倒不是想隱瞞，有必要的時候也會提，但大多數時候都是他們男人間的事情，他一個人能處置，便不拿來讓妻子煩心了。

姜錦魚見顧衍心裡有數，便也不囉嗦什麼，等他喝了粥，便催他去洗漱。

遼州酒烈，本地人是喝慣了的，沒什麼感覺，可頭一次喝這麼烈的酒，便很傷胃了。

姜錦魚怕顧衍明早不舒服，臨睡前還吩咐小桃，明早讓廚房準備好克化的早膳。

顧衍靠在床上，還有點頭暈，便也懶得看書，而是時不時推一把不遠處的搖籃，看兩個兒子睡得死沈，忍不住笑道：「睡得跟小豬似的。」

姜錦魚扭頭沒好氣道：「哪有當爹的這麼說兒子的？」

被妻子訓了，顧衍也不生氣，面上帶著笑，醉酒後的眼睛亮亮的，伸手對姜錦魚道：「綿綿過來。」

等姜錦魚走到跟前，顧衍便抓著她的手不放了，面上尤帶醉意，懶懶靠著，兩頰薄紅盯著妻子看。

姜錦魚難得見他醉成這個樣子，心疼歸心疼，也是有些稀奇，醉了酒的顧衍，跟平日老成的顧大人不大一樣，倒透著股孩子氣，彷彿又成了夏縣住在隔壁那個念書的哥哥。

嗯，興許比那還要年紀更小些。

看他這個樣子，姜錦魚不禁想照顧他，伸手替他拉了拉被褥，語氣帶了點哄的味道，跟哄瑞哥兒似的。「早點睡啊。」

顧衍還醉，帶著笑模樣看了一眼把他當瑞哥兒哄的妻子，冷冷清清的眸子裡帶了幾分溫度，側身向著裡面，面向著姜錦魚，口中突然道：「剛才回來路上，我忽然想到七、八歲念書時候的事情。」

姜錦魚很少聽他提年少時的事，遂也不打斷他，只細細聽著。

第五十四章

「那時候冬天很冷，胡氏怕顧軒受凍，總是為他準備暖爐護膝，有時候下雪，便讓他身邊的書僮帶好幾雙鞋襪，以備顧軒替換。當時顧嬤嬤跟福嬤嬤都被胡氏想法子給支開了，我身邊只有一個比我還小的書僮，所以那時候冬天念書的時候，我總是覺得很冷。但那時候我已經隱約知道必須念書，所以再冷都撐著，下筆的時候怕哆嗦寫壞字，經常是咬著牙寫……後來長大了些，知道自己照顧自己，倒是不怕冷了。」

姜錦魚靜靜聽著，她感覺，這些記憶對於顧衍而言，並不是美好的回憶，因為他說話的語氣很淡漠，眉頭微微擰著，彷彿很不喜歡。她聽了顧衍口中那個凍得瑟瑟發抖卻還咬著牙練字的固執孩童，心就跟被揉成一團的青杏般，從裡往外透著一股酸酸澀澀。

她忽然就伸出手，抱了一下顧衍。

顧衍臉上本來淡淡的，被這麼一抱，猶如冰雪遇熱一般融化了，眉眼帶著暖融的笑意，接著道：「但是我剛剛回來的路上，突然特別感激當時的自己。」

熬過當時的寒冷，才遇見了能給他溫暖的人，才有能力在遇見後，便把人納入自己的羽翼之下守護。

次日，是壽王這個新任州牧接見當地官員的日子，顧衍作為其左臂右膀，自然缺席不得。

清晨，顧衍起身後，用了早膳，已是一派精神的模樣，絲毫不見昨日醉酒的疲態。他從府裡動身，來到州牧官衙之中。

被州衙隨從引進門，顧衍腳步不緊不慢，隨口問了一句。「其餘人可來了？」

那隨從是壽王貼身伺候的，也知道顧大人不是外人，不用隱瞞。「來了些。孟大人剛過去，也是小的引過去的。」

顧衍點頭示意自己知道了。

他過往沒跟孟旭打過交道，倒是與孟旭之父有過幾面之緣，不過路上這麼接觸下來，也能感覺出，孟旭為人沈穩忠厚，但並不木訥固執，難得的是身為一介武官，對文官沒有絲毫芥蒂，不似一般武官那樣粗獷，做事反倒很細緻。

行至州衙大堂，顧衍邁步進去，便有同行官員起身，招呼道：「顧通判來了。」

顧衍點頭示意，隨後也尋了位置坐下。位置不是胡亂坐的，上首留給壽王殿下，下首左側坐的是從盛京來的官員，算是壽王一派，右側則是當地的官員。

倒不是故意要疏遠生分，而是今日本來就是來認人的，若真夾雜坐在一起，那才叫一個亂糟糟的。

顧衍入座後，端起茶水輕抿一口，坐在他下首的孟旭往他看了幾眼。

察覺到這股視線，顧衍擱下茶杯，側首看過去，掀起唇角笑了下。「孟大人，可是有話要說？」

沒想到孟旭只是頓了下，語氣有那麼點微妙的羨慕，道：「顧大人精神不錯。」

顧衍沒聽懂，微微揚眉，面上浮現出一絲疑色。這話有什麼意思？還是只是隨口客套一句？什麼時候一向有什麼說什麼的武官，說起話來也讓人摸不著頭腦了？

孟旭還真不是故作高深，他是真的有點羨慕顧衍。

同為男子，他最有體會，這家中妻子懂不懂事、心疼不心疼人，從男子身上，真的一眼便能看得出來。

自家妻子出嫁前與顧衍妻子為好友，兩人的脾性作派卻是千差萬別，一個天一個地，自家妻子商氏跳脫浮躁，別說讓她執掌家中諸事，便是讓她安安生生待著，都能給他惹一堆麻煩。

就說昨日醉酒回去，進了屋，一口熱茶沒喝著，還被商氏嫌棄一身酒味，趕他去別處睡。

他從小練武，身子骨在這個年紀算是很不錯的，今早出門時也覺得胃裡火燒火燎的，整個人都沒什麼精神。

反觀顧衍，明明昨日大家是一起喝醉的，自己還是個武將，按理說，怎麼也比顧衍更恢復得快些，哪知道今日兩人一見面，自己病懨懨的，反倒是顧衍這個文官，面色如常、姿態肆意，通身氣派絲毫不減，彷彿昨日壓根兒沒醉。

羞愧之際，孟旭心裡又油然而生出羨慕。

先前在盛京的時候，他也沒少聽這位探花郎的事蹟，被念叨得最多的，便是這位探花郎命不太好，生母早亡，又攤上個惡繼母，如今看來，顧通判雖是親緣淺薄，娶妻上倒是有些運道。

這事羨慕也羨慕不來，孟旭也就是一想，等到壽王同樣白著臉出來的時候，他就不像剛才那麼羨慕了。慘也不是他一個人慘，沒看壽王也跟自己差不多嗎？說不定壽王昨日回王府，也被王妃嫌棄渾身酒味，趕去睡客房了。

只能說也就顧衍比他們命好些，算是個例外……

男人們忙著，婦人們自然也不會閒著。

先前大家都在路上，來往交際便一切從簡，省了許多繁文縟節，可如今都安頓下來了，便不得不把那些禮給撿回來。

姜錦魚也在家裡琢磨著宴客的事情，當然，這事不能由她來起頭，得等壽王妃先宴客後，她再回請，順便把需要聯絡感情的人家給添上，這一來二去的，眾人的關係自然便親近了。

果然，等到下午的時候，王府的請帖便送到府裡來了，定的日子是三日後，也算是讓大家休整一二，再去作客。

一收到王府的帖子，姜錦魚這邊也開始準備了，她打算等王府設宴後三日，自家再設宴，便提前預先擬定自家請客的單子。

讓識字的嬤嬤幫忙寫請帖，又喊來管事，讓他盯著廚房採買的人，提前一日把菜肉備好，菜式也要提前拿來給她看。

就這麼忙忙碌碌，三日過得很快，等到壽王妃設宴那一日，姜錦魚便帶著自家兩個小的去王府赴宴了。

進了王府，便有嬤嬤來迎，看得出壽王妃也很重視這次設宴，府裡上上下下都佈置得格外精緻，又不失大氣，很有王府的氣派。他們當時搬進新宅子的時候，宅子基本都是空的，短短幾日，能把一座空舊的宅子收拾成這樣，壽王妃應當是費了不少心思。

見了壽王妃，姜錦魚笑著稱讚了兩句這宅子，果然見壽王妃面上隱隱露出幾分喜色來。

無論平時性情如何，人總是愛聽別人說好話的，要不怎麼有句話叫「甜言蜜語」呢？這好聽的話比蜜糖還甜。

壽王妃知道，顧衍、孟旭皆是自家夫君一派的人，且與姜錦魚還曾經有過交情，對她便格外親近，笑道：「我本來想等幾日再擺宴的，可那幾家的帖子一個勁兒的往府裡送，都說要來拜見我，我想早晚都得擺，乾脆早點算了，也省得他們一遍遍送帖子來。」

姜錦魚聽得會意一笑，兩人默契頓生，王妃口中的「那幾家」，自然是指的原先在遼州做大的那幾家，兵曹陳大人家裡、功曹薛大人家裡……另還有幾家，都是交情不淺，連遞帖子都是一起遞的。

壽王妃這裡收到了，姜錦魚這裡也不少，只是沒壽王妃那邊多。

兩人默契一笑，頓時覺得親近了不少。

過了會兒，便瞧見陸陸續續來了幾家當地的官眷。

都說遼州人不論男女，都生得高大，連性情也十分爽朗，便是這些當地官員的家眷，也不似盛京那邊說話溫聲溫氣，嗓門大了不少。

姜錦魚坐著，沒特意主動湊上去說話，但也沒人敢冷落了她，陳家、薛家夫人拜見過王妃，便都來跟她說話。

陳夫人年約四十的樣子，生得有些富態，保養得不錯，說話嗓門也不小，笑咪咪道：「這位便是顧夫人吧？前幾日我家老爺回來，提到新來的通判大人，可是讚不絕口，非讓我家小子跟著顧通判學一學，說什麼年輕有為，就數顧通判了。」

姜錦魚抿著唇輕輕一笑。「陳大人年輕時候領兵打仗，打得胡人聞風喪膽的事情，我才來幾日，聽了都不下幾回了。陳大人才真正是國之棟梁……」

陳兵曹年輕時候的確是個驍勇善戰的武將，如今年紀大了，打不動了，不過年輕時留下的威名，在遼州百姓口中也是時常提起的。

她這麼一說，陳夫人果然喜孜孜的，面上露出幾分自豪，嘴上卻謙虛道：「都是老黃曆了。」

與她一起來的薛夫人倒比陳夫人年輕些，約莫三十歲光景，是典型的遼州年輕婦人長相，穿一襲鮮嫩的寶藍色，捂著嘴輕輕笑著，在一旁道：「顧夫人太會說話了。」

薛功曹據說已是知天命的年紀，但薛夫人卻十分年輕，老夫少妻的搭配，不用想也知道，這位薛夫人是繼室。且聽聞薛功曹也很疼愛自己這位妻子，連家中長子都要往後靠。

姜錦魚也對薛夫人笑了笑。

姜錦魚沒繼續搭話，薛夫人倒眼饞上她的雙胞胎了，羨慕道：「您家孩子多大了啊？瞧著真是機靈可愛，跟觀音座下的童子似的。」

姜錦魚含笑道：「兩歲了，大的叫瑾哥兒，小的叫瑞哥兒。」

薛夫人自己是沒孩子的，見了別家孩子就眼饞，想也沒想就說：「能給我抱抱嗎？」

一邊說，一邊直接伸出手來了。

姜錦魚當然不樂意，她與薛夫人還是第一次見面，怎麼會願意把自家孩子給她抱？而且薛夫人看著雖和和氣氣的，卻直接伸手，都不給人拒絕的餘地，這態度就讓姜錦魚心裡不舒服。

她頓了頓，直接含笑婉拒。「犬子頑劣，怕髒了夫人的衣衫。而且他們都大了，也不習慣讓人抱了。」

薛夫人哪想到，這姜氏年紀輕輕，說話也客客氣氣的，卻不好欺負，她話都說成這樣了，人家不給抱就是不給抱，半句話都不跟妳客氣，一時間覺得很沒面子。

看上去爽朗的陳夫人這才出來解圍，道：「兒子是不比女兒，小小年紀，就主意大得很，我家那個也一樣。」

說話間，商雲兒進來了。

知道商雲兒同行的時候，姜錦魚是覺得挺有緣分的，兩人路上能搭個伴。

商雲兒進門，去拜見王妃之後，便直奔姜錦魚過來，走近後親親熱熱喊了句。「姜姐姐！」

陳夫人和薛夫人一看，都笑道：「這位便是孟夫人吧？」

商雲兒是個不愛交際的，跟陳夫人、薛夫人簡單打過招呼後，便一個勁兒的拉著姜錦魚說話。

壽王妃親自作陪，赴宴的賓客們又都客客氣氣的，一時相談甚歡，眾人都挺高興的。

宴畢，壽王妃又叫人送走陳夫人、薛夫人等人，才略鬆了口氣，這兩人還真不是什麼好糊弄的。

若是還在盛京，似陳家、薛家這樣的人家，自然入不了她的眼，更別提得她如此慎重招待，可他們初來乍到，男人們又是有正事要做的，她也生怕因為後宅之事拖了後腿，怎麼都得小心行事才行。

至少在事情沒有明朗之前，她寧可跟陳夫人、薛夫人等人親近些，也不能鬧得不開心。

姜錦魚見人都走得差不多了，也起身向壽王妃告辭。

壽王妃覺得怠慢了她，不好意思道：「今日沒好好招待妳，人多嘴雜，也沒與妳好生說話，等天氣好些，我請妳家雙胞胎來府裡，跟小世子一起玩。」

方才在席上，壽王妃的確沒顧得上招待姜錦魚，不過姜錦魚也沒計較的意思，聽壽王妃這麼說，很給面子，笑盈盈答應了。

「那就等王妃的帖子了。」

壽王妃這才讓貼身嬤嬤送她出去，等出了王府，她與商雲兒便也要分道揚鑣了。

商雲兒似乎還不大樂意與她分開，嘟囔道：「我本想一到遼州，便來找姜姐姐妳的。可孟旭卻不答應，非讓家裡嬤嬤盯著我。」

姜錦魚聽得發笑，好心好意替孟旭說好話，道：「妳也別同孟參事鬧脾氣了。妳想想，大家都是剛到遼州，府裡亂糟糟的，誰顧得上招待客人？妳無端端上門，豈不是給別家找麻煩？妳我關係好，我自是不會心懷芥蒂，可換作旁人，未必如此，孟參事也是為了妳著想。妳啊，都成了親，也該懂事些。」

商雲兒被她這麼一說，總算明白了孟旭的苦心，面上帶了薄紅，有點惱羞成怒道：「都怪他，有什麼話不能跟我直說？我……我又不是不聽他的！」

姜錦魚聽她這話，倒是聽出了點意思來。

商雲兒的脾氣，她算是瞭解的。性子執拗，同時又很天真，做事基本只顧著自己開心，如今肯說這麼一句「我又不是不聽他的」，可見孟旭在她心裡還是不同的。

姜錦魚想了想，幫著下了劑猛藥，道：「妳知道孟參事的苦心就好，回去後也好好跟孟參事道個歉，別成天仗著人家肯讓著妳，就見天的折騰人。人家一番好意，妳倒好，不領情不說，還倒打一耙。這人心都是肉做的，萬一把人給折騰得心涼了，後悔都來不及。」

商雲兒大約也知道自己理虧了，聲音不像剛才那麼氣勢十足，語氣軟了幾分。「姜姐姐，我知道了。我也沒折騰人，就是……唉，我回去就道歉。」

姜錦魚也就是隨口一說，見商雲兒有悔改之意，便也不多說什麼。畢竟是夫妻間的私事，別看商雲兒窩裡橫得挺厲害，人家孟參事不是也一句話沒說嗎？

勸過商雲兒，姜錦魚便上了自家的馬車。

馬車還是他們從盛京帶過來的那輛，上頭佈置得很舒適，瑾哥兒和瑞哥兒乖乖坐著，有些想睡得點著頭。

姜錦魚忙拿了自製的卡片來，上面是讓相公寫的一些簡單的字，拍手道：「瑾哥兒和瑞哥兒陪娘玩卡片好不好？」

瑞哥兒揉揉眼睛，一下子來了精神道：「瑞哥兒陪娘！」

瑾哥兒倒不跟弟弟搶，等瑞哥兒認過一張卡片，輪到他了，才不緊不慢張口。

陪兒子們玩了會兒，馬車忽然就停下來，不等姜錦魚問，小桃從外掀簾子道：「夫人，是薛夫人。」

原來薛夫人比她離開得早，但半路馬車似乎是出了問題，便停在了路上。恰好又遇見她，便想搭個車。

這本來也不是什麼大事，姜錦魚雖然不高興與薛夫人當時要抱自家兒子的姿態，但倒不至於斤斤計較到這個地步，便讓小桃把人請進馬車來。

薛夫人面上微紅，似乎是在外頭凍得久了，進來後便笑道：「實在麻煩妳了，顧夫人。幸好今日遇見了妳，否則我還不知道要在外頭凍多久。」

姜錦魚把暖爐遞過去，面上是溫柔的笑意。「薛夫人暖暖身子吧。」

薛夫人接過暖爐，呵呵一笑，姿態很是親近。「我看我跟顧夫人妳還真是有緣分。」

她這個態度，弄得姜錦魚有點糊塗了。先前在王府的時候，當著眾人的面，薛夫人對她並不是很親近，被她拂了面子後，更是直接黑了臉，雖說沒鬧起來，但也看得出她內心的不滿。如今兩人獨處，薛夫人卻又換了個態度，簡直要與她認姐妹一般，還真是人前人後兩個樣。

不過，姜錦魚心裡覺得奇怪，面上倒還很自然的樣子，與薛夫人也是客客氣氣說著話，道：「天冷，先送妳回府裡吧。」

薛夫人便道：「那便麻煩妳了。」

待她還要寒暄，姜錦魚懷裡的瑞哥兒不樂意了，奶聲奶氣喊。「娘。」

姜錦魚便忙著關注自家兒子們，偶爾才跟薛夫人說幾句話。

送了薛夫人回府後，姜錦魚回到家中，便把瑾哥兒和瑞哥兒帶回爐子燒得暖烘烘的房裡，跟小桃一塊兒，給兒子們換下出去做客的衣裳。

出門的衣裳樣式花哨，但舒服肯定是比不上在家中穿慣了的那些，而且外頭轉了這麼一圈，也不知道落了多少灰，小孩子又容易生病，所以，姜錦魚素來很注意這些。

小桃見了也感慨，外人覺得她家夫人帶孩子很容易，實則雙胞胎帶起來是真的費神，兩個孩子剛出生時瘦巴巴的，夫人費了許多心血，才能沒病沒災養得這麼大，若不是親娘，真的不可能花這樣的心思。

第五十五章

等到晚上顧衍回來，姜錦魚便讓他陪兒子們玩了會兒，才哄著兒子們去睡。

好不容易哄睡兒子，屋裡清靜下來，姜錦魚便把今日去王府的事情說了，道：「陳夫人性格頗為爽朗，看上去倒是最好相處的。至於薛夫人，我本以為她是個心氣高的，可回來路上碰到她，接觸下來，倒是覺得又不大一樣。」

顧衍聽罷，不覺得稀奇，道：「陳、薛二家在遼州經營多年，此番陛下派人來接手遼州，只怕兩家心中也有些忌憚的。不過是因著陛下派的是壽王，乃陛下親弟，皇親國戚，兩家不敢輕舉妄動。據我所知，兩家此前關係一直一般，且陳兵曹與薛功曹還曾當眾起過爭執，兩家來往不多。這回雖說是合作了，可還是各家有各家的心思。」

姜錦魚聽明白了，思忖道：「所以陳夫人和薛夫人也只是面上關係好，實則背地裡各有心思。薛夫人當著陳夫人的面，自然端著，不欲與我有什麼瓜葛。可等陳夫人一走，她便想同我搭上關係。指不定馬車壞了也是故意的，目的便是與我搭上話。」

「正是如此。」顧衍點頭。

遼州官場有個很致命的問題，文官之中，多數為本地人，或是在當地做了十幾年甚至更久的官，這其實是很不正常的現象。為了防止地方官員做大，朝廷制定了輪換制，即使幹得再好，最多留任三屆，也就是九年。

可遼州此前一直是兵荒馬亂之地，當然無人樂意來，吏部出於維護遼州穩定的考慮，也不敢隨意替換遼州官員，這直接導致了陳、薛這樣人家的出現，在遼州做了幾十年的官，早把遼州當成了自己的地盤。

好在，當地官員不是鐵板一塊，似陳、薛兩家眼下雖然能合作，可到底合作不久。

顧衍並不藏掖著，也不像一般男子那樣，認為妻子便該在家操持家務，其餘的事情不必知曉，他將遼州的局勢細細說給姜錦魚聽，一番話下來，她心裡有了成算，也知道要如何跟陳、薛兩家的家眷打交道了。

孟府，孟旭才剛剛操練完將士，匆匆趕回府裡。

夫妻倆見了面，孟旭正想著公事，卻見妻子商雲兒慢吞吞湊了過來，聲音跟蚊蟲似的說了句什麼話。

孟旭沒聽清，便皺眉道：「夫人方才說了什麼？」

商雲兒臉一紅，以為孟旭故意的，可看他的眼神又不似作假，一咬牙，重複了一遍。

「我說抱歉。」

孟旭平日裡一個雷厲風行的武將，一下子愣住了，納悶抬頭，瞧著自家讓人操心的妻子。

就見商雲兒紅著臉，硬著頭皮道：「我知道你不讓我去姜姐姐家裡，是為了我好。今日去王府時，姜姐姐勸了我，我亦覺得有道理，是我錯怪了你。」

孟旭愣了好半晌，商雲兒等半天，沒等到回話，又不開心了，別過頭道：「我都道歉了，你一個大男人，就不要跟我計較了！我……我是你的妻子啊！」

孟旭才回過神來，道：「不計較，夫人知道我的苦心便好。只是，聽妳方才的話，是顧夫人勸了妳？」

商雲兒點點頭道：「嗯，姜姐姐素來很講道理的，還讓我回來同你道歉。不過，下回再有什麼事，你直接跟我說不成嗎？我又不是那種不講道理的人，你跟我好好說，我明白了，自然會聽你的，幹麼非得連理由都不給我一個。夫妻之間，不是應該坦誠嗎？」

孟旭一怔，很意外一直表現得很不成熟的商雲兒，會說出這樣的話，便點頭答應，道：「下回我和妳好好說，只是妳也得好好聽，別我一開口，妳便跟我鬧脾氣。」

商雲兒乖乖點頭，本來覺得粗魯的孟旭，似乎也沒那麼討厭了，難得賢妻良母了一回，道：「你早點休息，別累著了。公務那麼多，也忙不完，身子重要。」

孟旭聽罷，對商雲兒改觀不少，遂起身道：「夫人說得有道理，那我們便歇了吧。」

他本來是覺得，商雲兒還不太成熟，孩子的事情暫且不提，如今看來，她倒也不是那麼稀裡糊塗的人，到底還是能聽得進勸的。

出發前，家裡娘也催促了好幾回，叫他們早些生孩子。若是妻子性子變好，那這時候要孩子倒是最合適的。

第二日，顧衍在州衙見到孟旭，剛點頭打了個招呼，便見孟旭朝他走了過來。

走到跟前後，孟旭忽的拱了下手，感激道：「顧兄替我謝過嫂夫人。內子性子魯莽，往後還要她跟著嫂夫人多學學才是。」

顧衍愣了愣。孟旭一口一個嫂夫人，他一個武將，什麼時候學得這般「能言善道」了？

這事過後，顧衍便發現，原本與他不算很親密的孟旭，一下子把他當自己人了，平素一口一個顧兄。兩人本來便是一主文、一掌武，孟旭如此態度，兩人配合起來，倒是很順利的就把兵權事權收攏到了手裡。

憑藉著顧衍雷厲風行又不失分寸的手段，一個月之後，遼州諸事基本平穩過渡，以往那些仗著自己資歷深不肯放權的，占著位置不做事的，也不敢再隨意嚷嚷，皆老老實實配合。

這日下衙時，顧衍出門，便遇壽王恰好迎面而來。

見天色尚早，顧衍索性再耽擱一會兒，把最近的成果與壽王說了，倒不是邀功，而是眼看一個月過去，壽王怕也要給盛京遞摺子了，他便是不說，壽王也會來問他。

果不其然，壽王聽罷，道：「我正打算過幾日把你跟孟旭找來，問問情況。否則我給皇兄寫摺子時，還真不知寫什麼。」

顧衍道：「孟參事那邊，王爺還是等他親自來稟告。畢竟我只是有所耳聞，未知全貌，也不好隨意評價。」

壽王擺手道：「本王知曉了。」

說罷公事，壽王倒是主動提起了私事，笑道：「王妃與你妻倒是投緣，前幾日還聽她提起，說想認個妹妹，可惜岳父、岳母大人不在此處，她一個人不好作主，便擱置了。」

顧衍不置可否，只道：「多謝王妃厚愛。內子生性純良、赤子之心，若是偶爾犯了糊塗，一時冒犯王妃，亦請王妃見諒。」

壽王聽了仰面大笑，笑過之後，搖著摺扇，臉上還是哭笑不得。「真不知說你什麼好。王妃每每都讚姜氏沈穩賢淑，雖年紀輕輕，但待人接物皆令人如沐春風。到了你這兒，倒成了偶犯糊塗了？我看你這是小瞧你妻子了！」

他接觸過的女子無數，要他說，這天底下最聰明的，不是那等能勾得男子沈迷美色、魂牽夢縈的，恰恰是姜氏這種，進門便生下長子，既鎮得住後宅，又上得了檯面的，地位穩如泰山。

要說姜氏純良，他是半句話都不信。

面對壽王意味深長的話，顧衍連眉毛都沒動一下，態度自若道：「內子在外人面前，自是沈穩可靠。但在臣心裡，她不是什麼賢良淑婦，亦非什麼掌家主母，只是一個再柔弱不過的女子。」

這話壽王都聽得傻眼了，心道：這是什麼癡情種？還柔弱女子，這掌家的大婦，哪一點能跟柔弱二字搭上邊？

不過，傻眼歸傻眼，壽王也不會真去管別人夫妻間的私事，就是震驚了一下，然後道：「罷了罷了，你也無須擔心這些。王妃不知多喜歡姜氏，兩人真要一時鬧得不開心了，那也是婦人間鬧了口舌，不是什麼大事，無須心懷芥蒂。」

兩人聊過之後，顧衍便告辭回到府中，進門恰好見小兒子瑞哥兒趴在妻子腿上，委委屈屈喊著。「屋裡悶，要出去。」

而長子瑾哥兒很有哥哥的風範，在一邊勸著弟弟。

顧衍走到跟前，一把將小兒子抱起來，一下子舉高了，惹得瑞哥兒驚聲尖叫，隨後發現是爹爹跟他玩，又哈哈笑起來。

陪著兒子玩了會兒，顧衍坐下，道：「明日帶你們去外頭玩。」

瑞哥兒樂得在床榻上直蹦躂，笑嘻嘻喊著。「出去玩！出去玩！」

姜錦魚看他一眼，也不急著訓他，等他自己知錯了，才道：「下回不許在床上蹦，摔了怎麼辦？把娘的瑞哥兒摔成小呆子，往後就不認得娘了。」

瑞哥兒本來還嘬著小嘴，一聽嚇得抱住腦袋，捂著腦袋可愛兮兮道：「不呆。」

姜錦魚便又逗他。「小呆子、小呆瓜……」

瑞哥兒知道娘這是逗自己玩，也不跟娘爭，可愛兮兮坐到娘身邊撒嬌，腦袋往娘懷裡一蹭。「娘抱抱。」

姜錦魚頓時心軟了，哭笑不得想，小兒子怎麼這麼會撒嬌？也沒見有誰教他啊！跟生下來就會似的，以後長大了，得多會哄姑娘家啊。

第二日，一家子便起了個大早，乘著馬車，跑去郊外的莊子裡逛。

遼州冬天雪特別多，越往郊外去，路上的人煙越發稀少了，雪白的雪堆在路上，厚厚一層，車輪壓過，便留下一條筆直的車轍印。

瑞哥兒還沒見過這麼大的雪，忍不住要探腦袋出去看，卻被姜錦魚給攔住了。

姜錦魚壓著他腦袋上戴著的蓬蓬的毛帽子，不讓他往外瞅。「等會兒帶你吃烤栗子，不許把腦袋探出去，小心把耳朵凍壞了。」

瑞哥兒就眼巴巴的道：「爹爹騎大馬……」

不愧是有其父必有其子，才小蘿蔔頭一樣大，就想著騎馬了。

不過這個年紀的小男孩，基本都很崇拜父親，尤其顧衍平日裡便是個嚴父，大兒子、小兒子都很敬仰爹爹，連一邊的瑾哥兒都有點眼巴巴的模樣。

但姜錦魚肯定是不能放兩兄弟去騎馬的，笑盈盈道：「等瑞哥兒、瑾哥兒跟爹一樣高，就能騎大馬了。」

兩兄弟一聽，都充滿憧憬，兩眼放光，彷彿是覺得，等過幾年就可以跟爹爹一樣高，到時候就可以騎大馬了。

姜錦魚這個做娘的也不打擊他們，只在一旁笑咪咪的。

小桃在一邊看著小少爺們的眼神，差點沒忍住笑，連忙別過頭。

等到了郊外莊子，馬車剛停下，瑞哥兒興沖沖要往外衝，然後就一頭栽進了掀開簾子的顧衍懷裡，撞得腦門都紅了。

顧衍見小兒子還委屈上了，要哭不哭的，淡淡訓一句。「莽撞。」

被爹爹訓了，瑞哥兒便不敢掉眼淚，只委委屈屈噘了一下嘴。

顧衍單手把兒子拎下來，送進顧嬤嬤手裡，才不慌不忙對還在車上的姜錦魚伸出手。

一車子的人，就看著方才還對小少爺板臉訓話的主子，轉頭就變了臉色，連動作中都透著一絲溫柔，看得小桃、秋霞等幾個年輕的丫鬟，都跟著不由得臉紅了。

大人和夫人未免也太恩愛了點吧？

下人們去安頓馬車，一家人進了莊子，莊子上已經燒得暖烘烘的。

遼州天寒地凍，到了冬日便會早早燒起地龍，因而一進屋子，裡外好似不在同一個天地。

莊子是新買的，附近的田地算是佃戶租的地，也不知顧嬤嬤從哪裡搗騰來一堆小凳子、小桌子，看上去簡簡單單的，說拿來給小少爺們玩。

然後，順利成章的，顧衍把長子、次子都打發去玩了。

有顧嬤嬤和福嬤嬤守著，姜錦魚倒也不擔心，只是給兒子們理了下領子，道：「等會兒娘陪你們烤栗子、烤包穀去。」

兒子們跟著兩個嬤嬤走了，顧衍也不避諱什麼，牽了姜錦魚的手，握在掌中捏了一下，感覺有點涼，便順勢牽著。「總算只剩下我們了，兒子生得太早、太多了，也不是什麼好事。有時候太礙事了……」

姜錦魚哭笑不得，哪有男人嫌棄兒子多的？再說了，瑾哥兒、瑞哥兒都還小，有時候的確會黏著她一點，但兩個都很乖，也不至於到礙眼的程度吧？

「別胡說……兒子聽見了，該不高興了。方才在馬車上，你就訓了瑞哥兒，還好瑞哥兒性子好，從來不記仇。」

顧衍挑眉。「誰讓他橫衝直撞的？讓長輩先行，這不是規矩嗎？我訓他不得？」

他明明是來接妻子的，一撩簾子，懷裡衝進了一個蠢兒子，訓幾句怎麼了？

姜錦魚忍不住笑道：「瑞哥兒還是孩子，車上又沒有外人，都是自家人，幹麼弄得那麼拘束。我可不希望瑾哥兒、瑞哥兒長大了，對著我們做爹娘的，也那麼拘謹客套，那多不好！」

姜錦魚說得很認真，可惜聽她說話的顧衍卻不想討論兒子的教育問題，邊拉著她往外走，邊道：「帶妳去騎馬。」

姜錦魚愣了愣，心道：大冷天騎馬？

顧衍卻以為她太高興了，面上笑意溫然。「方才見妳往外撩簾子，便知道妳眼饞了。不過這會兒天太冷，只帶妳兜一圈過過癮。等開春了，我讓人給妳挑匹溫順的母馬來，到時候帶妳去打獵。」

兩人兜了一圈，灌得一肚子冷風，姜錦魚本來還覺得自己這是找罪受，大冷天出來騎馬，結果等一圈兒風下來，倒是有點上癮，不想下馬了。

她笑盈盈賴在馬上，望著顧衍，伸出一根手指乞求。「再騎一圈吧，就一圈。」

屋子裡悶了這麼久，策馬奔騰的時候，就像是把什麼負擔都甩開了，渾身輕鬆得不像話，感覺下一刻就要融入到風裡般暢快。

顧衍搖頭。「不行，太冷了。下回開春了再帶妳來。」

姜錦魚不樂意了，仰頭望望天，好像沒聽到一樣指了指前面，興致盎然道：「我剛聽他們說，前頭有個水潭。潭裡特別多魚，又肥美，又鮮嫩。」

顧衍看著忽然幼稚起來的妻子，忍不住失笑，耐著性子道：「真的不行，下回帶妳來好不好？下回教妳騎馬。」

兩人好歹夫妻這麼些年，姜錦魚雖耍賴，但也知道，什麼時候耍賴能成功，什麼時候不行。反正只要涉及她身體健康的，多半就不行。

「唔，那好吧。」

姜錦魚答應道，然後學著顧衍下馬的樣子，準備翻身下馬。她還來不及動作，便感覺到身子一輕，接著人已經被顧衍穩穩的抱下馬了。

明明算得上是「老夫老妻」了，但姜錦魚還是沒忍住，臉上紅了一下。

再扭頭一看旁邊伺候的幾個下人，全都偷笑著轉開臉，姜錦魚頓時臉上熱得更厲害了，揪了一下顧衍的衣裳。「放我下去，都讓人瞧見了……」

顧衍毫不在意，眼神掃過周圍眾人，不必他開口，一個個全都躲開了，溜得比雪地裡的兔子還快。

「行了，現在沒人看著了。」顧衍不在意道。

這場面，姜錦魚更是羞得臉上都要冒煙了。

這叫什麼？這就叫此地無銀三百兩啊！

兩人進了屋，迎面便瞧見了聽見動靜跑過來的瑞哥兒，眨巴著圓圓的眼睛，「唔」地思考了一下，仰頭神色篤定道：「娘撒嬌了！」

他平時跟娘撒嬌要抱抱，娘就會抱他。所以娘一定是跟爹撒嬌了，所以爹爹抱娘了。不過他挺佩服自家娘的，他可不敢跟爹爹撒嬌，娘就是娘啊，果然比他們厲害好多！

瑞哥兒敬佩地看著娘，眼睛亮亮的，那純真無邪的眼神，看得姜錦魚待不住了，拍拍顧衍的手，示意他放自己下來。

倒是瑾哥兒，打量了一眼爹娘，便伸手拉著弟弟，板著圓圓小臉道：「跟哥哥走……」

中午的時候，桌上幾樣都是當地農家菜，遼州的菜有個特點，比較粗糙，不愛在擺盤配菜上費太多心思，也不像盛京那樣，一道菜得過四、五十道步驟，看上去是粗糙了些，卻最大限度的保留了食材的原汁原味。

鍋邊貼的玉米餅子，噴香又酥脆，滿口的玉米甜香。雞子燒板栗，板栗燜得爛熟軟糯，一口咬下去香軟甜糯。還有秋天存放在地窖裡的冬菜，拿豬油一炒，綠油油的，又嫩又脆口……

瑾哥兒和瑞哥兒抱著碗不撒手，尤其愛那道栗子燒雞軟糯香甜，吃得小肚子圓鼓鼓。

姜錦魚怕他們積食，等吃了飯，就帶著兒子們去院子裡逛圈。

姜錦魚看著兩個小的，忽然想起一件事，對顧衍道：「對了，有件事我忘了跟你說。上回去壽王府時，壽王妃問我，孩子啟蒙老師可給找好了？若是沒找著合適的，不妨送到王府去，讓王府給世子啟蒙的夫子一塊兒教。」

第五十六章

顧衍笑望著長子、次子，見兩人兄友弟恭的模樣，心中很是滿意，道：「瑾哥兒和瑞哥兒的夫子，我早就相好了。只等過了年，便讓他們啟蒙。王府的夫子，自然是先緊著世子的進度，瑾哥兒、瑞哥兒比世子小了一歲，胡亂放在一起啟蒙，沒什麼必要。」

當然，還有個原因，顧衍沒直說。

他也好，還是岳父和大舅子也好，走的都是純臣、忠臣的路線，跟王爺走太近，對他沒什麼好處。尤其是小孩子性子單純，最容易相處出交情，壽王妃會這麼說，只怕也是壽王的意思。

但顧衍沒想過拿兒子去做人情，便是真的要讓兒子去和誰處好關係，去抱誰的大腿，那也輪不到世子，沒看太子年紀也不大嗎？

姜錦魚聽了，也覺得有道理，慶幸道：「幸好我當時沒有一口答應。」

在別莊玩了兩天，再回到城裡，姜錦魚還有點不太適應，覺得還是莊子自在些。

不過日子還是要過的，尤其是他們這樣的人家，更不可能關起門來自己顧自己，該來往還是得來往。

回到府裡，就又得和各府夫人們打交道了，成了家的女子在一塊兒，無非是聊些家長裡短，哪家娶媳婦、哪家嫁女兒之類的瑣事。

最近臨近年關，官夫人們間倒是有了件新鮮事，還是陳夫人起的頭，她笑咪咪道：「往常到年關的時候啊，各府便會出些銀錢，做些施粥送糧的事。不過今年王妃娘娘在，不如由王妃娘娘來主持？」

這話陳氏也不是瞎說，因為這事以往都是她牽頭，如今王妃在，她當然不好再做這個牽頭人。不用別人提，她自己就先把位置給讓了出來，連壽王妃都不得不說她一句好。

壽王妃含笑道：「這可是件好事，陳夫人倒是提醒了我。」

陳夫人笑咪咪的，不攬功勞，謙虛道：「不敢當，便是我不提，王妃娘娘菩薩心腸，也是愛做這善事的。」

施粥是件能博取美名的好事，壽王妃笑納陳夫人的美意，也投桃報李道：「茲事體大，我想著，這施粥是件好事，今年不如便多弄些粥鋪，連那些偏遠的鄉下，也要讓人去送糧。我初來乍到，之前也未做過，不如便由陳夫人、顧夫人跟我一同來主持這事。在座的諸位，也都替我參謀參謀，有什麼好主意都儘管來同我說。」

陳夫人一聽喜孜孜的答應下來。「承蒙王妃瞧得上，我必定全力以赴。」

接下來，各府的夫人們便都捐了銀子，閒談間這家三百兩、那家五百兩的，最後湊成一筆不小的數目。

施粥的事情商量好，眾人便都回了自家。

施粥一事進展頗為順利，等到年二十一、二的時候，連著施了三日的粥，得了好處，遼州上下一下子對新來的這個州牧有了好感。加上聽說新來的州牧還是當朝的王爺，遼州百姓連帶著對尚在盛京的周文帝也感恩戴德起來。

老百姓才不會管誰來做官，只要他們日子沒有影響，平日哪裡會去管那些官老爺私下的事情？如今有了實感，他們才稍微關注了上頭是誰。

小桃從外頭回來，跺著腳抖落肩頭的雪，小臉凍得發紅，搓著手道：「有個底下的村子，來了幾十號人，由村裡的里正領來的，徒步走了幾十里路，冒著風雪來到，在州衙門外，說要給壽王殿下磕頭呢。」

姜錦魚見小桃滿臉感動的表情，不由得失笑。

也就小桃這麼傻乎乎的，以為那村子的老百姓是自己要來的，不過是一些糧食、幾件棉衣，實在不至於他們感激至此。

老百姓是淳樸，可也沒淳樸成這樣，冒著這麼大的風雪來，還都是家裡的壯勞力、頂梁柱，真要路上受了風寒或是摔了，對農戶家而言，等同於滅頂之災，沒人會冒這麼大的風險，只為了進城給官老爺們磕個頭。

感激肯定是有的，但是能鬧出幾十號人這麼大的陣仗，定是有人私底下允了其他好處。

姜錦魚也不和小桃說這些，喊她過來暖暖手，又問她。「等過了年，妳就十八了，妳的終身大事，自己可考慮過了？」

小桃霎時一張臉紅透了，忸怩道：「主子怎麼說起這個了？」

姜錦魚看著她笑，眸子裡盛滿了溫柔的笑意，柔聲道：「這有什麼可害羞的？妳是我從益縣帶回來的，除了我，誰來替妳操心這些事？男大當婚、女大當嫁，再正常不過的事。先前又是我要生瑾哥兒、瑞哥兒，後來又是相公要到遼州上任，忙裡忙外的，一時間也沒法子給妳找，如今事情都安頓好了，這事也是時候了。」

小桃被主子鼓勵溫和的眼神注視著，心裡那點羞澀散去，鼓起勇氣道：「奴婢都聽主子的。奴婢一直待在內宅，認識的人也不多，這事自己也拿不定主意，全憑主子作主。」

姜錦魚聽了，想了想，便道：「那這樣，我先讓顧嬤嬤替妳相看幾個合適的，趁著過年的時候，見一見。若是妳自己也滿意，那等到開年之後，找個合適的日子給定下，妳看如何？」

小桃感激的點頭，也就自家主子還會操心奴婢的親事，換作別家，不讓走、熬成老嬤嬤的，一抓一大把。誰會把下人當人？不過是十兩銀子能買好幾個的丫鬟而已。

主子這般替自己考慮，她如何能不感激？

見小桃點了頭，姜錦魚叫了顧嬤嬤來，把小桃的親事正式託付給了顧嬤嬤。

本以為這事沒那麼快，但顧嬤嬤這個急性子倒是很上心，沒幾天的工夫，就領著小桃出去了好幾回。

而小桃偶爾不在，便由秋霞頂了她的差。

年三十那天，又沒瞧見小桃，秋霞笑盈盈道：「顧嬤嬤帶著小桃姐姐出去了。小桃姐姐這幾日面色極好，怕是好事將近了。」

秋霞嘴上說著這話，心裡也是真的羨慕小桃。她們這些做貼身丫鬟的，許給府裡一樣做下人的當媳婦，那都是不錯的了，最怕就是熬到一把年紀了，隨便做個填房繼室，嫁個可以當自己爹的老男人。

可自打知道主子要給小桃姐找人家後，不光是秋霞羨慕，就是廚房那些已經嫁了人的婆子們，都忍不住感慨道：「小桃這丫頭真是命好，遇到了個把她當人的好主子。」

短暫的羨慕過後，秋霞心裡打定主意，一定要忠心耿耿辦好差事。她相信只要自己也跟小桃姐姐一樣忠心，主子也一定不會忘了她的。

她心中想著，手上動作更加索利。

姜錦魚梳洗打扮好了，推開門，就見自家兩個孩子一前一後過來了，兩人都穿著新衣裳，紅色的料子，喜氣洋洋的，襯得跟觀音座下的小童子似的。

不過，一開口就破功了。

瑞哥兒跑過來，撲上來抱著姜錦魚的腿，仰著臉，嘴饞道：「娘，吃糕糕。」

府裡最近做了年糕，糯米都是精挑細選的，在院子裡熱火朝天捶了好久，再切成一個個小塊，還用模子壓了花。廚房見府裡還有兩個小主子，還特意做了糖餡的小年糕，一口咬下去，香濃軟糯，還有溫熱的糖漿，能勾出好長的絲。

這糖年糕一折騰出來，瑞哥兒果然喜歡，一大早就跑來喊娘了，就連一向穩重的瑾哥兒，都忽閃著眼睛望了過來。

自家兒子，姜錦魚當然心疼，也願意寵著，道：「今兒過年，准你們一人吃兩塊，但剩下的肚子得用來吃別的。」

瑞哥兒一聽，樂得在原地蹦躂了一下。

這是他們在遼州過的第一個年，雖說一年下來都是亂糟糟的，可真到了過年的時候，姜錦魚心裡卻覺得，日子越過越順了。

過年的日子總是很快的，等過了初七，顧衍便又開始日日上州衙了。

這些天家中倒是發生了些變化，一個便是小桃的婚事定下來了，顧嬤嬤對這事十分上心，費了不少功夫，為小桃選了個如意郎君。

這人也不是從別處尋來的，正是顧衍手底下一個護衛。

顧嬤嬤對這護衛讚不絕口，道：「這梁永哪，過了年剛好二十三了，也是從盛京跟著一起過來的，跟著主子有七、八年了，算是主子最早選的那批裡頭的。他這人性子好，知道疼人，而且會過日子，我一去打聽他，他同屋的就說，每回領了月銀，從沒見他隨意出去花的，都是攢著，寄給他老家的老娘。可他老娘就他一個兒子，連個閨女都沒有，也全都給他攢著，說讓他娶媳婦用。」

姜錦魚聽下來，沒急著點頭，仔細問：「嬤嬤可打聽過了，梁護衛緣何耽誤了終身大事？按說男子二十有餘，一般連孩子都有了。」

畢竟顧嬤嬤說得天花亂墜、處處都好，可這麼好的人，怎麼就無端耽擱了呢？這也讓人有些費解。

顧嬤嬤顯然是早就打聽清楚了，隨即回答。「老奴打聽過了。前些年呢，是他家裡窮，那會兒咱家少爺也沒當官，梁侍衛又是個舞刀弄槍的，聽著也不太讓人放心，說了好幾個老家的姑娘，都沒成，因為人家姑娘瞧不上他。後來梁永的情況好了些，可家裡老爹去了，守了三年的孝，這麼一來，就給耽擱了。再來，這梁侍衛性子忠厚，可生得高大壯實，一張臉不怒自威，尋常姑娘都有些怕他。」

姜錦魚聽完倒是放心了。男人的相貌沒那麼重要，這麼看下來，這梁護衛確實是挺適合小桃的。

她點點頭。「那行，嬤嬤妳替我把把關，梁護衛的母親在老家，看到時候是把老太太請過來，還是遞個消息回去。小桃的嫁妝，妳讓她別擔心，我來出。妳也跟梁護衛說清楚，小桃不是什麼沒娘家的小丫鬟，受了氣也沒人作主，讓他務必好好待小桃。」

顧嬤嬤聽了就點頭退下。

隨後，梁永寫了一封信回老家。梁母知道兒子總算要成親了，喜得不得了，當即收拾了行李，把家裡的雞鴨也都送人了，直接跟著送信的一塊兒到遼州來。

這麼一來，小桃的婚事就算是定了。只等著梁母來，梁永和小桃便可以直接辦親事了。

小桃的婚事之外，再一件便是瑾哥兒和瑞哥兒正式啟蒙了。

說實話，姜錦魚不是很願意讓兒子們這麼早就啟蒙，可是一想到孩子的爹是探花郎、舅舅又是狀元郎，等日後入了學，若是稍微表現尋常些，只怕都要被說三道四，索性便聽從相公的安排。

總歸每日讀半日的書，其餘時候，還是該玩玩、該鬧鬧。

初春時候，遼州凍土中縮了一個冬日的嫩芽，被濕潤的春雨浸潤，冒出了芽，綠意蓬勃。

冰凍的河流融解，天氣變得溫暖了起來。

然而正是這樣的好時節，遼州邊境突然起了戰事。

一小撮歷經寒冬、饑腸轆轆的胡人，屠戮了遼州偏僻處的一個小村莊，整個村子幾乎死絕，若非有個四、五歲的小孩兒被孩子母親藏進地窖，死裡逃生後，帶著消息到了縣裡，只怕那些胡人的惡行都沒能被揭發。

遼州從上至下，全都對胡人極其厭惡，李家莊的慘案一出，立即引起了遼州城內百姓的憤慨。

作為州牧，這事壽王不能不管，當即派了孟旭領兵三千出征。

孟旭出征後兩、三日，王妃請眾人過府飲春茶。

春茶宴上，商雲兒顯得很是擔憂，連上首王妃說話時，都在走神，姜錦魚看出了她的心不在焉，趁著壽王妃與陳夫人說話時，拍拍她的手，輕聲提醒了她一下。

但等到眾人散去，商雲兒還是沒什麼精神，無精打采的。

姜錦魚見狀，倒是不擔心戰事。顧衍同她說過，別看孟參事這回只帶了三千人去，可那一小撮胡人不過幾百，孟旭的贏面很大，這回讓他去，也是給他個機會練練兵。

另一個便是，兵營不似官場，官場上要收服人心，得用軟手段，可軍營之中，要想讓將士們折服，只能真刀真槍的露一手。

他們來遼州後，孟旭還未將本地的遼州將士盡數收服，這一回恰恰是個好機會。

思及此，姜錦魚拍了拍商雲兒的肩膀。「怎麼？擔心孟參事？」

商雲兒臉一紅，卻沒像以前那樣矢口否認，而是渾身不自在的默認了。

一向大剌剌的商雲兒也有這模樣，姜錦魚看得稀奇，心裡倒是替孟旭感慨一句，總算是熬出頭了。看商雲兒這模樣，之前興許還對自己的感情稀裡糊塗的，這回孟旭一走，她估計是認清了。

想到這裡，姜錦魚道：「擔心也無用，不如給自己找點事做。做點針線打發打發時間，像孟參事這樣的武將，衣裳、鞋子應該磨損得很快。」

商雲兒這回倒是不傻，一聽就心動了，回到家中，就嚷嚷著要嬤嬤去裁料子，說她要給相公做鞋子，惹得嬤嬤使勁掏了掏耳朵，還以為自己聽錯了。

孟旭領兵討伐胡人很是順利。

幾百胡人不堪一擊，孟旭帶的人馬到了李家莊後，不過一日半的工夫，便把李家莊內那些胡人盡數屠了一半，剩下投降的，則用麻繩捆得嚴嚴實實。

這些胡人個個手上沾滿了李家莊村民的鮮血，姦淫擄掠、十惡不赦。

因此，孟旭沒講什麼狗屁的君子道義，第一件事便是親自下馬，廢去那些壯漢持刀的右手，然後回身上馬，揚聲道：「傷我大周百姓者，必讓他血債血償！然大周自有律法，孟某不敢獨斷，今日暫廢胡賊一手，待回城之後，必要他血債血償。」

本來殺紅了眼、忍不住手刃胡賊的遼州將士們，被這一番話說得熱血沸騰，舉起手中沾了血的刀，連吼數聲。「血債血償！血債血償！」

三千將士的吼聲氣勢恢弘，傳出很遠，引得李家莊周邊村落的百姓們都不禁落下淚。

那已成俘虜的胡人，也都兩股哆嗦，自知死期將至，後悔不迭。

待將士們安靜下來後，孟旭揮手下令。「下馬，掘坑立墓，讓李家莊村民入土為安。」

遼州將士回城那一日，街上擠得滿滿當當的都是人。中午時候，本該在家中圍坐一團用飯，可眾人寧願餓肚子，也要看著將士們押送胡人進城的場面。

胡人騷擾遼州百姓，在以往可說是再常見不過的事情，胡人兵力最強盛之時，甚至曾攻進遼州城內。

看到那些曾經揮舞著屠刀的猙獰壯漢，猶如待宰的牲畜一樣被捆得嚴嚴實實，跟在遼州將士的馬後，步履蹣跚、不著鞋履，每走過一步，便留下一個血腳印。

這淒慘景象百姓們看了心裡沒有半分同情憐憫之意，連已經知事的孩子，都覺得內心暢快。

突然，有個頭髮花白的老婦，從人群中猛衝出來，撲到其中一個俘虜身邊，狠狠一口咬了上去，那胡人慘烈痛呼，仔細一看，老婦竟是活生生咬下了那胡人的一塊肉。

「就是你！你欺我女、殺我子，老婆子恨不得生吃你的肉，喝你的血！老天有眼，天理昭昭，你的報應來了！」老嫗狠狠啐了胡人一口，恨意難消。

本來要來攔她的將士聽了，不由得偏心眼按住那俘虜，任由老嫗對他拳打腳踢，以消心頭之恨。

待捶過數拳之後，老嫗熱淚兩行，仰面哭喊。「老天有眼啊！我的兒啊！我的姚姐兒啊！害了你們的胡賊，就要去給你們磕頭了！」

老嫗之聲雖沙啞，卻猶如一道利劍，直直刺在圍觀百姓心中那隱秘的傷口上，路邊圍觀的百姓忽然全都湧了上來，發洩著自己內心的仇恨。

將士們一開始還未動手阻攔，直至見俘虜呼痛聲漸低，才費力撥開百姓，將俘虜帶離人群，關進死牢中。

這恨不得生啖其肉、生飲其血的場面，直接把今日來迎將士的文官給嚇了個好歹。一個個冷汗直流，後背汗涔涔的，不由得想到自己，若是哪一日因為自己往日做過的那些事下了大獄，只怕也會落得與這俘虜一般下場。

沒做過虧心事的還好些，那些做過虧心事的官員，卻是狠狠被嚇破了膽子，自此之後不敢再犯。

金銀財寶也要有命花，美人嬌娘也要有命享受，端看剛剛百姓那嫉惡如仇的模樣，而且州牧、通判、參事都任其發洩，這些官員們就打定主意了，保住小命要緊！

第五十七章

眼下擺在顧衍和孟旭面前的，不是如何處置俘虜。俘虜難逃一死，不過是看什麼時候死罷了，最讓他們為難的，是李家莊唯一剩下的那李家稚兒的去處。

孟旭從李家莊離開之前，去了一趟縣衙，見到了那刀下逃生、出來報訊的李家稚兒，看上去瘦巴巴的，又黑，看上去就更瘦了，本以為至多不過五歲，哪曉得問了知情的人，才知道這孩子竟有七歲了。

大概是嚇到了，從被送到縣衙的那一天起，這孩子除了說出李家莊被胡人屠之事外，將近兩個月，再沒人見他說過第二句。若非那日他開過口，只怕眾人都要懷疑他是啞巴了。親眼看著親人和全村慘死，不過一個稚兒，還能跑幾十里路報訊，已經稱得上一句有勇有謀了，而且這孩子沒在半路凍死，也是萬幸了。

孟旭心一軟，想到這孩子沒有親人，便把人帶了回來，想著能安頓好這孩子。可帶回來了，他又愁上了。他想過帶回自己家，可妻子商雲兒連自己都照顧不好，如何能照顧一個孩子？還是個剛剛痛失雙親、需要關懷的孩子。

想來想去，他就盯上了顧衍，在他心裡，顧衍的妻子姜氏可算得上是難得的賢妻良母，顧府還有兩位小少爺，這李家稚兒最是要與同齡的孩子玩在一塊兒，才能解開他的心防。

孟旭滿含期待看著自己的同僚，語氣誠懇道：「顧兄，這孩子要拜託你了。」

顧衍什麼時候大發善心過？他懷疑孟旭對他有什麼誤解，把他當成大善人了嗎？

他輕挑眉頭，剛要開口，卻瞥見自顧自站在一邊、一言不發的李家兒，那黑黑瘦瘦的模樣，讓人懷疑一陣風便能吹跑了，和自己家裡那兩個小崽子相差太大了。

一開口，話已經變成了。「他叫什麼名字？」

孟旭見他沒拒絕，便知道有戲，忙道：「我也不知道，我問了一路，這孩子愣是沒開口。李家莊所屬的那縣裡的縣令說，孩子還小，家裡沒給上戶籍，所以縣裡也沒弄清楚他叫什麼。」

顧衍微默一刻，開口道：「替他找好人家後，便來府上領。」

孟旭愣了好半晌，才反應過來顧衍這是答應了，忙不迭道：「你放心。我一回去就去找！」

就這樣，顧衍回府的時候，後頭跟了個黑黑瘦瘦的小孩兒。

姜錦魚出來迎顧衍的時候，便見那黑黑瘦瘦的小孩子跟在他身後，也不用大人牽，步子邁得穩穩的，眼珠子黑黝黝的，面上沒什麼表情，嘴唇緊緊抿著，乾得起了皮。

莫名的，那一刻，姜錦魚就恍惚覺得，自家相公這是撿了隻黑黝黝的小流浪狗回來，黑黑的眼睛裡全是戒備。

還是隻很有警惕心的「小狗兒」。

等讓人帶著黑小孩去洗澡之後，姜錦魚才問：「這孩子是誰家的？」

顧衍把這孩子的身世一說，姜錦魚聽得眼淚汪汪，恨恨道：「搶糧食就搶糧，幹麼要殺人？」

顧衍聽完沈默，這一點也其實是他最厭惡胡賊的地方，為了活下去來搶糧，尚且可以理解。可把一個村莊的人都屠盡，一個不剩，就絕非只是為了搶糧食，而是為了洩憤。

等晚上用晚膳的時候，瑾哥兒和瑞哥兒就發現，家裡多了個小哥哥，比他們大點兒，也比他們高，但是瘦瘦巴巴的，還不會說話。

瑞哥兒自以為大家都沒看他，便湊到哥哥身邊，小聲道：「哥哥，他怎麼不說話？」說完，就發現他口中的小哥哥朝他瞥了一眼，眼珠子黑沈沈的。

瑾哥兒沒瞧見，拉了拉弟弟，訓話。「食不言寢不語！夫子今天剛教的！」

小孩子們的眉眼官司，姜錦魚只當沒看見，都是小傢伙，鬧一鬧就成了好夥伴，做大人的真插手，反倒會好心辦壞事。

等用了晚膳，瑾哥兒和瑞哥兒要跟著爹爹去複習今天上課的內容，姜錦魚便領著李家兒去剛收拾好的房間。

進了門，姜錦魚含笑柔聲道：「收拾得匆忙，要是哪裡住得不舒服，跟姜姨說，知道嗎？你若想找姜姨，就跟院子裡的姐姐說，她們會領你來見姜姨的。」

面對姜錦魚的話，李家兒卻只是眨眨眼睛，一聲不吭，彷彿打定主意，要坐實了自己啞巴的身分。

姜錦魚也不逼他開口，又跟他說了在哪裡如廁、洗漱要跟誰說、早膳有人喊等事宜之後，便伸手摸摸他的腦門，含笑道：「那我先走了，早點睡。」

門嘎吱一聲闔上，李家兒在原地站了一會兒，按著方才姜錦魚所說，洗漱之後，便吹滅了燈，爬到床上直挺挺躺下。

入目是藍色的帳子，跟娘經常穿的那件藍色棉襖顏色很像，但是這料子看上去貴了很多，娘一定不捨得買，只會在鋪子裡摸一摸，真買了要被奶罵的。

他直直望著帳子，眼前好像又出現了那些畫面，壯碩的胡人提著砍刀，凶神惡煞迎面一刀，然後娘就倒在血泊裡了。

那血流得特別多，而且好像是溫熱的，他從地窖裡爬出來的時候，踩在奶和娘的血上，腳底好像被灼了一下。

頓了頓，李家兒忽然又想到了把自己帶回遼州的孟大人，和把他帶回家的顧大人。

他其實能感覺得出來，孟大人說他沒有去處的時候，顧大人不是很想收留他，但還是同意把他帶回了家。

他一點也不討厭顧大人家裡的兩個弟弟，因為他沒有弟弟。他以前最想要一個弟弟了，但是爹死後，娘生不出弟弟了，他得要做個男子漢，要保護娘。

但他其實還是很喜歡、很想要弟弟的。

叫瑾哥兒的那個弟弟白白淨淨的，還會給他挾菜，很乖。叫瑞哥兒的那個弟弟，有點淘氣，但是肥肥的小臉，讓他很想伸手捏一捏，一定很軟。

然後，還有「姜姨」……

顧大人的夫人像太陽底下曬過的棉被，蓬鬆蓬鬆的，給人很溫暖的感覺。

府裡多了個人，最樂的人便數瑞哥兒了。

他是打小貪玩的性子，見到新來的小哥哥，總是忍不住上去逗他說話，雖然從來沒成功過。

夫子搖頭晃腦念過一段千字文，忽然瞥見瑞哥兒嬉笑的表情，放下手中的書，捋著鬍子，道：「顧瑞，方才為師所念的那一段，你照著書念一遍。」

瑞哥兒直接傻了，他剛剛在逗旁邊的李家兒，哪裡知道夫子念到哪裡了？

旁邊的瑾哥兒倒是著急著想提醒，可瑞哥兒支吾了一下，還是垂著小腦袋認錯了。「學生方才走神了，請夫子責罰。」

夫子見狀，沈著臉色道：「念你年幼，為師也不罰你板子了。就罰你站著聽課，直到散課。」

瑞哥兒垂頭喪氣的，老老實實站著，一直到散課之後，夫子蹣跚著離開，他才滿臉鬱鬱的坐下了。

瑾哥兒心下糾結，又心疼弟弟被罰，又怪他不好好聽課，但到底心疼多些，走過去安慰道：「別不高興了，娘做了芙蓉糕，等會兒讓你多吃幾塊。」

瑞哥兒還是提不起勁，他雖然淘氣了些，但還是第一次被夫子罰，心裡難受。

瑾哥兒也沒法子，畢竟是自家弟弟，手足兄弟，就是蠢了點，他也得護著，可他也不知怎麼安慰，只能牽著他的手，拉著他回到後院這邊。

兄弟倆一進門，姜錦魚就發現了兄弟倆不對勁，平日裡活蹦亂跳的瑞哥兒，跟蔫了的小白菜似的，垂頭喪氣。

瑾哥兒呢，則時不時看弟弟一眼，似乎很擔心他。

姜錦魚笑盈盈把兒子們招呼到身旁，一手攬一個。「這是怎麼了？早上不還是好好的，鬧彆扭了？」

瑾哥兒沒開口，眼神擔憂地看著弟弟。他很喜歡弟弟，雖然弟弟經常哭哭啼啼的，脾氣又嬌，但是他跟弟弟是同母兄弟，是這天底下最親近的兄弟。

瑞哥兒被娘一摟進懷裡，委屈勁兒頓時上來了，眼淚啪嗒落下，抽抽噎噎道：「孩兒……孩兒不聽話，被夫子罰了。」

姜錦魚聽了前因後果，就見說完了的小兒子仰著臉，一副想看她又不敢看的樣子，柔柔一笑，輕輕揉揉小兒子的臉蛋，溫柔取來帕子給他擦了眼淚。

「好了，不哭了，娘知道了，不怪瑞哥兒。你還小，有時候犯了錯，只要知錯就改，那還是好孩子，還是娘的乖寶寶。不管是娘還是爹爹，都不會責怪你的。」

哄好了兩個小傢伙，等秋霞把芙蓉糕送上來，姜錦魚便一人親了一口，笑咪咪道：「好了，去吃芙蓉糕吧。」

見時間差不多了，姜錦魚便叫兒子們吃了午膳，去午睡了。

看兒子們都睡得香甜，姜錦魚輕手輕腳出了門，徑直往後院的客房去了。

明明都在後院，相隔也不太遠，但客房的小院就冷清了不少。姜錦魚看著空蕩蕩的院子，微微皺了下眉頭，抬手輕輕敲了一下門。「姜姨來了，能進去嗎？」

等沒多久，門就嘎吱打開，黑黑瘦瘦的李家兒站在門內，黑黝黝的眼眸，透著陰鬱。

姜錦魚微微一怔，輕聲道：「吃過午膳了嗎？合不合胃口？」

這孩子到府裡來之後，一直沒開口說過話，若非早知他不是小啞巴，姜錦魚早就請了大夫來了。

所以小傢伙不回答，姜錦魚也不覺有什麼，只是把他當正常人一般，該問就問、該說就說，太小心翼翼的對待，反而顯得這孩子格格不入。

進屋撥了撥燭芯，見屋內亮堂了些，姜錦魚仔細打量了一下李家兒，伸手把直直站著的人拉到身前，從袖子裡取了瓶藥膏出來，用小玉勺挖了些白色膏體，在掌心搓了一下，淡淡的藥香味便隱隱約約地透出來了。

「伸手。」姜錦魚一句話，李家兒怔了一下，猶豫著把手遞了過去。

姜錦魚握住他生了凍瘡，腫得似蘿蔔的小手，把藥膏抹上去，等塗抹勻了，才鬆開手。她把那藥瓶擱在桌上，道：「以後每日塗兩次，早起洗漱之後塗一次，晚上睡前厚厚塗一層，平時覺得癢，也別去撓，很快就會好的。」

說完，果不其然沒得到回應。

姜錦魚也都習慣了，起身準備出去。剛一轉身，她就聽見了沙啞的聲音，大約是太久沒說話的緣故，有些凝滯，句子不是很流暢，但吐字很清楚。

「我害弟弟被先生罰，不是故意的。」

姜錦魚怔了好一會兒，才反應過來，一直不肯開口的李家兒居然說話了，她轉身，便看到了那孩子純黑眼睛裡的忐忑，以及患得患失的不安。

心裡頓時就跟被捏了一下一樣，她蹲下身子，目光直視著目露不安的李家兒，伸手摸了摸他的腦袋，語氣溫柔道：「我知道，弟弟也沒怪你。沒人怪你，不是你的錯。」

想了想，又道：「你能不能告訴姜姨，你叫什麼？」

「明哥兒。」他慢吞吞道：「我娘喚我明哥兒，因為是天明的時候生的，家裡沒給取大名。」
姜錦魚笑盈盈念了一句「明哥兒」，隨後道：「沒事，那我就喊你明哥兒。至於大名，我請夫子給你取一個。」
明哥兒攥了下手心，鼓起勇氣，說話流暢了點。「我想讓夫人給我取。」
姜錦魚聽得怔了一下，她也不是不願意，就怕胡亂取了個不合適的名字，但見明哥兒期待的眼神，認真想了一下，道：「明字是你阿娘取的，這個字便留下，那你便叫李思明，如何？」
李思明難得跟孩子似的笑了，他用力地點了一下頭。「我喜歡這個名字！」
姜錦魚也跟著笑，拍拍他的腦袋。「喜歡就好。去午睡吧，等睡醒去跟弟弟們玩，下午有小餛飩吃。」
對於「啞巴小哥哥」會說話這件事，瑞哥兒剛開始還興奮了一下，卻很快就失去了興趣，倒不是他喜新厭舊，實在是明哥兒雖然不啞巴了，但也極少開口。
不過他雖不大說話，卻自認自己比弟弟們年長些，很有大哥哥的自覺，處處照顧著瑾哥兒、瑞哥兒。
瑞哥兒是小兒子，而且性子本就天真爛漫一些，是最容易倒戈的，見小哥哥處處讓著他們，一下子就跟他親近起來。
倒是瑾哥兒，雖只比弟弟大了一刻鐘，卻是早熟性子，雖然也和李思明相處和諧，但到底不會跟自家蠢弟弟那樣，一下子把自己的老底都給賣了。

在他心裡，弟弟是親弟弟，他們是天底下最親近的兄弟，但思明哥哥就只是喊喊的哥哥，在親疏遠近上，瑾哥兒一向分得很清楚。

過了半月有餘，一日顧衍回來，說起了明哥兒的事情。

他道：「孟旭為他找好了人家，說是孟家的一個遠親，夫妻倆子嗣運不好，成婚十來年，膝下一個孩子也沒有，過繼後便能給他入族譜。他已經遞了信過去，等到三月，孟旭那遠親夫婦倆便會親自過來接人。」

姜錦魚有點不捨，但也知道，對於明哥兒而言，這已經算是一個很好的歸宿。

選的人家與孟旭沾親帶故，便是日後夫妻倆有了孩子，也不可能虧待了明哥兒。

她便也點頭道：「這是好事。明哥兒是個好孩子，等有了新家，往後一定會順順利利的。」

本以為李思明的去處，便這樣定了下來，哪曉得之後又發生了變故。

此時姜錦魚倒是沒想到這些，而是哭笑不得地，看著在自己面前拚命誇自家姪女的薛夫人，又是好氣又是好笑。

做了顧夫人這麼久，還沒有當著她的面，公然給她相公送妾的，連胡氏都是拐彎抹角的，眼前人倒是第一個。

薛夫人說得口乾舌燥，猶不過癮，還繼續道：「我家芳姐兒最是乖巧，膽子似豆子大小，是絕不敢忤逆妳的。妳儘管放心，讓她給妳端茶送水、捏肩揉臂，她的一雙手可巧得很。」

姜錦魚萬般無奈。「薛夫人，妳不必再說了。妳姪女兒很好，但這事不合適。我們家萬萬沒有這樣的規矩……」

薛夫人卻不把這話當一回事兒，只當姜錦魚吃醋了，道：「顧夫人，不是我多管閒事，我也是把妳當妹妹才與妳說。我虛長妳幾歲，妳是不曉得，這男人啊，甭管嘴上的話多好聽，可骨子裡哪一個不重顏色？放在眼皮子底下，拿捏在手掌心，總比他去外頭偷、去外頭嫖、去外頭置外室強。妳看我，老薛雖然疼我，但——」

這話越說越荒唐了，姜錦魚忙打斷了她的話，擺手道：「薛夫人，我府上還有事，便不招待妳了。」

說罷，也不等薛夫人搭腔，直接揚聲道：「秋霞，幫我送送薛夫人。」

秋霞應聲進來了，福福身子，恭恭敬敬把薛夫人給請走了。

薛夫人一走，姜錦魚才落了個清靜，這一早上腦子被薛夫人吵得嗡嗡亂響，她根本沒吃醋，就是覺得莫名其妙。

他們家的事，薛家這麼著急做什麼？還眼巴巴上來送姪女做妾。

姜錦魚一肚子的火，對薛家徹底沒了好感，剛開始對陳、薛兩家，她還算是做到了一碗水端平，不讓人找什麼由頭說嘴。

可越接觸下來，越是覺得，還是陳夫人大氣，跟她交往也不覺得累，倒是薛夫人，總感覺有些膈應。

初春的州衙中，仍是燒著地龍的，倒不是因為別的，而是這群文官們大多年老體弱，就是年輕的也是文弱書生，真要把他們凍著了，那州衙便可以關門了。

孟旭剛進門，便熱得後背出了一身汗，他隨手拉過一個下人。「帶我去顧大人處。」

下人應下，在一旁指路。

到了顧衍辦公之所外，門是開著的，孟旭也不把自己當外人，見顧衍伏案正在批閱什麼，便自顧自進門坐下。

顧衍看完底下人遞上來，關於東城區修官道的摺子，便擱下手中的筆，抬頭看向孟旭。

「何事尋我？」

孟旭道：「我那遠房叔叔，就是來接明哥兒的那個，遞信過來說，家中有點事，怕是要遲些時候才過得來。明哥兒還得託你再照顧一陣子。」

說完，孟旭也有點不好意思，畢竟人是他帶回來的，卻甩給了顧衍，怎麼說都不太厚道。但他家確實照顧不好，為了孩子好，他就是厚著臉皮，也只能把這話給說了。

顧衍面色沈靜，抬手給自己換了塊新墨，隨口道：「我知曉了，還有事？」

孟旭一肚子解釋的話，硬生生被塞了回去，他倒是想解釋幾句，哪怕為那孩子多說幾句好話，但顧衍這淡然的態度，倒讓他不好開口。他一開口，反倒顯得他以小人之心度君子之腹了。

第五十八章

孟旭正絞盡腦汁想著找個什麼話題聊聊，好讓自己走得不那麼尷尬之時，忽然見顧衍起了身，忙追上去道：「顧兄去哪裡？」

顧衍看了眼追著自己的孟旭。「去州牧處。」

孟旭立刻道：「正好，我也有事要和州牧大人稟報，我和顧兄一起去吧！」

於是，兩人來到了州牧辦公的廳堂。

壽王難得見兩人一起來，把賞到一半的裘老真跡順手擱到一邊，道：「難得見你二人同來。」

孟旭拱拱手，把最近操練的情況稟報，末了，又報了上次李家莊之戰的撫卹金。

壽王打了個哈欠。「這事你讓底下人報個數上來就行。」

孟旭忙替底下的將士謝過壽王。

孟旭的事說完了，便輪到顧衍，他言簡意賅將最近的大事說了一遍。

等顧衍說罷，壽王也只是點點頭，順便把自己的章拿出來一蓋，便算完事了。

公務處理完了，壽王這才來了勁兒，笑咪咪打趣起了顧衍，道：「顧大人最近很有桃花運嘛……聽說薛老頭最近卯足了勁兒，想把他的姪女塞給你。本王聽王妃說，那薛老頭的姪女是個小美人，生得冰肌玉骨、秀色可餐……」

顧衍眼皮子都沒顫一下。「王爺若是喜歡，您開口，薛大人必定馬上把人送到您府裡去。您若不好意思開口，臣去替您說。」

壽王正等著看顧衍笑話，哪曉得被他一句話給駁了回來，驚道：「你可別胡來，本王就是隨口一說，本王什麼時候對薛老頭的姪女感興趣了？」

顧衍抬頭，慢條斯理重複壽王剛才的話。「剛才王爺說，薛大人的姪女冰肌玉骨、秀色可餐，是個小美人。這話，孟大人也聽見了的。」轉頭，看了孟旭一眼。「孟大人？」

孟旭被看得一個哆嗦，恨不得打死剛才的自己，為什麼要跟著顧衍來見壽王。

「呃，臣……臣的確聽見了！」孟旭一咬牙，閉眼豁出去了，誰讓自己欠顧衍那麼多人情！

壽王被噎了個好歹，偏偏又是自己先不正經，開口調侃顧衍，只能硬著頭皮給自己找臺階下。「哈哈，是嗎？呃，這事往後不許再提了！本王找個日子要好好訓斥薛功曹！給上官送妾，這種行為簡直有失體統，萬萬不能由著他胡來！」

顧衍靜靜看著壽王跳腳大罵薛功曹，什麼有辱斯文都用上了，最後，還不忘補一句。「本王萬萬不能縱容此等行徑！薛功曹還是好生給他那姪女找個良人，別幹這種蠢事了！」

等壽王說罷，顧衍才慢悠悠一句給了臺階。「王爺英明。」

壽王鬆了口氣，他倒不是怕顧衍，而是怕顧衍使壞。大約是顧衍跟他夫人的感情太好了，王妃看多了之後，醋勁大了不少，前幾日居然念起了什麼「易得無價寶，難得有情郎」的酸詩，當時就把他氣得頭腦發暈。

不過他跟王妃的感情還是有的，世子也是王妃所出，他又不想換個王妃，只能忍著。

梁永看了眼那「硬生生」鑽到馬車邊，然後時機巧妙順勢倒下的妙齡女子，想了想，掀開簾子。「大人，那女子似乎是暈了。」

顧衍遙遙望了一眼，只見那女子雙眉微蹙，容色生得極為憐人，雪膚紅唇，一襲喪服似的白衣，好看是好看，但未免太整潔了些。

顧衍掃了一眼，淡漠吩咐。「找個婆子，送去醫館。」

梁永極其忠心，尤其是他與小桃訂親之後，更是潔身自好，他壓根兒連碰一下那姑娘的意思都沒有，直接從旁邊找了個婆子，給了銀子，讓她幫忙把人送到醫館去。

地上的珊娘聽到主僕兩人的反應，簡直懷疑主僕二人是不是不能人道？是不是瞎子？怎麼毫無半點憐香惜玉之情？自己好歹也算是個美人兒，這通判大人和侍衛是把她當什麼蛇蟲鼠蟻，怎麼如此避之唯恐不及的態度？

這麼想著，珊娘乾脆用自己被身子壓著的那隻右手牢牢抓住車轍。

未料，被梁永喊來的那婆子是個幹慣了粗活的，粗手粗腳、力氣奇大，她一身蠻力，一把就要把珊娘扛到肩上，先用了三分力氣，發現沒扛動，婆子也沒細細檢查，只以為這姑娘骨頭洸，直接用了全力，硬生生把抓著車轍的珊娘拖開，一把扛到肩上。

可憐那珊娘本來身上毫髮無損，愣是被這婆子一股蠻力把手腕給弄骨折了，腰上背上全是瘀青，送到醫館去之後，梁永給的那銀子，居然還真的派上了用場。

同樣的事情，過了數日，又一次上演。

只是這回的「肇事者」不是顧衍，而是孟旭。

那時孟旭正騎著馬，出了東城，往軍營去，路邊一白衣女子突然滾落到他的馬蹄之下，他忙拉緊轡繩，好險沒把人給踩死了。

馬蹄離那白衣女只剩幾步之遙，可她顯然是受了驚嚇，神色慌亂、美目含淚，她皺著柳眉，還摀著手，也不知是不是摔傷了。

孟旭只得翻身下馬，走到那女子身旁關心。「姑娘，妳還好嗎？」

很快到了三月，姜錦魚給小桃放了個假，讓她和梁永一同籌備親事。

好在秋霞也已經被小桃給帶出來了，很能獨當一面，所以姜錦魚這裡倒沒什麼太大的不方便，還是跟以往差不多。

姜錦魚剛把府裡上月的帳看了一遍，秋霞便進來了，道：「夫人，孟夫人來了。」

商雲兒一向愛來找她，不過最近已經不大往外跑了。這其實是好事，畢竟是嫁了人，做人媳婦的，又不是做女兒的時候，成日往外跑像什麼樣子？

但想到兩人也挺長時間沒見面的，姜錦魚仍是放下手裡的事情，來到會客的廳堂，一進門，卻見商雲兒紅腫著眼睛，整個人都憔悴了不少。

「這是怎麼了？」揮退下人和丫鬟，姜錦魚走到商雲兒跟前，細細打量她蒼白的臉頰。

商雲兒想笑一笑，勉強扯出一個笑臉，卻發現實在是太難看了，乾脆不笑了，垂頭道：「姜姐姐，我今日是來跟妳辭別的，我要回盛京了。」

姜錦魚一頭霧水，她沒聽相公說過孟旭要調回盛京，難道是盛京那邊剛來的調令？可看商雲兒這副模樣，總不至於是因為不捨得她，才哭成這個樣子的吧？

商雲兒頓了一下，木著一張臉，繼續往下說：「我要和孟旭和離。和離之後，我就沒必要待在遼州了，我打算回盛京。要是我嫂子願意我住在府裡，我就住在府裡；要是她不願意，我便自己購一個宅子住……」

聽她這語氣，完全已經是心灰意冷了，姜錦魚皺了皺眉頭，握住她冰涼的雙手。「慢慢說，到底怎麼了？」

聽到這句話，商雲兒眼淚開始啪嗒啪嗒掉，似乎是找到人傾訴了，哭得淚眼朦朧。

「他心裡有別人了。我就知道他嫌棄我！我既不賢慧、也不溫柔，他壓根兒不喜歡我這樣的……」

姜錦魚等她哭夠了，整個人冷靜下來了，才道：「妳好好說，到底發生了什麼？什麼叫他心裡有人了？妳親眼見到了？還是孟旭親口承認了？」

她沒把話說死，商雲兒性子驕縱，聽風就是雨，興許只是誤會而已。

商雲兒卻語氣篤定道：「我親眼看到了。」

繼而失魂落魄道：「半個月之前，他帶回來一個受傷女子，閨名珊娘，說是騎馬之時，撞傷了人，便帶了回來。我信以為真，請了大夫為那珊娘診治。本以為等她醒了，或是傷好了些，便可以送她回家。哪曉得那珊娘說自己是孤身來遼州投親的，我看她可憐，便讓她在府裡住著，還派了人去替她找她口中要投靠的親人。誰曉得……誰曉得，她居然同孟旭好上了。」

姜錦魚聽著商雲兒的哭訴，心裡萬般無奈，把一個不知來歷的姑娘留在府裡照顧？是該說商雲兒單純，還是說她太善良？

商雲兒回想起來，也覺得自己實在太蠢，被人算計成這個樣子，還傻乎乎覺得那珊娘是個好人，她眼淚掉個不停，哽咽道：「我也不知孟旭是什麼時候和珊娘勾搭上的，等我知曉的時候，兩人已經有了首尾。我陪嫁來的嬤嬤還勸我忍讓，可憑什麼要我忍？孟旭他欺人太甚！」

在姜錦魚的印象裡，孟旭還是個很可靠的人，為人也值得信賴，他又大了商雲兒些，平時對商雲兒多有忍讓，她一度覺得，商雲兒這算憨人有憨福。

哪曉得看似值得託付終身的孟旭，一下子做出這等事情來。即便真的想納妾，那也夫妻倆好好說，何必與一個被妻子收留在府裡不知來歷的女子糾纏不清？當真是犯了糊塗！

聽了前因後果，姜錦魚也不再勸商雲兒了，道：「妳若是要和離，也不是不可以。我且問妳，妳的嫁妝可還捏在自己手裡？雖然妳和孟旭沒有孩子，但和離也不是那麼容易，和離還沒成的這段時間，妳可有住處？」

商雲兒本沈浸在自己的悲傷之中，恨孟旭、恨自己瞎了眼、恨那珊娘不要臉，恨天恨地的，幾乎沒法冷靜思考什麼。知道孟旭和珊娘有了首尾之後，一直到現在，她腦子裡只有一個念頭，那就是和離，至於如何和離、和離之後怎麼辦，全都一片模糊。

如今被姜錦魚提醒，商雲兒才回過神來，怔了片刻，擦去眼淚回答。「嫁妝在我手裡，一直沒動過。至於要住哪裡……」

商雲兒愣了一下，勉強露出笑來。「先在客棧住幾日吧……等和離之後，我也沒必要待在遼州了，等回到盛京，再購院子。」

商雲兒這話，姜錦魚一聽，就知道她壓根兒沒個清楚的打算，只是一門心思要和離，至於要如何離，只怕她自己心裡也是一團漿糊。

姜錦魚多多少少有些同情商雲兒的處境，何況除了她，商雲兒在遼州還能指望誰？

「客棧妳如何住得慣，若是不介意，我騰個院子給妳，先安頓下來再說。」

商雲兒自然知道，住在顧府，對她而言是個好選擇，可和離之人畢竟不是什麼好名聲，她不願連累姜錦魚，便推辭道：「算了，有什麼習慣不習慣的？我也住不了幾日，還要麻煩妳收拾個院子，何必呢？」

姜錦魚見她堅持，也沒勉強，只是送她出門前道：「若是遇著什麼事，儘管讓人來府裡找我。院子我替妳騰出來，妳什麼時候想來住都行。」

商雲兒本來都不哭了，為了孟旭這個人渣哭，簡直是白費自己的眼淚。但聽了姜錦魚的話，反倒心頭一暖，鼻子一澀，淚意又湧了上來，壓著哭腔道：「嗯，我知道了。」

送走商雲兒，姜錦魚的心情也好不起來。當時知道商雲兒和孟旭夫妻疏遠，她還有意撮合，本來是盼著兩人和睦，哪曉得會鬧到今天這個地步？

歸宗女不是好當的，雖說官府允許和離，但和離後的女子，總歸在名聲上不大好。那些規矩重的娘家，壓根兒不願出嫁女和離歸家，恨不得歸宗女剃了頭髮，去廟裡做姑子，好挽回家中被害了的名聲。

但設身處地，姜錦魚能夠感同身受，若她身處商雲兒那個位置，也會選擇和離。

這世間哪有誰是離了誰，就活不了的？更何況商雲兒那麼年輕，兩個人過不下去了，便趁早和離，好過彼此折磨，兩敗俱傷。

正在屋裡發著呆，下學回來的瑾哥兒、瑞哥兒和李思明過來了，瑞哥兒笑嘻嘻的聲音，隔著老遠便傳了過來。

姜錦魚打起精神，喚來秋霞，吩咐道：「去把我早上讓廚房準備的蛋卷端來。」

秋霞悄悄抬頭打量了一眼夫人，見她眉頭總算鬆開了，心裡才安心了些。

要她說，孟夫人攤上這事，是挺倒楣的，但大人那麼疼夫人，眼裡只有夫人，平日裡他們這些丫鬟，甭管再嬌嫩的，大人看她們的眼神，就跟看門口的石獅子差不多。夫人何必因著孟夫人的事情難過？

這事怎麼也不會發生在他們府裡啊！

其實來了遼州之後，新進府的丫鬟裡，也曾有幾個動過歪心思的，仗著自己有幾分姿色，便想著爬床做姨娘的齷齪事，可甭管生得再好，私底下過過嘴癮便罷了，但凡犯到大人面前，哪一個不是挨了頓板子，就被遣送出府了。

秋霞心裡想著，嘴上卻不敢多說什麼，應了聲後，便出去了。

屋裡有小孩子，還是三個，一下子便熱鬧起來了。

瑞哥兒又愛撒嬌，姜錦魚被他惹得直笑，心裡那點不舒服，倒是漸漸散了個一乾二淨。

姜錦魚自己也反思，不能一個人東想西想，想那麼多做什麼？同情商雲兒的遭遇可以，但物傷其類大可不必。她心裡清楚，顧衍不是重色的人，兩人間還有孩子，有相濡以沫的感情，萬萬不會鬧到那個地步。

放下心事，姜錦魚倒也不去想那些，只是還是關注著商雲兒那邊的動靜，怕她吃了虧。

結果過沒幾日，商雲兒的嬤嬤就找上門了。

秋霞急急忙忙進來傳話，道：「孟夫人身邊的嬤嬤來了，說孟夫人出事了。有個叫做珊娘的女子，找去了客棧，在孟夫人房裡鬧，孟夫人推了一把，珊娘便暈了，滿地都是血。」

秋霞說得嚇人，姜錦魚一下子站了起來，也顧不得其他，直接喊了人，去了商雲兒暫住的客棧。

進了客棧，果然瞧見裡頭亂糟糟的，小二慌得不行，還有人在喊。

「出人命了！出人命了！」

姜錦魚當機立斷，招呼秋霞過來。「妳帶人去找大夫來，再讓人去州衙那裡同相公說一聲。」

吩咐完了，看秋霞飛奔出去，自己壓了壓裙襬，穩了穩心神，踩著穩當的步子上樓。

最不好的情況，就是珊娘死了。珊娘是良籍，而非僕人、丫鬟，商雲兒失手誤殺了她，只怕難逃牢獄之災。若是珊娘還有一口氣在，那事情便還有轉機，商家有能力把這事給壓下去。

當然，所有的前提都是，孟旭不追究。

若是孟旭愛這珊娘，將她視作心頭寶，追究到底，只怕商雲兒這回是栽了。

姜錦魚踩著樓梯到了二樓，還未見著什麼，先聞到了淡淡的血腥味。她腳步一頓，入目便是驚慌失措的商雲兒，滿臉煞白、呆呆站在那裡。

她對面一個貌美娘子靠在樓梯扶手上，額頭上全是血，看上去有些可怖，但睫毛仍微微抖著，口中隱隱約約發出疼痛的哼聲。

還活著！姜錦魚心中大大鬆了口氣，人活著，一切還有轉圜餘地。

她走到跟前，扶住商雲兒，示意下人照顧著珊娘，她則拉商雲兒回房裡。「到底怎麼了？好好的，妳們怎麼會起了爭執？」

商雲兒嚇傻了，好半晌才含著淚道：「她……她不知怎麼找到這裡的，一上來便拉著我，還跪下求我，請我回去。我一時氣不過，就甩開了她的手，結果她就一頭栽到扶手上了。我……我不是故意推她的。」

姜錦魚壓住商雲兒發抖的手，厲聲喝斥。「別慌！又沒死人，有什麼好怕的？妳記住，是她和孟旭先對不住妳，妳不過是反擊而已，有什麼可自亂陣腳的？等會兒來了人，妳給我穩住，記住了沒？妳是誤傷她，又不是故意害她，有什麼可慌的？」

商雲兒自小沒經歷過這些，家中母親商夫人一人獨大，那些妾室、姨娘都被壓得死死的，自然沒瞧見過爭寵的手段，被姜錦魚這麼一斥，猶如抓住了救命稻草一般，呢喃問道：「我……我該怎麼辦？」

「什麼怎麼辦？」姜錦魚扳正她的肩膀，撐住她的身子，一字一句道：「妳不過是甩開了她的手，是她自己摔的。最多治妳一個誤傷的罪，賠些銀錢就夠了。再者，那珊娘要是還想入孟家的門，難不成真敢去衙門告妳？」

把商雲兒給安撫住了，姜錦魚才帶著她出去。

珊娘此時已經被秋霞請來的大夫，包紮好了傷口，正虛弱靠在床沿上，見到商雲兒，整個身子都瑟縮了一下，囁嚅道：「夫人，都是我的錯，您別生大人的氣了。您打我也好，罵我也好，我絕不敢違逆。」

不得不說，站在男人的角度，珊娘這種癡情、溫柔又貌美的小娘子，的確比總愛窩裡橫的商雲兒，要更吸引人一些。

但姜錦魚打心底裡覺得膈應，尤其商雲兒好歹也待珊娘不薄，讓她住在家裡，供她吃喝，結果珊娘轉頭就爬了孟旭的床。

她走到珊娘跟前，側身坐下。「這位妹妹說的是什麼話？打妳罵妳做什麼？這話聽得我都糊塗了，妳一個良家小娘子，誰能無故打罵妳，天底下沒有王法公道了不成？就算是妳進了門，妳家夫人也是個和氣人，慣不會隨意打殺下人的，是不是這個理？」

第五十九章

珊娘抖了一下，一聲不吭，低下了頭。

姜錦魚不去理會，而是朝商雲兒招手，示意她坐下，然後不緊不慢與那珊娘道家常。珊娘一副任打任罵的樣子，姜錦魚也沒脾氣，看不慣是真的，但仍是慢聲細語，有一搭沒一搭說著閒話。

這時，派去請人的下人總算回來了。

顧衍和孟旭一前一後到了客棧，早在路上，顧衍便知道事情始末。見了孟旭，居然還對他笑了笑，道：「孟大人豔福不淺。」

孟旭本就臉色不好看，心中羞愧不已，覺得自己對不起商雲兒，被顧衍這麼一嘲弄，更是羞得無地自容。

兩人一前一後上了樓梯，孟旭敲了門，來開門的卻是姜錦魚。

她輕輕瞥了一眼孟旭，笑盈盈道：「孟大人來得真快，真是知道心疼人。」心疼誰，就不用她指名道姓說出來了。

孟旭苦笑不已，這顧氏夫婦皆是一模一樣的態度，一句句話猶如冷刀子一樣插在他的心口，偏生這事就是他做得不對，是他對不起雲兒，旁人打抱不平，他又有何辯解的資格？

他拱手低聲下氣道：「嫂夫人見諒，今日實在麻煩妳了。」

姜錦魚淺淺一笑，不置可否道：「麻煩什麼？雲兒離開盛京前，商夫人還將她託付給了我，說遼州人生地不熟，盼我們二人相互扶持。到如今這個地步，我自是不能袖手旁觀。那珊娘的確貌美，連我看了都覺得萬般憐惜，但還盼孟大人記著，你的髮妻陪你來這苦寒的遼州，為你操持家事，便是沒有功勞，也有苦勞。做人不能太過分……」

想到之前商雲兒為他做的改變，孟旭被說得無地自容。

姜錦魚倒也給他留了些面子，孟旭肯聽就聽，不肯聽她也沒轍了。

把房間留給夫妻二人與那珊娘，見門掩上了，姜錦魚才覺得心累得不行，剛想把事情給顧衍解釋一下，肩上就落下一隻手，扶著她的肩，帶著微微的暖意。

姜錦魚忽然就不想去說那些齷齪事了，輕輕靠在男人肩上。

「累了？」

姜錦魚搖搖腦袋，仰著臉看向男人的側臉，明明是一張看著便很有桃花緣的臉，且探花郎出身，年少有為，怎麼這麼些年，愣是沒什麼狂蜂浪蝶呢？

顧衍察覺到她的眼神，想了想，以為她在苦惱，便道：「不用擔心。孟旭對他妻懷有歉意，商家也不是什麼小門小戶，不會有事的。若是孟旭真的那般糊塗，走不到今天這一步，孰輕孰重，他分得清。」

接著，他輕而易舉打破了自己不插手旁人家事的原則，安撫道：「若真談不攏，大不了我出面便是。」

姜錦魚早都不苦惱商雲兒的事了，她剛才為什麼要一而再、再而三的說那些話，無非便是想讓孟旭對商雲兒心懷愧疚，很顯然，這招奏效了。

但身邊人跟自己這麼保證，她還是忍不住眉眼彎彎，微笑點點頭，「嗯」了一聲，道：「我知道。」

沒多久，商雲兒和孟旭便一前一後出來了，兩人神色都不太好看。

孟旭走過來，強撐著笑意道：「多謝嫂夫人，我和雲兒已經談好了。」

姜錦魚如今對孟旭沒什麼好感，不管他是被算計了，還是被珊娘的美色引誘了，事情鬧到今天這個地步，一大半的錯都在他優柔寡斷上。她扭頭看向一邊的商雲兒，帶著些確認的語氣。「雲兒？」

商雲兒輕輕眨了眨睫毛，聲音細若蚊蚋。「沒事了，我們都談好了。」

孟旭也彷彿鬆了口氣，道：「是，是我對不住雲兒，珊娘的事情，錯都在我，等替珊娘找到家人，我便替她出一份嫁妝。」

姜錦魚聽得挑眉，沒想到會是這樣的結果。

剛準備點頭，卻見一邊的商雲兒忽然開口。「不用了，你納她進門，我不在乎，這樣對誰都好。」

孟旭聽了，皺起眉頭，語氣有些急。「剛才我們不是商量好了嗎？這回是我錯了，我任打、任罵，但我不納珊娘進門，我自會給她找個好去處。」

商雲兒一改先前頹唐的語氣，忽然尖銳了起來，道：「沒有她，之後也會有別人，何必多此一舉？」

孟旭怔了一下，洩氣道：「不會有別人，我保證好不好？」

商雲兒卻只冷冷說了一句。「隨便你。」

夫妻倆又是不歡而散，姜錦魚也看得頭疼，囑咐了商雲兒的陪嫁嬤嬤，讓她有什麼事就來府裡，便也回去了。

為了別人的事情鬧了一天，姜錦魚是心累又身累，回家看見在廊簷下逗鸚鵡的兒子們，心情才舒緩下來。

那鸚鵡也不知是什麼品種，是某日從屋頂上撲騰下來的，一隻翅膀折了，就被瑞哥兒撿回來養。養著養著，倒是養出感情來了，那鸚鵡胖乎乎的，喙黃黃、嫩嫩的，會幾句亂七八糟的話，又蠢又貪吃。

這會兒瑾哥兒正給鸚鵡喂小米，胖鸚鵡一個餓鳥撲食，鳥架都晃得直轉。

姜錦魚看著，心裡就跟陰霾天照了大太陽似的，驅散了那些灰色。

瑞哥兒最先發現她，一個回神抱住娘的腿，噘著小嘴道：「娘說中午陪我們……」

小傢伙把嘴噘得可高了，擺明下句話就是想說：娘食言了！

姜錦魚笑吟吟摸摸瑞哥兒小腦袋，沒等她開口道歉，瑞哥兒就先原諒她了。他仰著臉眨著大眼睛，一副成熟、大度的樣子。「瑞哥兒知道，娘肯定是忙大人的事情去了。」

小兒子太貼心了些，姜錦魚忍不住揉揉他的小臉蛋。「是娘不好，晚上陪你們。」然後又揉了揉瑾哥兒的小臉蛋，輪到明哥兒的時候，則伸手去摸摸他的腦袋。

李思明臉紅了，不過他皮膚黑，一點兒也看不出來，只有耳根那裡一點點能看得出點紅意。

外頭鬧得再風風雨雨，顧府這個宅子就猶如世外桃源一樣，什麼都影響不到裡面。

這事過去沒多久，小桃便成婚了，婚後沒多久，便又回到姜錦魚身邊。

她一回來，後院那些婆子們，都過來圍著她道家常，時不時善意笑一笑她。

廚房的王婆子道：「小桃，妳不在家裡多待幾天？妳那婆婆沒走吧？夫人給妳放的假也不短，妳怎麼不在家裡多留幾天？」

這成了親的婦人，和做姑娘家不一樣，嫁人後還成日往外跑，即便是做活兒，家裡婆婆也免不了要說一句「不顧家」。

尤其小桃這樣沒娘家的，婆婆更容易拿這事說嘴。

小桃笑著給眾人分她從外頭帶回來的糕，笑咪咪道：「我婆婆這回就不走了，留在咱們這兒，平時家裡啥做飯、洗衣的活兒，都不讓我動。她還說，讓我好好伺候夫人就是，家裡的事都有她管。」

掃院子的張大娘聽了，直替她高興，忙道：「小桃，妳這婆婆人好，梁永這人啊，也是個實在的，妳這回可算是嫁對了。」

小桃笑盈盈道：「您說得是，這陣子咱們府裡還好吧？」

「好著呢，能有啥事？夫人好，兩位小少爺也好，也沒什麼亂七八糟的人，大家都好……」

眾人絮絮叨叨說了會兒閒話，到底都有自己的活兒，陸陸續續散開了。

秋霞見眾人都離開，才悄然無聲走到小桃身邊，喊她。「小桃姐姐，今兒晚膳妳去伺候吧，剛好廚房這幾天缺人手，我去幫個忙。」

小桃收拾行李的手一頓，轉身拉著秋霞坐下。「妳這是什麼話？妳跟我是專門伺夫人的，跑廚房去瞎忙活什麼？妳放心，咱還跟以前一樣，我也不避諱妳什麼。妳在夫人跟前得用，我還嫉妒妳不成？我們是府裡一起出來的，交給妳總比交給外人放心，再說了，我還能霸著主子不成？大人要是知道了，非得撕了我！」

秋霞本來憂心忡忡的情緒，被這一番話弄得煙消雲散了。

她本想著小桃跟主子的情分不一般，雖然她也在主子身邊伺候，卻仍比不上小桃與主子親近，也怕自己礙著小桃的眼了，就想著別等小桃整治她，自己先主動把位置給讓出來，哪曉得小桃竟把話說得這樣敞亮豁達。

「我都聽妳的，小桃姐。」秋霞滿心感激道。

兩人都沒爹沒娘，又是這麼些年下來，感情也還算不錯，小桃想了想，拉著秋霞的手道：「妳年紀擺在這裡，估計過幾年主子也要給妳找對象，妳呀，就好好伺候，時候到了，緣分自然就到了。主子是個心善的，不會虧待自己人。」

秋霞感激不盡，聽小桃這麼說，心裡更是安穩了些，忙點頭答應道：「欸，我知道了，多謝小桃姐提點。」

兩個丫鬟交心了一回，感情越發好了起來，兩人有商有量的，雖然多了個人，但什麼事都沒鬧出來。

自打梁永和小桃訂了親，原本跟他一塊兒的，比他大點兒的侍衛們，看他的眼神跟以前都不大一樣了，見他婚假休完回來了，都跑去他屋裡，熱熱鬧鬧起鬨。

梁永性子悶些，見同僚們說些葷話，也只是悶頭笑一笑，並不太接話。

為首的侍衛長是個公道的，見大夥兒都逗老實人，忙站出來調停。「好了好了，鬧也鬧夠了，還不巡邏去？」

說罷，指了指幾個鬧得最凶的，派他們去府裡巡邏了。

見鬧得最凶的那幾個一走，屋裡就清靜不少，侍衛長坐下來，拍拍他的肩膀道：「娶了媳婦就是不一樣了，來年再生個大胖小子，你這小日子可就美滋滋了。」

梁永笑了笑，謝過侍衛長的話。

這時旁邊不吭聲的一個侍衛，姓孫的，突然開口問：「梁老弟，你這回回來，往後就專門跟著夫人了？」

梁永一怔，沒料到消息傳得這麼快，他自己也是才得了消息，便悶聲點點頭，道：「嗯，我今日收拾收拾，明天就過去。」

然後那姓孫的侍衛就不搭腔了，半晌才陰陽怪氣說了句。「那你可出息了，往後富貴了，可別忘了兄弟們啊。」

梁永不傻，聽出他這語氣不對勁，也沒傻乎乎說什麼。

侍衛長怕兩人鬧得不開心，也看不慣孫常這麼愛生事的性子，便隨口支他出去。「行了，問這些做什麼，還不都是在一個府裡。對了，等會兒採買的食材就送府裡來了，你去問問廚房要不要幫忙？要幫忙就喊幾個兄弟過去搭把手。」

孫常滿臉不高興出去了，弄得梁永挺尷尬，侍衛長倒是不在意道：「你不用管他，孫常就是眼饞唄！前院有我，一時半會兒輪不到他上位。年前知道大人有意派人去後院領頭，這小子沒少上躥下跳，還送錢、送東西的，不過咱府裡不興這一套，事關夫人，誰也不敢接他的錢，不然前腳收了錢，後腳就能被大人給攆出去，誰敢？」

梁永心知，孫常覺得他是沾了媳婦小桃的光，所以打心底不服氣，且像他這麼想的，估計還不止孫常一個，絕不會少。

侍衛長拍拍他的肩。「別想那麼多，既然大人選了你，肯定有他的理由。咱們只守好本分就行，你這回估計要帶一、二十個人過去，等會兒晚上我領你跟他們見見。」

梁永點頭「嗯」了一聲，心裡有些忐忑，但更多是對新生活的嚮往。都是男人，孫常想往上爬，他如何會不想？有這麼好的機會，他當然不會傻乎乎放棄。

就算別人說他沾媳婦的光，那也隨他們說，這本來就是事實，他不怕他們說！他能靠著媳婦的關係上位，但難不成還能靠媳婦的關係坐穩位置？到頭來還是看他的真本事！

梁永第二天來後院報到，領著來的是家裡的管事，姜錦魚見著二十來個侍衛，打頭的還是小桃家裡那口子，點點頭，吩咐了句，便讓顧嬤嬤幫他們安頓下來了。

其實也沒太大的變化，侍衛們不方便住在後院，年前後院便特意闢了塊地出來，圍牆一建、大門一鎖，進出都有人守著，裡外都不影響，也方便讓那些侍衛們住。

忽然弄這些侍衛來，姜錦魚心裡也覺得有點奇怪，但顧衍沒特別說什麼，姜錦魚也乾脆不去琢磨這些，只當是他一時興起。

轉眼又過了幾個月，遼州的夏天不熱，這裡跟盛京不同，屋裡連冰都不太用得上。

夜裡，遼州底下一個縣翻地龍了，地動山搖，在屋裡睡得正香的人，逃都來不及逃，傷亡慘重，壽王也是頭疼，撥了賑災銀還不放心，最後決定自己走一趟。

顧衍作為通判，自然也跟著去。

姜錦魚匆匆得到消息，立刻領著丫鬟們收拾行李。

如今大大小小的天災不算少，但最怕就是災後的疫病，雖然這回是翻地龍，發疫病的可能性不大，不像澇災，可災厄現場一堆傷患、屍首，仍不可輕忽。饒是如此，她還是放了不少常用的藥到行李裡，她本來還想讓顧衍把府裡的大夫給捎上。

但顧衍回來，沒答應，道：「府裡還有妳和兒子們，大夫是你們用熟的，我帶走了你們怎麼辦？」

姜錦魚憂心忡忡。「那你怎麼辦？我和兒子們都在府裡，又不會遇上什麼事，倒是你，比我們危險多了，要不還是你帶上吧。」

顧衍態度堅決，道：「這回去的人不少，州醫肯定是全部帶上的，多帶一個、少帶一個，沒那麼大的影響。倒是妳，我不在家裡，妳跟兒子們要好好的，等著我回來。」

姜錦魚本來就不捨得，兩人成婚也有幾個年頭了，還是第一次要分開這麼久，翻地龍又是那麼危險的事情，她哪裡放得下心？要是家裡沒兒子們，她恨不得跟著顧衍一塊兒出門。

剛才消息傳回來的時候，她半點兒都沒慌，領著下人們收拾行李，安排馬車，什麼都安排得穩穩當當的。

可這會兒見著顧衍了，剛才的沈著冷靜，就跟被風一吹就散了似的，滿腦子都亂糟糟的，鼻子也酸酸澀澀的，強忍著才沒掉眼淚。

顧衍哪裡看不出來她難過，連忙把人給抱進懷裡，拍著她的後背，語氣溫溫柔柔的，讓人很安心。「沒事，我很快就回來了。最多一個月，不會在那裡待太久的。」

姜錦魚鼻子悶悶的，「嗯」了一聲。「我知道，我就是捨不得你。」

顧衍失笑，語氣更是溫柔了幾分，他幾乎把所有的溫柔，都用在了姜錦魚身上，以至於對著兒子們也是嚴父的模樣。外人若是瞧見此時的他，只怕會懷疑自己是不是眼睛壞了，居然能看見他這麼溫情的一面。

他道：「我也捨不得妳。還有瑾哥兒、瑞哥兒。」

再捨不得，顧衍一行人還是離開了州城，前往災區。

家裡只是少了個人，但好像一下子冷清了很多，姜錦魚剛開始有些不適應。

哪曉得，顧衍走的當天，一向鬧騰的瑞哥兒卻乖了起來，一下學就跑來陪著娘，特別貼心。

姜錦魚怕他悶，說讓他出去玩，瑞哥兒還搖搖頭，乖乖道：「孩兒不去，陪娘。」

一旁坐著的瑾哥兒也是一個樣，沈穩嚴謹的樣子，一看就是隨了爹，小傢伙嚴肅點點頭，表示贊同弟弟的話。

爹爹離開前和他說過，他是家裡的長子，要照顧好娘和弟弟，他要守著娘和弟弟，直到爹爹回來。

李思明也不聲不響坐在屋裡頭，他雖然年紀比兄弟倆大了不少，但功課上還比不上瑾哥兒，所以平時都很用功。他一邊補功課，一邊時不時抬頭看一眼那邊笑鬧著的母子幾個，好像非得自己盯著才安心。

姜錦魚本來心裡還有點失落，被孩子們這麼一鬧，屋子裡熱鬧起來了，心情也好了不少。

第二日，商雲兒來了府裡。姜錦魚見了她，才曉得，那珊娘的事還沒完。

上回當著她和顧衍的面，孟旭表了態度，要把珊娘送走，本以為把珊娘送走了，夫妻二人還能相敬如賓過下去，以前那些事情，興許就淡了。

哪曉得橫生枝節，珊娘卻診出有了身子，這麼一來，先前讓她嫁人的打算，自然一下子便落空了。

姜錦魚乍一聽到珊娘有了身孕的消息時，心裡忍不住想：這孩子來得也太巧了。

面對著悶悶不樂的商雲兒，姜錦魚遲疑片刻，還是開口說了自己的想法。「雲兒，妳不覺得，珊娘的事情未免太巧了些？從孟旭把珊娘帶回家起，到如今不過幾個月的工夫，一步一步的，先是令你們夫妻感情破裂，再是這個十分突然的身孕，總覺得其中有什麼蹊蹺。」

商雲兒心不在焉的，聽了也只是搖頭。「大概就是我跟孟旭沒緣分。我本來懷疑過珊娘的身分，但珊娘的遠房親戚前幾天找到了，她的確是來投親的。而診出喜脈的大夫，又是孟旭親自找的，珊娘動不了手腳。妳也知道，他一直想把珊娘送走，若是珊娘有孕是作假，他不可能沒察覺。」

第六十章

商雲兒這麼一說，姜錦魚又覺得，大概是自己想多了，可她怎麼想，都覺得這事從裡到外都透著一股蹊蹺，珊娘出現得莫名其妙，幾個月的工夫，就把孟府鬧得沸沸揚揚，如今更是用肚子裡一個孩子，徹底讓商雲兒和孟旭夫妻離心。

可按照商雲兒的說法，珊娘的身分沒有問題，身孕也不是假的，大概真的只是個意外。

商雲兒搖搖頭，不去想那些事情，反過來還安慰起了姜錦魚。「妳別替我操心了，我挺好的。家裡上個月寄了家書回來，說我嫂嫂生了個兒子，我想著，什麼時候去廟裡給他求個平安鎖來，聽說普濟寺的平安鎖很靈，等得了空，我便走一趟，反正在家裡悶著也是悶著。」

這到底是夫妻之間的私事，外人說再多也沒用，姜錦魚索性也不提這些了，她看得出來，商雲兒眼下正在學著看開些。

其實，平日與他們交往的那些官夫人家裡，哪一個府上沒有妾或姨娘？甚至庶子一大把的也不少，還不是照樣過日子。

姜錦魚笑了笑，轉而道：「那挺好，剛來遼州那會兒，我也去過普濟寺，方丈佛法高深，我那回沒帶瑾哥兒、瑞哥兒去，都還未開口，他便直接取了兩個平安鎖出來，彷彿篤定我求的就是兩個。如今瑾哥兒和瑞哥兒都還戴著。」

商雲兒一聽，更是來了興致，興致勃勃道：「那找個日子，我們一塊兒去吧？普濟寺的素齋也不錯，乾脆在那兒住一晚。」

說著，她吐了吐舌頭，促狹道：「也就是妳家那位不在家，我才敢說這話。否則，我怕我一開口，往後就再也別想進妳家的大門了。」

姜錦魚失笑。

其實也不單單是顧衍不願意她出門，她自己也不想拋下家裡人，跑去外面住，就算是普濟寺的素齋再好吃，也吸引不了她。

不過眼下家裡就她跟兒子們，去一趟倒是無妨。

想到這裡，姜錦魚又想到家裡的李思明，那孩子還是很悶，雖然比以前好了不少，但還是話不多，心裡藏著事。若是去普濟寺，把李思明也帶上，就當出去散散心。

說起來，自從孟家亂糟糟出了珊娘的事情之後，找人領養李思明的事情又耽擱了。

因著這一樁事，姜錦魚對孟旭的觀感更差了幾分，本以為孟旭是個腦子清醒的人，哪知道也是個糊塗蛋，稀裡糊塗犯了錯，到如今都處置不好。

就說珊娘懷孕這事，孟旭要真打定主意不納珊娘，那和珊娘把話說開了，給足東西，讓珊娘鬆口，點頭同意把孩子流了，再送珊娘出府嫁人就是。

可孟旭也就是嘴上嚷嚷，態度上也沒見多堅決。

再說李思明，若不是放在他們顧府，但凡放在別的人家，這孩子寄人籬下，定是要受不少委屈。本來人是孟旭領回來的，那他就有義務把孩子給照顧好，而不是這麼隨便一丟，然後就拋諸腦後了。

兩人約了去普濟寺，商雲兒便告辭了。

送走她後，姜錦魚回到後院，瞥見枝頭盛開的梔子花，白軟嬌香，便喊了人，折了幾枝下來，又要了幾個白瓷的圓肚花瓶，斜插上修剪後的花枝。

梔子花的香很濃烈，是那種有點霸道的香味，但這種花有個好處，留香很久，便是放上七、八天，也能隱約散發出香味。

小桃進來，瞧見桌上擺滿了圓肚花瓶，含笑道：「難得見夫人這樣有閒情？」

姜錦魚也是一時興起，她做女兒時愛折騰這些，成親之後，卻沒太多時間擺弄這些花花草草的，隨口吩咐道：「留一瓶，其他送到瑾哥兒、瑞哥兒那裡去，記得放在外間，別放裡間，這花味道濃。」

小桃應下。她嫁人之後，性子沈穩了許多，面上也紅潤了些，看上去氣色很不錯。

姜錦魚忽然問她。「梁護衛對妳怎麼樣？聽說妳婆婆也留下了，相處得可還和睦？」

小桃在別人面前還藏著，在姜錦魚面前卻很是實誠，道：「他對我很好。至於梁永他娘，也就是我婆婆，剛開始兩人肯定還有點不熟悉，現在也好了些。我婆婆這人壞心思沒有，就是有點勢利。您不知道，剛成親那會兒，我婆婆天天拐彎抹角提醒我，要早點為她梁家開枝散葉，話裡話外也有點嫌棄我的家世。結果梁永一升職，我婆婆以為都是因為您看重我，才選的梁永，她便不吭聲了，也不提孫子了，還讓我好好伺候您。」

「那也還算過得去了。」

能相處便罷，天底下哪有那麼多十全十美的事情？就連小桃自己都沒當一回事，笑話似的說，可見也沒太在意。

姜錦魚想了想，又勸了句。「不過孩子的事情，妳也是時候考慮考慮了。梁護衛年紀不小了吧？我身邊眼下也不差人，妳回家生個孩子，秋霞還應付得過來。」

小桃也大大方方點頭。「這事奴婢也考慮著呢，奴婢身子好，梁永身子骨也結實，孩子不是什麼難事，便順其自然吧。真要有了，我保證第一個跟您說。」

姜錦魚失笑。「第一個跟我說？」

小桃滿臉認真，表情一點兒都不像開玩笑。「那是自然，也讓您為奴婢高興高興！我爹娘一定想不到，他們把我賣了，結果我居然過得比他們都好。現在想起來，興許我比那些留在家裡的妹妹們，都要幸運多了。」

要是家裡人沒有賣她，按照家裡當時的情況，無非也就是等她十三、四歲的時候，便替她找個人家嫁了。說不定為了多得些彩禮，也不會找個什麼好人家。

所以，現在想起來，小桃都覺得自己是幸運的。

又過了幾天，王府那邊來了人，說是壽王妃打算寄家書給王爺，提前來和姜錦魚說一聲，意思便是若是顧府有信，也可以一併寄過去。

姜錦魚得了消息，便提筆寫封家書，內容無非就是報平安，讓顧衍在那邊安安心心的。寫好吹乾墨之後，姜錦魚思忖片刻，又進了書房，取了兩張瑾哥兒、瑞哥兒最近留下的習字帖，疊一疊，也一起放進信封裡。

本想著喊來梁永，讓他去王府跑一趟，姜錦魚目光陡然落到窗外盛開著的梔子花上。家書最後還是讓梁永跑了一趟送去，不得不說，梁永是個很能幹的護衛，自打來了後院之後，沒幾天便把手底下的人給收服了，如今整個後院的巡邏都交給了他，從未出過什麼差錯，讓一些以為他是靠著小桃上位的人對他改觀不小。

信差把信送到的時候，顧衍剛從損失最嚴重的村落回來，耳邊依稀還能聽到那些村婦和孩童的號哭聲。

天災和人禍相比，更讓人覺得絕望，人在自然面前那種無力和脆弱，能讓一個平素膽大的壯漢情緒崩潰。翻地龍只是一剎那的事情，可接連而至的親人逝去、流離失所、疫病和飢餓的威脅乃至不知何時將至的死亡……這些才是讓人逐漸崩潰的理由。

顧衍摁了摁額角，覺得有些頭疼，剛下馬車，也來不及放其餘官員去休息，就直接將災民搜索、安置所等等諸事一一分派下去，既要保證安置所正常運轉，同時還要預防疫病。

尤其這幾日底下呈報上來，有個村落接連死了三、四人，看病症彷彿是疫病，剛派了州醫過去查看，若真是疫病，那要忙的事情就更多了。

災區本地的縣令姓廖，面對著這位比自己年輕不少，但官位卻高了不止一點半點的顧通判，態度格外小心，見他面上有倦意，道：「顧大人還有什麼吩咐嗎？」

顧衍擺手。「沒事了，你先回去吧，明日把宋家莊的情況呈報過來。」

廖縣令應了一句，他覺得自己也真是不走運，大家都是做縣令，就他趕上翻地龍這種倒楣事，好死不死的還把王爺和通判都引過來了，弄得好像都是他不作為一樣，真是冤死了。可心裡覺得冤，嘴上他半點都不敢說，老老實實退了下去。

顧衍他們住的是本地官員騰出來的宅子，不算大，但好歹顧衍住下後，清靜了許多，不似壽王那邊，成日有人登門。

閉目歇了會兒，便聽到侍衛長進來，遞了封信，道：「方才王爺府上派人送來的，說是遼州來的家書。」

顧衍緩緩睜眼，伸手接過那家書，拂手讓人出去，輕輕用刀裁開信件，信剛拆封，便嗅到一股隱隱的香氣。他一怔，從信封中抖落出一朵又香又白的梔子花，花瓣邊緣有些泛黃了，大約是路上壓著了，有幾片花瓣掉了下來，夾在信件裡，宣紙上還能看到殘留的花瓣汁液。

顧衍扶額輕輕笑了下，這種事情，大約也只有妻子幹得出來。

笑過之後，又微微有些低落，他很思念在遼州的家人。

顧衍將那朵已經露出枯萎徵兆的梔子花小心放在一邊，展開書信，一字一字看過去，一封不長的信，愣是看了一刻鐘有餘。

看過信件，又看到兒子們平日課業留下的習字帖，瑾哥兒性子沈穩，字寫得已有些許章法了，只是小孩子手腕還軟，寫出來的字離工整還有些距離。

而瑞哥兒的字，有些浮躁，能少寫一筆就少寫一筆，看得出有些糊弄。

顧衍笑了下，尋思著回去之後，要好生扭一扭瑞哥兒的性子，這孩子性子太浮躁了，得把他練得穩定些。

看過信件之後，顧衍把信收好，與先前一起寄來的家書放在一起，至於那梔子花……他目光落在上頭，想了想，到底沒收到抽屜裡，而是尋了個素色的香囊來，將梔子花收了進去，貼身戴著。

第二日，滿心惴惴來彙報宋家莊之事的廖縣令發現，今日的通判大人似乎心情不錯，面上雖然沒笑意，但莫名的不像前幾天那樣氣場逼人，盯得人連說話都磕巴。

廖縣令把宋家莊的事情說完，情況不算太好，按照州醫診治的結果，疫病流竄的可能性很大。好在顧衍也有心理預期，並不覺得措手不及，把事情一樁樁一件件安排下去。

廖縣令一邊聽令，一邊心中有些感慨，也難怪這位顧通判還這樣年輕，便能坐到這樣的位置，思緒縝密、頭腦清晰，這些天下來，無論他彙報多壞的消息，都沒見他情緒大變過，說一句泰山崩於前而色不變也不為過。

「好，下官這就去吩咐。」

顧衍點頭。「屍體及時焚燒，若是家屬不同意，官府不好出面，便讓鄉里中年長的老人出面。」

廖縣令又道：「是。」

說罷，看顧衍沒有吩咐其他事情的意思了，便小心翼翼告退。

雖然發了疫病，但顧衍提前便做了佈置，倒沒讓疫病擴散開來，壽王見事情都處置得差不多，也在這裡待膩了，便提出要先回遼州。

本來壽王就是來坐鎮，安定人心而已，並不用他親自處理什麼事，顧衍自是沒留他的意思，送走了壽王，帶著其餘人留下，打算等把事情收尾之後，再回遼州。

壽王走後第二日，顧衍趕早去了一趟城郊的安置所。

塌了的房屋已經在重建了，官府撥了錢，人力倒也夠使，都是鄉里鄉親的，無須官府出面，由里正、村長牽頭，將鄉民組織起來，好快點把房屋建好。

回縣裡時，顧衍還不忘在馬車上吩咐，要州醫做好預防，至少每三日用醋熏一次屋子，孩童、婦孺和老人每日都要喝一劑湯藥。

他正色道：「一旦發現病患，不管診出什麼，都先及時送離安置所。」

吩咐完諸事，顧衍回府後，又忙至天快亮了才睡下。

次日起身，他便察覺自己狀態彷彿不大對，伸手一摸額頭，入手滾燙，才依稀有點感覺自己似乎是病了。他立刻喊來下人，吩咐他去請大夫。

大夫還未到，顧衍症狀更加嚴重了，到州醫匆匆趕來這段時間裡，他已經吐了兩回。

他意識還算清醒，約莫猜到自己怕是被傳染了疫病，見到州醫後，也只是道：「胡州醫替我看看。」

咳嗽了句，對隨從道：「別讓人進來，讓他們都去外院。」

隨從聽了這吩咐，聯想起這幾日看到的疫病患者，嚇得腿都軟了，整個人慌了神，慌亂道：「大……大人……」

顧衍實在沒力氣安撫他，皺了下眉頭，示意州醫過來替自己診脈，咳嗽了一聲，扭頭吩咐。「去吧。」

隨從這才慌張出去，把無關人等都驅散出後院，內院只留下從遼州帶來的侍衛和小廝。

胡州醫摸了脈，面上已經露出凝重之色，又換了隻手去摸脈，神色異常慎重。

顧衍卻是心裡有數了，等胡州醫收回手，他便道：「該用什麼藥，你自己看著來。我眼下意識還算清醒，你有什麼話，儘管直說。」

胡州醫神色難看。「看症狀，怕是染了疫病。大人這幾日忙，又出入災民所住之地，怕是不知什麼時候染上了。只是明明那安置所並無一人染病，大人又如何會染上？我實在是想不通。」

這時候想這些沒用，顧衍也不去怨天尤人什麼，疫病聽著很恐怖，但他也有心理預期，只是用帕子捂著嘴鼻，咳嗽了一下，道：「接下來的日子，麻煩胡州醫了。」

這話也不是隨口一說，上午顧衍還算清醒，下午時整個人便燒起來了。

胡州醫嚇得魂飛魄散，生怕這位顧通判折自己手裡了，又思及這些時日顧衍事必躬親的作派，打心底裡覺得敬佩，醫治時更是用了全部的心思，連一劑藥都是琢磨再琢磨，恨不得把醫書都翻破了。

顧衍這一病，跟著從遼州來的這群人，幾乎一下子群龍無首，慌了神了，一封加急信送回遼州，想請壽王定奪。

留在遼州的姜錦魚，從王府得了消息後，第一時間就吩咐了小桃、秋霞去收拾行李，然後把顧嬤嬤和福嬤嬤都喊了過來。

面對著同樣慌亂的顧嬤嬤和福嬤嬤，姜錦魚沈住氣，道：「我把瑾哥兒和瑞哥兒託付給妳們了，在我回來之前，一定要照顧好他們。這段時間，無論誰來府裡，都閉門不見。」

吩咐完顧嬤嬤和福嬤嬤，姜錦魚又把瑾哥兒、瑞哥兒和李思明喊了來，孩子們其實也有些慌張，他們還小，小臉上滿是害怕，瑞哥兒更是一來便抱著姜錦魚，哭著問：「娘，爹爹怎麼了？」

姜錦魚伸手把兒子們都拉過來，蹲下身子，摸摸他們的腦袋，道：「爹爹生病了，他一個人在外面，身邊沒有人照顧，娘要去照顧他。瑾哥兒和瑞哥兒在家裡，也照顧好自己，等著爹爹和娘回來。」

瑞哥兒嚇哭了，瑾哥兒卻是繃著臉，竭力安慰著弟弟，替弟弟擦眼淚，然後仰面道：「我會照顧好弟弟的，等爹爹和娘回來。」

姜錦魚其實真沒那麼害怕，現在人對疫病的畏懼很深，但她有些醫術的底子，且又在「大學」長了不少見識，自然不會慌亂到那個地步。

她摸著小傢伙們的腦袋，承諾道：「別怕，什麼事都不會有，娘保證帶著爹爹平平安安回來。」

隊伍人不多，從遼州到遭了災的容縣，姜錦魚一路都沒喊停，只中間讓馬歇了一回腳。

第二天天剛亮，姜錦魚就到了。

守在府外的是顧衍從遼州帶來的侍衛，侍衛長一看馬車捲著塵土，直衝府上來，第一時間就讓手下打起精神來，擔心是主子一病，外頭就出什麼亂子。

等馬車停下了，簾子掀開，露出熟悉的柔美臉龐，本該安安穩穩留在遼州的夫人，居然連夜趕路過來了。

侍衛長忙把刀插回刀鞘，匆匆上前，單膝下跪，拱手，低頭。「夫人。」

他這一跪，一旁的侍衛們都跟著跪下了。

說起來，他們也確實覺得自己該跪，他們的職責是保護夫人，如今這個局面，若是夫人說一句要嚴懲，他們也是心甘情願認罰的，更別提只是跪一跪。

姜錦魚面上還有些倦意，但語氣卻很溫和，對那侍衛長微微點了下頭。「諸位起來吧，我進去看看夫君。」

侍衛長慌忙讓人開門，等把人送進去了，眾人回過神來，面面相覷。

有個膽子大的道：「侍衛長，就這麼把人放進去了？這——這要是夫人也染上疫病，那我們……」

侍衛長心道：我還不知道嗎？可你也不看看剛才夫人那神色，誰敢攔？敢攔的人怕是沒出生！

人都放進去了，現在想什麼都沒用了，侍衛長索性不去想，看到這回護衛夫人前來的梁永，上去拍著熟人的肩膀，熟稔道：「你這一路也辛苦了。」

梁永沈穩可靠，寡言少語，只扯了下唇角，道：「這是我該做的。」

「走，進去喝口水，讓你的人也休息休息……」

第六十一章

護衛們寒暄時，姜錦魚已經進了內院，不同於外院那樣丫鬟、奴僕眾多，內院一路走來，幾乎沒看到幾個人影。

等到了顧衍養病的主臥，更是只看到了守在門外的小廝。她進了主臥，屋子裡大約是悶久了，有濃重的藥味，氣味也不大好。

姜錦魚行至榻前，總算看清了顧衍的模樣，他臥在榻上，蓋著一層薄被，清俊的面龐上豆大的汗珠，沿著下頜線滾落。時不時的咳嗽一聲，咳嗽聲中都透著些虛弱。

姜錦魚連夜趕路過來，路上什麼情景都設想了，做足了心理準備，可真看到顧衍這麼虛弱的樣子，鼻子一澀，眼淚直接就滾了下來。

她抽噎了下，睫毛上還含著晶瑩的淚，她低頭握住顧衍放在薄被外的右手，想動又不太敢動的樣子，好半晌才軟聲道：「你看你這個樣子，醜死了！」

榻上的男人似乎是有所感覺，微微皺了下眉頭，雖是病中，卻仍不減冷峻，冷面郎君，看得人打心底裡覺得畏懼。

姜錦魚自是不畏懼，非但不畏懼，心裡還有那麼點安心。

還有力氣凶人，可見情況還算不錯。

姜錦魚也不知道該說自己樂觀，還是心大，沒見到顧衍的時候，她什麼都設想了，連自己往後做小寡婦，要帶著瑾哥兒和瑞哥兒討生活這種不吉利的念頭都有過一瞬，可真見到顧衍的那一刻，什麼都不想了，滿心只有一個念頭。

得把人給帶回去。

奶不是說她有福氣嗎？她把自己的福氣送顧衍，顧衍肯定也跟著有福氣了！

姜錦魚的到來，讓府裡上上下下的人，彷彿一下子有了主心骨，雖然很多人連她的面都沒見著，但只要知道夫人來了的消息，便全都安心了。

姜錦魚來了之後，也沒忙別的，第一件事便是把州醫喊來了。

胡州醫心裡頗沒底，話也不敢說得太死，什麼都是大概、興許、可能。

若是換作一般的家眷，膽子小的，只怕得嚇暈過去，脾氣急的，也要衝大夫嚷嚷了。

姜錦魚兩類都不占，她聽完胡州醫的話，只道：「胡州醫，不管你有沒有把握，為今之計，我都只能相信你。在我這裡，你的每句醫囑，我都不會有一絲一毫的懷疑，我不會去聽信什麼偏方，也不會懷疑你的醫術。夫君的身子，我全權交給你。也請你務必大膽診治，缺什麼、少什麼，有什麼拿不定主意的，都只管來找我。出了什麼事，我擔著。」

胡州醫得此信任，心裡有些感動，拱手道：「有夫人這句話，老夫必定竭盡全力！」

州醫的醫術，姜錦魚還是很信任的，怕就怕胡州醫不敢用藥，只敢開些太平方，吃不死人，卻也治不好病，磨磨蹭蹭的，把病人的身體給掏空了，那才是最可怕的。

所以她一來，就把話給說死了，讓人只要負責治病，治好了、治壞了，由她來扛。

這相當於給胡州醫下了一劑強心藥，讓他能夠毫無後顧之憂的診脈開藥。

等問完病情，姜錦魚又問了些要注意的事情，能不能吹風、吃食上有沒有忌口等等鉅細靡遺，直問到下人把熬好的藥端來了，胡州醫才走。

回到主臥，顧衍還是昏睡著的，餵藥又是個大難題，先前餵藥的小廝說，每次餵一碗藥，能嚥下三分之一，都算是謝天謝地了。

姜錦魚一下子想到了，雙胞胎剛出生時，娘何氏來府裡給她傳授養育孩子的法子，曾說過一個餵藥的法子——用中空的蘆葦稈子，一頭再沾些糖飴。

就這樣，她順順利利把藥給灌下去了。

餵了藥，姜錦魚也沒閒下來，喊了熱水來，擰了帕子，給顧衍擦身子。

顧衍病了好幾天，身邊也沒有手巧的丫鬟伺候，都是小廝硬著頭皮上，男人自然不如女子想得那麼周全，連餵藥都弄不好，自然想不起擦身之類的事情。

換了好幾盆熱水，絞帕子絞得手都燙紅了，才算是把人給弄清爽來，她又給顧衍換了一身綿軟的裡衣，看著比方才清爽乾淨不少的男人，姜錦魚才坐下歇了會兒。

屋裡方才已經喊人來收拾過了，也沒怎麼大折騰，只把外間的窗戶打開了通風，裡間還不敢開窗，胡州醫雖然說了只要不凍著就行，可姜錦魚也不敢太冒險，只開了條小縫隙，還用棉布細細給蓋上了，但還是通了風，屋裡的藥味也漸漸散去。

姜錦魚隨身都會帶些香囊，不是那種味道很香的，而是清清淡淡的薄荷香，能提神醒腦。在床頭放了一個，餘下帳子裡瀰漫了好幾天的藥味，都被薄荷香給攪散了。

不知是不是那一碗藥的效果，入夜時分，顧衍醒了。

大約是睡得久了，睜眼後還看不大清楚，模模糊糊的，他感覺有隻手正柔柔握著自己，他下意識想把人給推出去，還沒動手，就聽到了一句熟悉的「相公」。

顧衍怔了一下，睜大了眼，一向冷峻的面龐，難得流露出一絲呆愣來。

姜錦魚掩唇一笑，眉眼彎彎的，素手在男人眼前晃了晃，微微側著頭，挑著唇角笑。「呆了？」

顧衍回神，才想起來問：「妳怎麼來了？妳別在屋裡待著。」

話說到一半，又彷彿很捨不得似的，眼睛黏在許久未見的姜錦魚身上，也不敢多看，生怕自己不捨得把人給送走，艱難的繼續道：「我這病怕是會傳人，妳快出去。」

姜錦魚非但沒走，反而順勢在床邊坐下，伸手探了探男人額上的溫度，見燒退了，才繼續道：「我不走，我是來照顧你的，睡了這麼久，餓不餓？」

顧衍無奈，感覺身上還是沒什麼力氣，伸手把姜錦魚的手拉下來。「別鬧！這不是什麼小事，乖，聽我的，快出去。」

姜錦魚不理會，拿起旁邊的溫水，要遞給顧衍喝，見他不接，微微挑眉。「你不要我照顧，要誰來照顧？要不要我替顧大人找個貌美溫柔的新人來？」

顧衍啞言，他不過說了一句話，就被戴了這麼大的帽子，只能無奈接過溫水，張嘴喝了幾口，剛要繼續說什麼，額頭上又被蓋了塊溫涼的帕子。

姜錦魚自顧自把帕子展開，道：「還有點燒。對了，餓不餓，想吃什麼？」

顧衍無奈的張了張嘴，最後說道：「粥吧。」

「行。」姜錦魚一點頭，起身到了外間，似乎是敲了敲門，顧衍也看不清外間是什麼情況，過沒片刻，便有下人送了粥過來。

粥不是普普通通的白粥，加了些蒜末，切得細碎，跟著粥一起熬，帶著淡淡的蒜香味。

姜錦魚舀了碗粥出來，邊餵給顧衍，邊道：「我讓人放了蒜，養胃的。你躺了好幾天，乍一進食，也不敢讓你多吃，今兒就吃一碗。等夜裡餓了，再給你熱些。」

餵完了粥，姜錦魚又手腳索利的把碗筷收拾了，送到外間去。

姜錦魚先前那油鹽不進的態度，讓顧衍現在也不敢說什麼叫她出去的話了，只敢問幾句家裡的情況。

姜錦魚也把自己的安排說了。「家裡都好，瑾哥兒、瑞哥兒有嬤嬤們呢。我讓嬤嬤這段日子閉府了，不見外客，不會有什麼事，你別操心這些，好好養病。」

隔日胡州醫又來給顧衍摸脈，顧衍照舊是清醒著的，只是後半夜又有點燒起來了，半夜還吐了一回。

姜錦魚等胡州醫摸了脈，就一五一十把昨天的情況說了，她觀察得很細緻，記得也很清楚，幾時幾刻用藥，幾時幾刻進食，幾時幾刻吐了，幾時幾刻又燒起來了，用了什麼手段降溫，都說得清清楚楚。

大夫本來就是靠望聞問切來弄清病情，姜錦魚說得越清楚，胡州醫把情況摸得越透，摸著鬍子擬了一份新的藥方。

送走胡州醫，姜錦魚轉身回屋裡，給顧衍調整了一下枕頭，道：「躺下歇會兒吧，閉著眼睛休息休息。」

顧衍順從躺下，面上露出溫和的笑來。「睡不著，我都躺了好幾天了。」

屋裡是悶得慌，沒什麼可做的，可真要讓顧衍出門吹風，姜錦魚也不敢冒這個險，更不敢讓他處理公務，乾脆找下人要了本遊記來，據說是個懷才不遇的秀才落榜之後遊歷至容縣後寫下的。

姜錦魚輕聲細語念著遊記上的山水趣聞，顧衍躺在一邊聽，倒是丁點兒都不覺得悶了，反而覺出些安逸來。

自打離開盛京，到了遼州之後，忙裡忙外的，難得能有這樣悠閒的時光。倒不曾想過，他這一病，日子忽然就安逸下來了。

姜錦魚念完一篇，見顧衍似乎是有了睡意，便輕手輕腳擱下遊記，等他睡熟了，才輕輕將薄被往上提了提。

接下來的半個月，胡州醫每日來摸脈，摸了脈，姜錦魚便把平日裡顧衍的起居吃用都一一同州醫說了，她照顧得十分細緻耐心。大夫說顧衍身子虛，得多食補，她便天天窩在膳房裡，琢磨滋補的膳食，一天三頓的給顧衍補。

她這樣用心，胡州醫也敢大著膽子對症下藥，加上顧衍身體本就健康，半月有餘，便漸漸痊癒了。

顧衍痊癒後，容縣的事情也處置完了，夫妻二人踏上了歸途。

不像來的時候那麼匆忙，回去時路上輕鬆了許多，加之隊伍龐大，走走停停的，倒是用了整整兩天，才看到遼州城。

無須檢查，守城的將士一看到車隊，忙連聲招呼手下兄弟們開門。「快開城門。」

馬車很順利地到了顧府前，府裡的人大約還沒得到他們回府的消息，門還關得嚴嚴實實的。

梁永翻身下馬，上前去敲門，沒片刻工夫，門開了條小縫，守門的小廝謹慎探出了個腦袋，等看到梁永，再看見他身後長長的車隊時，驚訝張大了嘴，慌慌張張把門拉開。

一邊開門，還一邊急著對身後守門的小廝喊道：「還不來開門！大人回來了！大人回來了！」

顧衍和姜錦魚回府的消息，頃刻間便傳遍了整個顧府，大約就是一刻鐘都不到的工夫，全府上下都知道了，大人和夫人回來了！平平安安回來了！

這對這些日子戰戰兢兢的府中眾人而言，不啻一個巨大的好消息，若是主家出了事，他們這些做奴僕的，也跟著沒了著落。他們自然是巴不得主家安然無事，尤其顧家這樣仁厚的主家，實在不好找。

府中眾人喜孜孜的，彷彿有什麼天大的好事。

這邊顧衍和姜錦魚也回到了後院，不用主子們吩咐，小桃和秋霞兩個便有條不紊安排著下人們安置行李，讓人省心得很。

小桃與秋霞一邊往外走，旁邊的丫鬟、婆子們都與她們打招呼。

「小桃姐姐、秋霞姐姐。」

「小桃姑娘、秋霞姑娘。」

小桃含著笑對她們點點頭，並不意外府裡人的態度，她和秋霞這回，算是跟著主子涉險了，這回去容縣的事，別看主子嘴上不說什麼，可心裡定是把這回跟著去的人都記下了。

走到拐角的時候，前頭衝過來兩個跑得氣喘吁吁的小團子，正是府裡的瑾哥兒和瑞哥兒。

瑞哥兒喘著氣，仰著張圓圓臉蛋，滿眼期待。「小桃姨姨，娘把爹爹帶回來了嗎？」

小桃也許久未見小少爺們，喜孜孜蹲下身，道：「回來了，大人和夫人正在屋裡呢，瑾少爺、瑞少爺快過去吧。」

姜錦魚剛換了身乾淨衣裳出來，迎面便被個胖團子抱住了腿，低頭一看，正是跑得氣喘吁吁的瑞哥兒，面上不由得揚起了濃濃的笑意。

瑾哥兒略沈穩些，站在一邊，可面上也滿滿都是喜悅。

他是家中長子，顧衍待他素來要求高些，所以顧瑾懂事得也早些。這些日子爹娘都不在府裡，他平日雖安慰著弟弟，但其實自己心裡也害怕得不行，他也就是個孩子而已。

姜錦魚一向很給大兒子留面子，但今日卻是一把將他撈進懷裡，在他面頰上重重親了一口，摟進懷裡好生抱了一下。

瑾哥兒有些扭捏，大概是覺得不太好意思，但很快又沈浸在娘親溫暖的懷抱裡，被鬆開時，還有那麼點捨不得。

跟娘親親暱完了，瑾哥兒、瑞哥兒總算想起被冷落在一邊的爹爹。

瑞哥兒是個小滑頭，肥肥的臉揚著笑，跑到爹爹跟前。「爹爹回來了，瑞哥兒好想爹爹哪！」

顧衍對兒子們一向嚴厲些，兒子們還小的時候，他還曾經在妻子耳提面命之下，努力擺出慈父的樣子，與兒子們交流感情。等兒子們一啟蒙，他便走上了嚴父的道路。

若是妻子給他生的是個女兒，想來他也硬不起心腸。

顧衍伸開手，招呼瑾哥兒和瑞哥兒過來，伸手摸了把兒子們的小腦袋，先是看著長子，讚許道：「我同你娘不在的這段日子，你做得很好。」

瑾哥兒難得被爹爹這樣認可，小臉高興得紅撲撲的，跟外人面前那個清冷守禮的小公子，完全不是一個模樣。

姜錦魚在一邊看得好笑，心道：別看相公對瑾哥兒、瑞哥兒都很嚴厲，但兒子們都很敬仰他這個爹爹。看看瑾哥兒，不過是被誇了一句，高興成什麼樣子了。

誇完了大兒子，顧衍又伸手再拍了拍小兒子的腦袋，見他傻乎乎仰著臉對自己笑，頓時覺得這孩子傻傻的，他不禁笑了下。「瑞哥兒也乖。」

瑞哥兒仰臉笑嘻嘻的，然後就等到了顧衍的下一句。「等會兒晚上，我考校考校你們的功課。」

顧衍一說完，瑞哥兒臉就垮下來了，支支吾吾「噢」了一句。

不待顧衍開口，一邊的瑾哥兒便替弟弟說話了。「弟弟有乖乖練字。」

顧衍很喜歡看他們這樣兄弟和睦的樣子，他自己沒有親兄弟，在血緣關係上便顯得淡漠了些，對著顧酉、顧軒都是一副淡淡的樣子，但在自家兒子身上看到兄弟和睦，還是讓他很開心。

姜錦魚不忍看兒子們為難，也笑咪咪替他們解圍，招手道：「瑾哥兒、瑞哥兒，娘給你們帶了容縣的特產，讓秋霞姐姐給你們拿去。」

瑞哥兒一下就不愁了，把什麼考校功課拋諸腦後，一股腦兒惦記著「特產」，他還小，沒收過特產，可激動壞了。

顧瑾自然也高興，但看到自家弟弟這副記吃不記打的樣子，扭頭就把功課拋諸腦後，頓時感覺以後他得常常給弟弟收拾爛攤子了。

不過仔細想想，瑞哥兒是他親弟弟，這要是別人家的，他肯定是嫌棄蠢了。可是是自己家的弟弟，瑾哥兒就感覺，弟弟為人單純善良，這也沒什麼不好的。

家中主子回來，顧府上下也不再閉門不出了，整個府裡也恢復了以往的秩序。

這一回顧衍在容縣吃了苦頭，壽王那裡本來就過意不去，連忙叫人過來遞了話，允他多休息幾日。

顧衍沒推辭，乾脆在家中多歇了幾日，還陪著妻子兒子們去了趟郊外，帶著兒子們來了回小型的狩獵。

當然，瑾哥兒、瑞哥兒都還小，顧衍也不可能帶著兒子們冒險，說是狩獵，實際上也就是逮了幾隻兔子給兒子們玩玩，甚至都沒見血。

等把兒子們哄走了，他才進去山林，獵了些大些的獵物，丟給莊子的下人，吩咐他們晚上烤著吃。

姜錦魚怕曬，就不打算往外跑了，只騎著她那匹溫順的母馬在外頭遛達了一圈，便回了屋裡待著，聽小桃、秋霞幾個說著趣事。

等快到晚膳的時候，姜錦魚喊秋霞去廚房看了一眼，聽她回話說廚房有顧衍獵來的獵物，索性便道：「今晚去外頭吃好了。」

她想起在那個奇怪世界看到的那些「燒烤」，以及每次都爆滿的燒烤攤子，覺得怪有意思的，索性今晚便也學那燒烤攤子吃一回。

第六十二章

晚上，瑾哥兒和瑞哥兒回來後，知道娘搗鼓了新玩意兒叫做「燒烤」，都很期待，尤其是瑞哥兒，剛穿好衣裳，匆匆忙忙就跑了出來。

見莊子上的人在樹底下搭起了個檯子，瑞哥兒便跑去找娘了，滿臉期待地問：「娘，今晚吃燒烤嗎？什麼是燒烤？就是烤肉嗎？瑞哥兒好喜歡吃肉！」

在吃這上面，瑞哥兒是餐餐不離肉的，不過素菜他也吃，但對肉的喜愛，卻是素菜比不上的。

而一向沈穩的瑾哥兒，才是那個有挑食毛病的，很多食物，他都不吃。

姜錦魚也算是為兒子們的吃食操碎了心，一人腦袋上揉了一下。「你們兩個要學學你們思明哥哥，看思明哥哥從來不挑食，什麼都吃。」

李思明年紀比瑾哥兒、瑞哥兒大了不少，進了顧府之後，吃得好了，他也不挑嘴，大約是以前餓怕了，什麼都吃。慢慢的，也就開始長身子了，現在就是抽個兒抽得太快了，整個人顯得很瘦，風一吹就要倒了似的。

姜錦魚見了總操心他幾句，要他多吃些，又吩咐廚房那邊，說少年人胃口大，夜裡興許容易餓，讓他們做些包子、饅頭什麼的，在鍋裡溫著。

瑾哥兒現在有點把李思明當自己人了，因為爹娘不在的這一段時間裡，思明哥哥一直像個沈穩的大哥哥一樣照顧著他和弟弟。當然，在他心裡，還是弟弟跟自己最親。

而瑞哥兒倒是一如既往的「甜」，早把李思明當成自己人了，一口一個思明哥哥的，親熱得不行，聽到姜錦魚提起，不由得問：「娘，思明哥哥怎麼沒有跟我們一起過來？」

姜錦魚笑了下，揉揉瑞哥兒的小腦袋。「他要去見個人，順利的話，你思明哥哥也要有家了。」

其實本來今天她是不想出來的，因為要收養李思明的那戶人家總算到了遼州了，今日李思明就被接過去和未來的養父母見面。

本來姜錦魚想親自送他過去，還是顧衍勸了她，說怕收養李思明那戶人家心裡有想法，見了李思明和他們相處，有了比較之心，一開始就覺得李思明不親近他們，這對李思明的將來反倒沒好處。

姜錦魚聽了，的確是這麼個道理，便只把人送到商雲兒府上，並沒有送他進去。別離前生怕他多想，也跟他特意解釋了一番，囑咐他要好好和養父母相處後，就這麼淡淡分別了。

瑞哥兒有點不捨得，但他心思很單純，還替李思明高興，仰著臉道：「那思明哥哥也有爹爹、娘親了。」

姜錦魚含笑「嗯」了一聲，比起留在他們府裡，自然是有人收養更好。留在顧府，雖說府裡人待他都算照顧，但總歸身分尷尬，既不是主子，又不是奴才，只能說是客人。

如今有人能收養，入了族譜，便有了家，這樣對李思明是最好不過的。

晚上的燒烤，對瑾哥兒和瑞哥兒而言，顯得很是新鮮，肉是用最嫩的部位，調味也用得足，用炭火一烤，再撒點白芝麻和蔥花，油嗞嗞作響往外冒出，肉香味饞得一莊子的人都直流口水。

顧衍也是第一次這麼吃，笑道：「這倒是新鮮，也是妳從遊記裡學來的？」

姜錦魚瞇著眼睛一笑，耍賴道：「你猜啊……」

顧衍難得看妻子這樣調皮，挑挑眉，伸手把人給攬進懷裡了。他身上還帶了點酒氣，剛剛喝了幾杯，但醉肯定是沒醉的，所以姜錦魚也知道他就是故意的，如今孩子們在眼前，她不禁嗔怪著推了他一把。

顧衍笑著不鬆手，懶洋洋靠在妻子的肩上，順便伸手把盯著他們二人瞧的瑞哥兒的腦袋給轉過去了。

沒了兒子盯著，姜錦魚自在不少，順手撈過相公的酒杯，喝了一口，隨後便皺了鼻子，一臉嫌棄。「好辣。」

顧衍失笑，把她剩下的酒一口喝了。「自然辣，這是遼州的酒，又不是果酒。」

姜錦魚自己不喝了，還將那酒瓶擱到一邊，道：「你也少喝幾口。你身子雖好了，但到底才病過一回，吃食上多注意些，往後能不喝就不喝，能少喝就少喝。特別在兒子們面前，你更得注意著，別讓兒子們有樣學樣，學了去。」

妻子不喜歡，顧衍對酒也本就沒什麼偏好，便乾脆拋開了那酒杯。

夫妻二人有一搭沒一搭閒聊著，夜色寂靜，頭頂的樹梢在夜風中撲簌簌晃動著，間或一聲蟲鳴，眾人享受著這難得寧靜的時光，彷彿世間那些紛爭煩憂，都在這聲聲蟲鳴和溫暖的夜風中，煙消雲散了。

顧衍到底是通判，壽王又不是個能幹活的主兒，先前也都是州衙底下那些小官強撐著，公務積累了不少，因此顧衍也沒休息太久，過了十五，便也回去衙門銷假了。

日子日復一日的過，一眨眼的工夫，已經是他們來遼州的第三年。

三年的時間，說長不長，說短也不短。但對於遼州百姓而言，這三年無疑是有史以來過得最好的三年，戰亂止住了，外地的商人也願意來遼州跑商了，手裡有點小錢的，也紛紛張羅個鋪子，做點小買賣養家活口了。

當然，從商的到底只占了少數，大部分老百姓還是以種地為生，遼州天寒土凍，但遼州不論男女老少，都生得高大，有一把好力氣，又是世世代代在這片凍土上討生活的，自然有自己的法子。

第三年年末的時候，壽王被周文帝召了回去。

本來壽王一個王爺，被派到這苦寒之地，且還是個從前戰亂不止的地方，朝中不少人都背地裡說過幾句閒話，既是閒話，自然也不是什麼好話，無非就是暗指周文帝藉由此事，將皇弟驅逐盛京。

周文帝並不介意這無稽之談，他是對壽王有所介懷，但要說排擠驅逐，那完全是胡說八道。這回把壽王召回盛京，也不是為了別的，只是因為壽王之母靜太妃身子越發不好了，周文帝到底有那麼些惻隱之心，不忍看著皇弟的庶母妃苦苦思念，遂不等靜太妃開口，他先下了旨意，把壽王給召回來陪伴了。

遼州正是發展的時候，壽王這一走，若是再派一人過來任州牧，人選不好定不說，只怕又是一陣折騰，反倒不好。

周文帝思來想去，還是把位置留給了在遼州做得好好的顧衍。但相較於其他州的州牧，還未過而立的顧衍太年輕，周文帝也不敢直接讓他任州牧，唯恐朝中有人不服氣，因此下的調令上寫的是「暫代州牧一職」。

這般細緻處事，讓朝中群臣雖然覺得，顧衍從探花到州牧，未免升官太快了些，但考慮到遼州這等苦寒之地，也的確沒人肯去，指不定哪天又打起來了，州牧位置再高，也敵不過刀劍。

再者，自打太子出生之後，陛下是越發有主意了，獨斷專行，這天下畢竟是周家的天下，為了個暫代州牧，和陛下鬧得不開心，也實在沒太大的必要。

如此這般，原本肯定要上摺子的群臣們，都不約而同閉上嘴，學著裝聾作啞起來了。

壽王走後沒多久，調令就下來了，就等於送壽王一家的酒席剛喝完，大家已把「舊人」拋在腦後，一心惦記著要給新上任的州牧大人慶賀了。

這酒是不能不擺的，畢竟是升官，先不說自家想不想慶祝，怎麼也要給下官們一個聯絡感情的機會。再一個原因也是除了雙胞胎生辰時擺酒之外，顧家的確不太辦酒席，也是該應酬一回了。

因此，調令一下來，也不等各家官夫人們來打探消息，姜錦魚便主動把擺酒的消息往外傳了。

等到顧家擺酒那一日，幾乎可以用門庭若市一詞來形容，男客自是去了前院，女客則由姜錦魚來招待。

遼州官夫人圈子裡都是一些熟面孔，似薛夫人、陳夫人等本地的官眷，都是打交道打習慣的了，另外從盛京跟著來的那一批官員，有的是任期滿了，被派去了別地，而後兩、三年又派了些新人來，反倒還有些面生。

但無論是面熟還是面生，毫無疑問，眾人皆以姜錦魚馬首是瞻，無人敢得罪她這位新上任的州牧夫人。

姜錦魚一如既往的溫和，不過與當初壽王妃還在遼州時，又不大一樣，她以前是坐在下首的，為了不讓自己顯得太突兀，總要時不時尋話題與旁人說一說。

如今，卻是眾人主動找話題來與她說，她只需含著笑意，坐在那兒，時不時點頭答應便好，反倒比以前輕鬆許多。

宴散，眾人陸陸續續出府，姜錦魚含笑相送，到最後，便只剩下商雲兒還坐著了。

跟兩年前比，商雲兒基本上沒太大的變化，樣貌還是個少女一般，只不過不再是以前驕縱的性情，現在的商雲兒貌似成熟了許多，倒有那麼點淡然自得的味道。

姜錦魚拉她坐下，問她近況。「最近怎麼樣？好些日子沒見妳出門了，成日在家裡窩著？」

商雲兒一笑，她道：「出門也沒意思，家裡挺好的。」

姜錦魚看她這個樣子，真心有些替她發愁，自從當初珊娘的事情之後，商雲兒與孟旭夫婦倆便一直不冷不熱的，孟旭那頭倒是一直很愧疚，甚至還來找過她出主意。可商雲兒的態度就冷淡了很多，也不提原諒，兩人就那麼過著。

去年商家和孟家長輩得知了珊娘的事情，孟家長輩過意不去，孟旭的娘特意來了一趟，想給兩口子說和，但到底也沒成。

商家則是勃然大怒，商夫人當時便提了，要商雲兒與孟旭和離，可最後也沒成，孟旭死賴著是一方面，另一方面，商雲兒自己也沒點頭。

和離不成，和好也不成，那珊娘生了的女兒，也沒留在府裡，而是被送了出去，而珊娘聽說暫時也還沒嫁人，反正孟旭就弄了個宅子養著她。

反正按姜錦魚的話來說，她現在也鬧不明白，兩人究竟想怎麼收尾。

想了想，姜錦魚到底也沒勸商雲兒，當初珊娘的事情，的確給她造成了很大的傷害，跟孟旭一直不和好，只怕也是這事打從心裡沒那麼容易接受，易地而處，若是她遇見這樣的事情，無論如何是不願意被身邊人勸說，原諒自己無法原諒的人和事。

不提孟旭，可有句話姜錦魚卻是不得不說，她道：「我知道妳不想原諒孟旭，可妳得為妳日後著想，不能一直這麼拖下去。」

這樣的話，商雲兒沒少聽，身邊的人都勸她別再固執己見，別和孟旭僵著了，可她怎麼都接受不了，索性把這些事都拋諸腦後，只顧著自己開心，不開心的事情，全都不去想。眼下聽姜錦魚說了這話，她心裡有些不舒服，不由得抬頭。「連妳也要勸我原諒他？」

姜錦魚搖搖頭，抓著她的手推心置腹道：「我不是勸妳原諒他，我是勸妳多為妳自己著想，也為商夫人想一想。妳折磨妳自己，只會讓那些關心妳的人難受。如果不能原諒孟旭，妳就離開他，放過妳自己，給妳自己一個機會，我相信妳家裡人不會怪妳的，本朝和離別嫁的事不算少見。如果妳還想給他一次機會，給你們的感情一次機會，那妳就徹底說服妳自己，不能一直對這些事情視而不見。

「說句不好聽的，孟旭現在對妳有愧，但妳能保證他對妳愧疚一輩子？如果有一日，我是說如果，哪一天孟旭從這件事走了出來，他只把妳當正室敬著，到那時候他可以納妾，他還可以有子有女，妳呢？妳該如何自處？這些事妳想過嗎？」

本來這話不該姜錦魚來說，而是應該讓商夫人來說，但當時興許商夫人覺得夫妻倆還有餘地可走，所以沒把話說得這麼絕，如今商夫人不在，只能由她來說了。

商雲兒彷彿被敲了一棍子，整個人都是懵的，沒人把事情這樣細細跟她分析，她怔了一下，忽然發現自己這兩年如同行屍走肉一般的生活，完全是建立在孟旭對她的感情和愧疚之上，的確像姜錦魚所說那樣，如果孟旭自己想通了，那她該怎麼辦？

或許珊娘會再給孟旭生一個，興許下一個就是兒子了，有了這個兒子，孟家興許就會鬆口，同意讓珊娘進門，然後就會有第二個珊娘、第三個珊娘。

而她，則是府裡那個不受寵的正室，膝下沒有子女，孤苦無依。

甚至年紀再大一些，孟家就變成珊娘的兒子作主了，而她甚至還要看珊娘兒子的臉色過日子。這樣的日子，她能接受嗎？

姜錦魚看商雲兒都嚇傻了，也有點怕自己說得太過頭，可她把最差的情形說給商雲兒聽，也是希望她能理智一點，過日子除了情情愛愛，還有很多更加現實的事情。

妻妾如何相處，如何與庶子、庶女相處，這些都是姜錦魚出嫁前思考過的，雖說後來沒用上，可她多活過一輩子，到底不會像商雲兒那樣，活得太天真。說句不好聽的，為了那一份並不值得耗費太多心血的感情，要死要活，什麼都不管不顧，有何好處？

況且，孟旭是錯了，但商雲兒憑什麼覺得孟旭會一輩子跟她耗著？指不定人家哪一天想通了，什麼感情、什麼愧疚，哪裡有現實利益？到時候商雲兒膝下無子，孟旭也不可能一輩子不生兒子，孟家更不會一直容忍商雲兒這個占著位置、卻不肯生兒子的媳婦，要麼納妾，要麼過繼。

孟旭是長子，底下弟弟連婚都沒成，過繼的可能性不大，那就只剩下納妾一條路。

到時候，一個無所出的正室，與夫君感情淡薄，又無依無靠，無所傍身，會有怎麼樣的待遇，是顯而易見的事情。

話說到這裡，姜錦魚也不再多說什麼，只道：「妳好好想想吧。本來這話不該我多嘴，可我實在見不得妳這樣折磨妳自己，我知道妳不想去想這些事，可逃避只是一時的，躲得了一時，躲不了一世。」

商雲兒離開的時候，整個人都失魂落魄的，姜錦魚怕路上出事，還特意囑咐小桃送她出去。

本來心情還有些沈重，回到後院，便聽到孩童朗朗誦讀聲，姜錦魚在門口站了會兒，等那誦讀聲停下，才推門進去。

雙胞胎們已經很有些小公子的模樣了，兩人長相本就繼承了父母的優點，小小年紀便生得眉目俊秀，芝蘭玉樹般。家中教養得也好，知禮守禮，十分討人喜歡。

瑞哥兒先跑了過來，甜甜喊了句「娘」，道：「舅舅編的那本新書，瑞哥兒今晚上能看嗎？」

瑞哥兒和瑾哥兒都是舅舅姜宣的小書迷。而姜宣也經常給自己這兩個外甥寄書，雖說按照姜錦魚的說法，這純粹是怕兩個外甥忘了舅舅，畢竟是由翰林院主編的書，瑾哥兒、瑞哥兒這個年紀，怎麼會看得懂？

但這法子居然也很奏效，自從知道有個編書的厲害舅舅，兄弟倆都崇拜得不得了，特別賞臉，別人的書可以不看，但姜宣舅舅編的書，一定要看，儘管他們看不懂。

姜錦魚摸摸小傢伙腦袋，答應了下來。

瑞哥兒又垂頭喪氣提起了表哥姜敬寄過來的信，滿臉沮喪道：「敬表哥說，他養了隻鳥兒，會背詩，現在都能背幾十首了。怎麼我們家的小綠就傻乎乎的，我和哥哥怎麼教都學不會，小綠好笨噢！」

姜錦魚聽了一愣，這算是攀比上了，還是隔著這麼老遠攀比？再看邊上的瑾哥兒，也是一臉失落的樣子。

接著，她想到兒子們打小就出色，總被人誇著、捧著，雖說有她和相公看著，學不壞，可到底就有點傲氣，主要就表現在不服輸上頭。

不服輸是好的，可什麼都不肯輸，把輸贏看得太重，可就不太好了。

想到這裡，姜錦魚把兒子們喊到身邊來，細細跟他們說道理。「你們把小綠救回來的時候，牠就已經是成鳥了，本來鸚鵡學舌，就要從小開始教，就像你們兩個，是不是也是小時候就跟著爹爹學道理，後來又跟著夫子啟蒙，才認得這麼多字，懂這麼多道理的？」

瑾哥兒聽了，很快就明白了，點點頭。「嗯，那小綠比不過敬表哥的鳥，也是有原因的，我和弟弟要接受這個事實，不能在不能改變的事情上較勁。」

瑞哥兒也一本正經點頭。「嗯，哥哥說得對，這是不是就是爹爹說的，不要浪費精力在不該浪費的事情上？」

姜錦魚不由得感慨，自家兒子真聰明，這一點真的不太像她，完全遺傳了孩子他爹，舉一反三的能力很強，而且思考問題特別理智，一點就透。

不過這還不是她今天想和孩子說的事，想了想，又道：「瑾哥兒、瑞哥兒說得都對，不過呢，就算小綠比不過敬表哥的鳥，你們也不可以嫌棄牠。就像琥珀和玄玉，牠們現在很年輕，可以陪著你們玩，長得好看，跑得又快。可等牠們年紀大了，不能陪你們玩了，毛掉光了、跑不動了，你們會嫌棄牠們嗎？」

雙胞胎對兩隻貓的感情很深，果斷搖頭。「當然不會嫌棄！」

瑞哥兒甚至有點害怕了，扭頭看了眼榻上舔毛的胖琥珀，跑過去抱了牠一下，弄得琥珀一臉莫名，又跑回姜錦魚身邊，搖頭道：「我不嫌棄牠們。」

姜錦魚心頭一暖，忍不住摸摸兒子的腦袋，道：「這就對了。就像你們小時候也不會說話，餓了只會哭，大半夜也鬧得人睡不著覺，可我和你們爹爹還是覺得你們是全天下最乖的。小綠也是一樣，牠雖然不如別人家的鸚鵡厲害，可是牠是你們的鸚鵡，你們不可以嫌棄牠，牠知道了會難過的。」

瑾哥兒、瑞哥兒互看了一眼，兩人都羞愧得不行，感覺自己實在太對不起小綠了。

娘和爹從來不嫌棄他們，哪怕他們不是最好的，可是他們卻因為小綠比不過敬表哥的鳥，就嫌棄小綠笨，他們太不應該了！

第六十三章

擺酒之後，顧衍正式走馬上任。

壽王還任遼州州牧時，州中大小事務，便都是顧衍主持。如今壽王一走，顧衍升任州牧後，更是政令通達，手底下的人做事也十分賣力。

遼州地處平原之中，本就適合發展農耕，顧衍接手遼州後的第一件事，便是將盛京流放過來的那一批犯人，全都弄到荒地去開荒。此外，又以每畝免三年田畝稅的政令，吸引了大批農戶開墾荒地。

一時之間，原本無人問津的荒地熱鬧了起來。

糧食是老百姓的命根子，開荒本就是利國利民之事，無非是以前費老大勁兒開荒，還不如種自己原先那幾畝地划算，所以才無人主動去開墾，如今一看有利可圖，便個個都十分積極。

尤其北地無論男女老少，皆身形壯碩高大，開墾荒地不過是小菜一碟。政令之下，遼州底下的縣府皆顯露出欣欣向榮之態。

除開荒新政外，遼州的商業也漸漸繁榮起來。

原本州衙之中有個精於商道的小吏，先前與薛功曹不和，遂一直得不到重視，鬱鬱不得志之下，只做了一籍籍無名之小吏。這回壽王走了之後，顧衍推行開荒新政，這小吏大約是覺得新州牧有開拓之意，且看他用人不拘一格，遂主動尋上門來。

顧衍用人素來不問出身，更不看聲名顯赫與否，聽了這小吏毛遂自薦之語，很是頭頭是道，索性給他一個機會，將人給了主管民生之事的通判。

哪曉得還真讓這小吏弄出點名堂來了，一番政令下去，愣是把遼州通商的名聲給打響開來，雖說比不上那些有名有號的，但遼州的山蔘、皮毛、鹿茸……這一套的山珍，也吸引來不少外地商人。

顧衍推行的這些政令，效果都是看得著的，切切實實給了百姓們實惠，讓老百姓吃飽了、穿暖了，日子過得舒坦，誰還會去計較那些有的沒的？

遼州本地有些尚武的風氣，是為了抵禦入侵的外敵，鄉里的百姓們時常會抄起傢伙反抗。長久下來，便形成了尚武的風氣，鄉里鬧了什麼矛盾，第一個想法既不是找里正，也不是報官，兩家先打了再說，誰輸了誰就低頭。

衙門去鄉里收田畝稅，時常都是帶著刀，六、七個壯漢一起去的，也是因為鄉民凶悍好鬥的緣故，要是鎮不住場子，糧食收不回來，就交不了差。

可自從開荒和通商的政令推行之後，家家戶戶日子都過得好起來了，那些往日逞凶鬥勇的漢子們，也都開始知道了害怕。

都說光腳的不怕穿鞋的，他們以前是光腳的，大不了就去牢裡蹲，反正牢裡還管飯。現在他們都成了穿鞋的人，在家裡有地、有糧、有媳婦、有兒女，傻子才會這樣的好日子不過，自己跑去牢裡找罪受！

顧衍這幾日都在鄉下巡查，這日走到的這個百里鄉，便是最明顯的一個例子。

先前百里鄉窮，十里八鄉出了名的窮鄉僻壤，單身漢幾十個，個個都遊手好閒，成日在鄉里惹是生非。如今有的開了荒地，便老老實實做莊稼漢，有的膽子大的，索性出去跑商了，眼下媳婦也娶了，一年的工夫，百里鄉多了三十來個男娃娃、女娃娃。

里正感慨得不得了，指著前頭的一間瓦屋道：「就前頭那戶，原本戶主是個瞎眼的寡婦，嫁到外鄉去，被男人打得瞎了一隻眼，實在受不了，才帶著兒子逃回來的。咱們鄉里人見孤兒寡母的，實在可憐，便留下了母子倆，當時還沒有這瓦屋，只有間廢棄了的舊屋，是我帶著人修了修，勉強讓母子倆住下了。後來這寡婦兒子長大，可他不是咱們百里鄉人，名下沒有地，有力氣也只能去給地主做工，一年到頭掙不了幾個錢。別說娶媳婦了，就連飽肚子都難。

「現在好了，去年縣裡傳了消息來，說讓開荒地，還免三年的稅，她兒子別的沒有，就是一身的力氣，一個人熬了幾個月，弄出來七、八畝地，現在媳婦也娶了，也有錢給寡婦治眼睛了。上個月家裡女人給生了個閨女，把那小子給樂得，成天地裡活兒一忙完，就急急忙忙趕回家抱閨女去了。」

說話間，那瓦屋出來個年輕婦人，望見這邊，打了招呼。「叔，您來坐一坐？家裡剛蒸了餃子，給您弄幾個嚐嚐，還是嬸子教我的手藝。」

里正忙擺手。「不來了，不來了，妳忙。」

那年輕婦人不同意，十分熱情，走到跟前，本來想招呼里正的，看到明顯穿著精緻的顧衍一行人，倒沒被嚇到，扭頭問里正。「叔，您家來客人了啊？」

里正笑呵呵道：「我家哪來的貴客？這是州牧大人，來咱們鄉里看看。我剛跟大人說到妳家那口子。」

年輕婦人一聽，嚇了一跳，悄悄抬眼打量了一眼里正口中的州牧大人，很是驚訝，管著這麼大一個遼州的州牧大人居然這麼年輕，跟她家漢子差不多年輕。

先前，她這輩子見過最大的官，就是縣令家的管家，還是跟著自家漢子去送山貨時見到的，連一句話都沒說上呢。現在居然見到了州牧大人，那可是縣太爺看了都要磕頭的人啊！

想到這裡，年輕婦人一下子猶豫了，也不知道自己是該跪，還是不跪。

她正遲疑的時候，屋裡的婆婆等久了，拄著枴杖顫巍巍出來喊人。「桂花，怎麼去了那麼久啊？灶裡沒柴了……」

走到外頭，瞇著那隻好的眼睛看了看，見屋外這麼多人，老婆婆倒比兒媳婦會做人得多，行事也穩當，說了兒媳婦一句。「有客人怎麼讓人在門外站著？也不知道請人進去坐。我家桂花嘴笨啊，你們都進來坐。」

一行人進了這寡婦家，那里正才把顧衍的身分又介紹了一遍，這下子可把那老婆婆給驚到了，睜著那隻好的眼睛看了又看。「果真是州牧大人？就是那個准咱們開荒地，還不收糧的那個？」

里正哭笑不得。「我還能騙妳不成？」

老婆婆一聽，隨即撲上來了，眾人都沒攔住，她就上去抓住了顧衍的手，激動得直掉眼淚。「州牧大人啊，您可是咱家的大恩人啊！老婆子給您磕頭了喲！多虧有您，您真是活神仙啊！」

老婆子這麼大把年紀了，同行的又都是男子，壓根兒不好上手，只能眼睜睜看著那老婆子，抓住自家端方清冷的州牧大人的手，這場面怎麼看怎麼有點怪怪的，把那里正急得抓耳撓腮的，恨不得衝上去「解救」州牧大人。

顧衍也愣了，面對個老人家，他一時也沒有動作。

最後還是同行的姜錦魚上前，輕輕扶起那一直要往地上跪的老婦人，道：「婆婆您別客氣，起來說話。」

那老婆子一轉頭，猝不及防看見了含著笑意的姜錦魚，頓時拍了下大腿，哎喲一聲。「桂花，我見著仙女了！」

這話一出口，把眾人惹得哭笑不得，氣氛倒是一下子融洽了許多。

連那著急的里正都鬆了口氣，抹了把汗。

兒媳婦桂花也是愣了一下，道：「娘，這是州牧夫人。」

老婆子噢了一聲，又感嘆著。「這就是州牧大人的媳婦？生得真俊啊！我一輩子都沒見過這麼俊的媳婦！」

姜錦魚哭笑不得，說話間，老婆婆的兒子回來了，她便示意小桃扶著老婆婆進裡間說話，把堂屋留給男人們。

踏進裡間，便聽到嬰兒軟軟的啼哭聲，姜錦魚聞聲看過去，道：「快去哄哄孩子吧。」

兒媳婦桂花靠過去，兩三下就把女嬰給哄好了。

老婆子則忙讓兒媳婦把孩子抱過來，踮著腳往姜錦魚懷裡送，還道：「州牧夫人這麼年輕，一定還沒生娃娃吧？來，抱抱我家孫女，這孩子啊，會給孩子引路，保准給妳帶個白白胖胖的兒子。」

面對這麼淳樸的鄉民，姜錦魚失笑，卻也不好拂了老婆婆的好意，接過那女嬰抱了一會兒，小傢伙白白嫩嫩的，抿著小嘴睡得正香，被自家奶奶「送」出去了，也沒哭沒鬧，跟隻小豬似的。

婆媳倆都十分熱情好客，姜錦魚與她們閒聊，聊家裡的收成、平時的生活開銷、孩子……桂花本來還有點放不開，聊著聊著，也徹底被姜錦魚溫和的語氣給卸下了心防，甚至還把自己的難處都說了。

「以前日子跟現在可沒法比，現在有吃有住的，家裡還養了隻豬，早該知足了。就是鄉里的孩子沒地兒念書，我家閨女還小，說不定等大一些，鄉里也有私塾了，到時候我就攢銀子送她認字去，別學她爹娘，做個睜眼瞎。」

桂花說得有點不好意思，鄉里都不興讓女娃娃念書，她這話要是讓那些長舌婦聽見了，肯定得酸她送女兒識字，是活生生把銀子往水裡丟，還不帶響的。但對著溫柔高貴的州牧夫人，桂花總覺得對方就是聽了，也不會嘲笑她，所以就鼓足勇氣說了。

女孩兒念書是好事，姜錦魚也含笑點頭。「識字是好事，不管男孩兒還是女孩兒，能識字都是好事。妳這事我給妳記下了，妳放心，往後會更好的。」

桂花一聽，喜孜孜的，忙謝過她。

從百里鄉回來之後，姜錦魚便把孩子念書的事情和相公說了，顧衍聽了亦很重視。

倉廩實而知禮節，衣食足而知榮辱。要改變遼州逞凶鬥勇的風氣，開荒通商，讓家家戶戶吃飽肚子，還只是第一步。

接下來還要讓鄉里那些孩子們念書、識字，只要懂得多了，就會徹徹底底，從根源上把這股蠻橫風氣給遏制了。

另一個便是，遼州讀書風氣委實差了些，一連十幾年都沒出過一個舉子，偌大的遼州，何至於淪落到這等地步？

但還不等顧衍有什麼動作，一封來自盛京的家書，倒是帶來了個消息。

落日斜下，斜陽溫柔地照在緩緩前進著的車隊，以及平坦的官道上。

梁永心裡盤算著距離，回到車隊中間那輛最大的馬車邊。

咳了一句，恭敬拱手道：「夫人，過了此地，便是靈水鎮了。天色漸暗，今晚到靈水鎮，再加上要安置車隊，只怕有些匆忙。還請夫人定奪，是加快趕路，還是歇一夜再走。」

姜錦魚坐在車裡，上個月家中來了一封家書。

阿爹姜仲行做官多年，鮮少歸家，又適逢高堂大壽，這回便告了假，歸鄉探親。阿娘何氏和弟弟姜硯亦跟著一起回鄉，同行的還有姪兒姜敬。

因此，阿娘寫信來問她，要不要也回一趟雙溪村。

姜錦魚得了信，自是惦記家裡，雖然她在雙溪村只度過了一段短暫的童年，幼年起便隨著阿爹四處奔波，但提起家鄉，還是雙溪村那個老家。

她與顧衍商量了幾日，便帶著兒子們回鄉探親了。

姜錦魚心裡急著回家，惦念爹、娘和阿弟，但到底是穩妥慣了的，這麼一車隊的人，自然不好胡來，急也不急在這一時。

她想了想，吩咐小桃道：「還是在此處歇一夜，明日早些上路便是。妳去替我與梁護衛說一句，約束好手下，莫要與本地老百姓起了衝突。等到了靈水鎮，再放他們鬆快。」

她帶著兒子們出門，又是那麼遠的地方，顧衍自是不放心，愣是弄了好些護衛來。

顧府的護衛自是有些本事的，且規矩也好，這些天，樣樣事都安排得極為妥當。只是，到底是一堆年輕氣盛的小夥子，起了衝突、起了口角，也是有可能的。姜錦魚不放心，到底囑咐了一句。

小桃得了話，立即放下手中的茶壺，道：「奴婢這就去傳話。」

姜錦魚又道：「顧嬤嬤年紀大，腿腳不方便了，這回跟著我們出門也是受累，等會兒投宿的時候，記得多照拂著些。」

小桃笑盈盈。「奴婢記下了。」

晚上一行人便在此地投宿了一夜，一夜無事，第二日又遇上天朗氣清的好天氣，還沒到午時，便到了靈水鎮。

到了這兒，便是到了家。

姜家原本在縣裡有房子後，鎮上的屋子當年本來是說要典租出去的，後來家中日子越過越興旺了，那麼點房錢也不算什麼，遂又留了下來，雇了對老夫妻，讓他們看著房子。

房子的事，阿娘何氏寫信來時，便在信裡說了。

姜錦魚便吩咐去了老宅子，一敲門，出來個老婆婆，一見姜錦魚，便笑咪咪道：「是綿綿小姐吧？快進來、快進來。」

姜錦魚也笑了，眼中帶著懷念。「李阿婆，是您啊！是阿娘和您說了，我要來嗎？」

李阿婆笑咪咪，一邊把人往裡迎，一邊喊自家老頭。「老頭！小姐回來了，來幫忙搬行李。」

李老頭有著忠厚老實的面相，匆匆出來替顧府下人搬行李。

李阿婆道：「可不是嗎？夫人吩咐我，說讓我和我家老頭提前把屋子給拾掇出來，說您指不定要在這裡住一夜。」

進了屋子坐下，沒一會兒，梁永便把車隊下人安置好了。

雙溪村太小，姜錦魚不可能把人馬都帶過去，家裡也住不下，貼身伺候的只打算帶了小桃、秋霞回去，再另外就是讓梁永點幾個護衛跟著去。

於是梁永點了幾個護衛，將馬車也拾掇出來，要帶回家的禮物也搬上了馬車，便來了堂屋稟告。

李阿婆沒料到她這麼急著要走，問：「怎麼這麼著急？不在這兒住一晚？」

姜錦魚思鄉心切，明知親人就在不遠的村裡，如何能住得下，道：「阿婆，我就不住了。但我帶回來這些人，還要麻煩您幫忙安頓一二。」

與李阿婆交代了後，姜錦魚便帶著兒子們，上了回雙溪村的馬車。

瑾哥兒和瑞哥兒很小就跟著去遼州，對姜三郎和何氏都沒什麼印象，但也知道這是娘親的阿爹、阿娘，是外祖家，他們兄弟倆自是要和外祖、外祖母親近的，遂都仔細問過阿娘。

瑞哥兒藏不住事，先問：「娘，外祖父、外祖母是什麼樣的啊？他們喜歡什麼樣的小孩兒啊？」

姜錦魚要被眨巴著大眼睛的兒子萌壞了，摸摸兒子們的小腦袋。「你們外祖父、外祖母都是很好相處的人，至於喜歡什麼樣的小孩兒，你們都是娘的寶貝，外祖父、外祖母最疼娘了，肯定也會喜歡你們的。你們小的時候，外祖父、外祖母也曾抱過你們呢，只是你們那時候還小，記不得了。」

瑞哥兒有些失望道：「我要是記得就好了……外祖父、外祖母要是知道我們不記得他們，會難過的。」

一旁的瑾哥兒搖搖頭，摸摸自家弟弟的腦袋。「不會的。外祖父、外祖母不會怪我們的，我們那時候小，怎麼可能記得住人？」

瑞哥兒最聽哥哥的話，握了握拳頭，滿臉自通道：「是噢。馬上就要見到外祖父、外祖母了，我跟阿兄一定會讓他們喜歡的！」

他跟阿兄可是阿娘的小寶貝！一定要和外祖家的人相處和睦，讓外祖父、外祖母喜歡他們，不可以讓阿娘難做，要讓阿娘高高興興的回娘家！

兄弟倆彼此對視了一眼，再齊齊看了一眼旁邊正帶著溫柔笑意，托腮說著外祖父、外祖母舊事的阿娘，兩人都更加堅定了想法。

馬車行到雙溪村，便有些孩童追著馬車走，還時不時傳來一句稚嫩的童言稚語。

「好漂亮的大馬車！阿娘，等我長大了，要讓妳也坐這麼漂亮的大馬車！到時候我騎大馬！娘坐大馬車！」

孩子的母親大約是被逗笑了，好氣又好笑的來了一句，語氣卻是滿滿寵溺。「你明天開始不尿床，我就知足了，還大馬車！」

姜錦魚聽得好笑，又怕孩子們追著馬車跌了，便讓秋霞拿了馬車裡的幾盒糕點，下去分給小孩子們。

果然，孩子好哄，有了糕點就沒人再追著馬車跑了。

第六十四章

終於到了姜家。馬車剛一停下，就有幾個小孩跑過來探頭探腦，等看到從馬車上下來的姜錦魚，小孩子們一下子炸鍋了，領頭的小孩兒皺著小眉毛，挺著小胸脯，歪著腦袋打量她。

姜錦魚看他有幾分面熟，又是在自家門口玩的，猜想大概是堂兄家的孩子。

她含笑問：「你爹爹是誰？」

領頭的小霸王歪著頭，眨眨眼。「我阿爹是姜四郎！妳是綿綿姐姐嗎？」

然後又看了眼雙胞胎，沒忍住，又多看了幾眼，長得真好啊，而且好像噢。

是雙胞胎嗎？好羨慕啊，怎麼娘不給他生一對雙胞胎玩玩！

看著小大人樣，卻一本正經喊她姐姐的「弟弟」，姜錦魚差點沒忍住笑聲，強忍著笑意道：「原來是四叔叔家的。對，我是你四姐。」

好吧，雖然看上去有點誇張，但按輩分而言，四叔的兒子，的確得喊她姐姐。

她這麼一說，一堆小蘿蔔頭就跟著喊了「姐姐」。

姜魁小霸王一人腦袋上敲了一下，嫌棄道：「笨蛋！我喊姐姐，你們要喊姑姑！」

然後便是一堆小蘿蔔頭七嘴八舌喊著「姑姑」。

看來，家裡這些年人丁興旺了許多。不過也是，姜家子輩、孫輩都出息，以往走動得不那麼勤快的族裡親戚，也都主動湊上來了。

一來二去的，姜家便越來越熱鬧了。

不等姜錦魚開口，屋裡的大人們已經被外頭的動靜鬧得出來了，還以為是一群小孩兒又鬧起來了。

「怎麼了？不是跟你們說過了，好好玩，不許打架！」

出來的是大堂哥姜興的妻子陳氏，結果一見到車隊，陳氏傻眼了，抬眼看到小姑子姜錦魚，愣了一下，才反應過來。

一邊出來迎人，一邊喊。「相公，小姑子回來了！」

話音剛落，一堆人從屋裡出來了，為首的是雖然上了年紀，但腿腳還很索利的姜老太。旁邊依次是姜老爺子，姜二郎兄弟四人，何氏與妯娌幾個。

難得的，一家子全都到齊了。

見到朝思暮想的家人，姜錦魚眼睛一下子濕了，鼻子微酸，面上卻笑著招呼。「阿奶、阿爺、爹、娘，綿綿回家了。」

姜老太一下子就站不住了，幾乎是跑過來的，拍了一下孫女的手，眼淚掉下來了。「妳說妳這孩子！跑去遼州，奶還以為再也見不著妳了呢！」

老太太年輕時候做慣了農活，手勁大，瑾哥兒在一邊看著外曾祖母，等姜老太要第二次拍上去的時候，顧瑾忍不住出聲拯救。「曾孫顧瑾，攜阿弟顧瑞，見過外曾祖母。」

姜老太被吸引了注意力，也顧不上怪孫女了，眼睛落到小公子顧瑾身上，稀罕得不得了，看了大的又看小的，嘖嘖道：「欸，好好，好孩子，都是好孩子！」

被雙胞胎這麼一打岔，眾人也都找著機會湊上來了，圍著姜錦魚和雙胞胎們寒暄。

「進來坐吧，別在門口站著了。綿綿跟孩子們那麼老遠回來，肯定累壞了。」大伯母孫氏招呼眾人進屋。

落坐後，雙胞胎們正式給姜老爺子、姜老太磕頭。

兩人穿著同樣的月白色衣裳，哥哥沈穩大氣，弟弟乖巧嘴甜，舉止言談規矩又不拘謹，一看便是家裡教得很好的小公子。

這兩人把一屋子人眼饞得，恨不得偷抱一個回家養了。

瑾哥兒帶頭，領著瑞哥兒給姜老爺子、姜老太磕頭，磕頭後，道：「瑾哥兒攜阿弟瑞哥兒賀外曾祖父大壽，唯願外曾祖父福如東海長流水，壽比南山不老松。」

他身旁的瑞哥兒跟著道：「那瑞哥兒要祝外曾祖父和外曾祖母，笑口常開，出門簷下見喜鵲，歸家堂前聞笑言。」

姜老爺子高興壞了，平日裡正經嚴肅的老頭，這下也不板著臉了，挨個兒把人扶起來，連聲道：「好，都是好孩子！」

瑾哥兒和瑞哥兒磕頭拜壽，把姜老爺子和姜老太哄得高興壞了。

何氏見兩個老人喜歡曾外孫，索性便讓兩個小的陪著老爺子、老太太，自己拉著女兒回屋說話去了。

姜仲行惦記女兒，便厚著臉皮跟著一塊兒往屋子裡走，間或還問上一句。「遼州還住得習慣吧？顧衍對妳可好？」

他這副模樣，惹得何氏好氣又好笑，無奈搖頭道：「你這是什麼話？女婿什麼性子，你還不曉得？他疼媳婦，不比你疼女兒少！」

姜仲行不樂意了，心道：臭小子把我女兒拐到那窮鄉僻壤去，還疼媳婦？疼個屁！再疼能比得過我疼綿綿？

姜錦魚含著笑往裡走，見爹娘兩個又拌嘴了，掩唇一笑，趁著何氏進門的工夫，拽住阿爹的袖子。「爹，我這不是好好的嗎？對了，我臨行前，相公說給您準備了遼州的陳釀，您找小桃要去，我先陪娘說說話，晚上陪您喝幾杯，如何？」

姜仲行哪裡受得了女兒這樣撒嬌，自己這女兒，打小一拽他袖子，軟聲喊他爹爹，他整顆心都軟了，別說還鬧彆扭，簡直是有求必應了。

他點點頭，伸手像以前那樣摸摸女兒的腦袋。「妳可不許喝酒，臭小子讓妳學喝酒了？這混蛋——」

眼看阿爹又開始「嫌棄」起相公來了，姜錦魚忙輕輕推他，催促道：「沒有，相公也不讓我喝。爹，您快去吧。」

姜仲行這才拂拂袖子，興致高昂的轉身離開，看著背影，便能看出他愉悅的心情。

姜錦魚目送阿爹離開，轉身回到屋裡，卻看娘何氏已經坐在炕上了，好整以暇看著她，微微挑眉。「哄好妳爹了？他真是越活越回去了。」

姜錦魚笑咪咪湊到何氏身邊，抱著她的手臂，蹭了蹭。「娘，爹也是惦記我了。是女兒不孝，丟下阿爹和阿娘，去了遼州，這些年也沒工夫回來。」

姜錦魚正認真自我反省著，何氏倒是看不下去了，自己女兒自己不疼誰來疼？她張嘴打斷了姜錦魚的話。「行了行了，妳啊，就知道替妳爹開脫。妳照顧好女婿、照顧好自己、照顧好我的外孫們，這就行了，別老惦記我跟妳爹，我們好著呢！」

姜錦魚仰著臉，靠在阿娘何氏的肩膀上，感覺很是安心，這種安心和在顧衍身邊的安心不一樣，就跟小時候過年時候被大人塞了塊甜糕似的，充滿懷念。

何氏許久未見女兒，也的確是想得很，便一一過問她的近況。姜錦魚都乖乖答了，她這些年什麼苦都沒受，也不算是報喜不報憂。

何氏經歷的事情那麼多，自然聽得出女兒所說都是真話，心裡不由得寬慰許多，道：「我就說女婿是個可靠的，那時候你們還沒訂親，他年紀也不大，卻愣是從顧家給分出來了。單是看這件事，我就覺得女婿有本事，往後肯定有出息。別看妳爹成天說女婿的不好，其實啊，他不知道多欣賞女婿，真要把妳交給別人，我們還不放心哪。」

說著，何氏又問起了旁的。「瑾哥兒、瑞哥兒也大了，妳考慮再要一個嗎？」

姜錦魚沒想那麼多，直接道：「端看緣分，瑾哥兒、瑞哥兒都聰明懂事，我跟相公眼下倒是沒想過再生一個。」

何氏是真覺得自家女兒命好福氣旺，頭胎就生了雙胞胎兒子，往後再怎麼著，日子也差不到哪裡去。當然，何氏自己是覺得女兒、兒子都好，像他們姜家，還更偏疼女兒些，可耐不住有些人就是覺得沒兒子不成，愛管別家閒事、多嘴多舌的人也不少。

何氏問了一圈，越問越是安心，再看姜錦魚，雖說兒子都那般大了，面容卻仍是與未出嫁時一般無二，神態更是還透著少女的天真，可見日子是過得真不錯。

兩人聊了一圈，話題又落到了家裡人身上，這回何氏的神色露出點不在意來，道：「妳大姐也在家裡住著，妳跟妳大姐打小感情就一般，妳碰見了，也別與她吵，躲著些就是。」

姜錦魚沒瞧見姜歡，不過只以為她也是跟自己一樣回娘家了，還道：「那挺巧的。我跟大姐吵什麼？大姐好面子，我讓著她些就是了。」

說實話，到如今，明眼人都能看得出來，姜歡和她完全不是一個層面上的人，雖然大家都是姜家的女兒，可差距擺在那裡，姜錦魚實在不會去和姜歡爭什麼。

哪曉得何氏卻道：「歡姐兒在家裡住了一年了，她跟那邊不太好，夫家住不下去，索性就回來住了。大嫂疼女兒，要留，妳奶也不好說什麼。這會兒各家過各家的，妳大伯母也是當祖母的人，妳奶也不好說什麼，乾脆便隨她去了。」

姜錦魚聽了這話，倒是實打實驚訝了。大姐是個很好面子的人，能回娘家住這麼久，可見和夫家的關係很差了，實在過不下去，才會求助於娘家。

何氏回家得比姜錦魚早些，這些事情早都摸透，便把姜歡的事情都說了。

章昀這些年考運一直不好，興許也是學問沒學到家，考了幾回，回回都落榜。姜歡本來肯嫁給章昀，就是看在章昀讀書人的身分上，一心指望著章昀高中，讓她風風光光做個官夫人。夫妻倆因為這事，鬧得不大開心，後來生了女兒，兩人關係倒是和緩了些。

哪曉得前幾年章昀的母親身子不太好，又一直惦記著孫子，本來這也沒什麼，畢竟生不生得出兒子，也不能全賴姜歡一個人，章昀作為讀書人，也沒荒唐到那個地步。

結果老太太不服氣，憑什麼別人家一個接著一個生兒子，她就一個都盼不到，又從兒子章昀那裡聽到了媳婦的氣話。「家裡哪有銀子養兒子？生出來也是跟著受苦，還不如不生！」

這話把老太太給氣出個好歹，第二天老太太就花了銀子，直接給章昀買了個妾回來。面對時日無多的母親，章昀沒反抗。而姜歡見狀，則一氣之下賭氣回了娘家。

章老太太可不在意，也不讓章昀來接姜歡，反倒是想著法子讓那妾懷了身子，木已成舟，這一下子就把她架在火上烤了。

哪曉得那妾也真是夠有些運道的，懷胎十月，生出了個兒子，老太太死前能看見孫子，那真叫一個高興死了。

可這件事，就把章昀和姜歡夫婦倆那點僅有的情誼，破壞得什麼都不剩了，姜歡也就一直在娘家住著了。

姜錦魚聽了，倒是沒太大的感覺，雖然章老太太這事是做得不厚道，可姜歡也不是全無錯處。她當初肯嫁給章昀，就是相中了章昀讀書人的身分，自然也要承擔章昀仕途無進益的後果。

但是，她作為姜歡的娘家妹子，也不好多說什麼。

於是她點點頭。「嗯，娘，我知道了，大姐心情也不好，我不會在她面前提這些的。」

何氏搖著頭道：「雖說妳大伯母成天說章家沒良心，可歡姐兒做的事情，也實在站不住腳。要我說，真要過不下去，索性就和離了。咱們家這個情況，給歡姐兒再找一個知冷知熱的貼心人，也不是什麼難事。可妳大姐看著不太樂意，我也不好多說什麼。」

姜錦魚倒是豁達，她性子有點獨，裡外分得很清楚，自家人自然是要幫襯著，可她的自家人範圍不寬，這人情往來也要有來有往，而姜歡顯然不在其中。這一點倒是隨了阿爹姜仲行的脾氣。

她勸慰何氏，道：「娘，大姐不是孩子了，她自己會拿主意的，用不著我們操心。我們說多了，大姐反倒心裡不舒服。」

姪女是姪女，何氏也不會把姜歡的事情，太放在心上，也點頭道：「妳說得對，妳奶都不急呢，還輪不著我來操心。」

母女倆說了會兒體己話，到了用晚膳的時候，家裡就很熱鬧了。

姜家本來便人丁興旺，光是姜錦魚爹爹那一輩，便有十幾個兄弟，又個個都是能生的，加起來都有百來號人，在雙溪村也算是個大家族了。

且自從姜仲行做了京官之後，姜家的日子越過越興旺，做什麼都很順利，外頭做生意的，都不用打點什麼，人家一聽是雙溪村姜家的人，都很給面子。

遠的、近的親戚，湊了十來桌，幸好如今姜家底子厚，否則還真是請不起。

飯桌上，姜錦魚自是帶著兒子們坐在主桌這邊，同桌坐著的還有姜老太、何氏妯娌幾個，以及特意趕來的姜雅等人。

姜錦魚許久未見姜雅了，幾個姐妹之中，她與二姐處得最和睦，也把對方當自己人，上桌後兩人便坐在一塊兒。

姜雅的日子也過得很不錯，當初看在姪女的面子上，姜仲行幫了吳家的布莊生意一把，現如今吳家布莊已經成了縣裡最大的布莊，生意都做到外縣去了。

姜雅在這事上有功勞，婆婆對她很滿意，加上和相公也恩愛，她又知足，因此比起姜歡、姜慧，她的日子也是過得很舒服。

姜錦魚含笑跟她打招呼。「二姐。」

姜雅自小懂得感恩，當初她娘出事那會兒，便是二伯母帶著她，還肯教她學本事。她這一輩子都感激二伯一家子，見了姜錦魚，也很是欣喜，道：「總算是見著妳了。去年妳二姐夫去盛京送一批料子，我還說讓他去二伯府上一趟，結果他回來跟我說，妳去遼州了。我還以為咱們姐妹往後都見不著了呢。」

姜錦魚笑著搖頭。「怎麼會見不著？爺、奶都在這兒，我怎麼都要回來的。」

姜雅連連點頭。「妳說得是！」

兩人正說著，卻見一邊冷著一張臉的姜歡哼了一句，繼而嗤笑了一聲，眼神中帶了些輕蔑，看了姜雅一眼。

姜雅當即被看得臉上一熱，大姐這眼神，彷彿是在嘲諷她巴結四妹妹。她在吳家日子過得和順，這些年壓根兒沒受過氣，加上她性子柔順，本就沒吵過嘴，被姜歡這麼一嘲諷，她也不知道怎麼反駁，只是面上神色露出些尷尬。

姜錦魚見狀，沒理會陰陽怪氣的大姐，拍了拍姜雅的胳膊，含著笑。「吃菜吧，等會兒我們再細聊。」

姜雅這才算是沒那麼尷尬了，悶頭吃菜。

大約是被姜歡這麼一鬧，姜雅面子上挺過不去的，接下來總有些心不在焉，吃了宴，便說婆婆在家裡等，跟著丈夫回去了。

姜錦魚知道姜雅的性子，自己這二姐本就是個軟性子，以前在家的時候，就被姜歡、姜慧欺負，嫁了人又是丈夫疼，婆婆也算明理人，一輩子都軟慣了的，要讓她跟姜歡爭個高下，那才叫為難她。

她也沒挽留，只說得了空，哪天去吳府跟她說說話。

姜雅很是感激姜錦魚給她留了面子，連連點頭。「嗯，四妹妳一定記得來。」

姜雅的丈夫吳蒼也鬧不明白，自家媳婦怎麼就非要急著走，明明娘都說了，讓他們在這兒住一夜，方便她們姐妹好好敘舊。但看姜錦魚跟姜雅還是很親近，也沒想太多，只當是姜雅體諒娘家客人多，生怕住不下，才要回去。

送走二姐，姜錦魚回到院子裡，便看見了姜歡站在院子中間，就那麼看著她。

姜錦魚眨眨眼。「大姐，妳找我有事？」

說真的，她不覺得姜歡會有事找她，按照姜歡的性子，就算她過得再差，也不可能來找她。不知為何，自己這大姐，似乎從小就很愛和她較勁。

姜錦魚問了，卻不見姜歡回答，只看她一雙黑黝黝的眸子，眸中彷彿隱忍了怒火和不甘。

姜錦魚沒打算和她耗著，微微頷首，側身從她旁邊經過。

忽的，姜歡開口了，她的語氣中帶了些嘲諷，又夾雜了濃濃的不甘心。

「妳一定很得意吧？看到我這個樣子，無處可去，只能住在娘家，像個可憐蟲。」

第六十五章

姜錦魚抬眼看了眼姜歡的側臉，只見她高高仰著頭，姿態仍是高傲的，脊背挺得很直，但又很僵硬。

「大姐，妳想多了，妳過得不好，我沒什麼可得意的。」

姜歡卻彷彿沒聽到她這句話，沈浸在自己的思緒之中，她的聲音很輕，似乎被夜風一吹，就要散去了。

「我想不明白，為什麼是妳呢？我是家裡的長女，我是爺奶的第一個孫女，可他們只疼妳。同樣是姜家的女兒，妳在盛京做官小姐，我卻窩在鄉下做一個農婦，妳嫁的是探花郎，我呢？我相公是個連秀才都考了好幾回的廢物。

「妳一生就生了對雙胞胎兒子，我被那個糟老婆子逼著生兒子，她還嫌我生不出，還要給章昀納妾。我究竟哪裡不如妳？憑什麼妳什麼都比別人好？憑什麼妳什麼都比我好？姜雅巴結妳，妳就幫著她。我不巴結妳，三妹不巴結妳，妳就對我們視若無睹，妳真是我的好妹妹。」

姜錦魚聽不下去她這些顛倒黑白的話了，轉身靜靜看著她，反問她。「那妳是好姐姐嗎？從小到大，我們的關係就很淡漠，既然妳從來沒有把我當妹妹，我又為什麼要拿妳當姐姐？這世上有這麼便宜的事嗎？說起來，我也從來沒有加害於妳吧？我實在不明白，妳到底對我哪裡來的這麼大的怨恨？」

姜歡一怔，深吸了口氣，高傲反駁。「妳問我為什麼怨恨妳？人人都偏心妳，我憑什麼不能怨妳？」

姜錦魚抬眼冷笑。「人人都偏心我？阿爺、阿奶偏心我，我認了。阿爹、阿娘偏心我，我也認了。可妳說人人，難道大伯、大伯母也偏心我嗎？恐怕不是吧。妳怨恨的是我嗎？妳是怨大伯、大伯母不如我爹我娘吧？可他們也沒有對不起妳，所以妳只能來怨我。妳心裡嫌棄他們沒用、嫌棄章昀沒用、嫌棄身邊人沒用，妳恨不得妳是我爹娘的女兒，這才是妳日日夜夜想的，我說得對嗎？」

她說完，看向姜歡，她已經臉色蒼白，彷彿被戳破了什麼隱秘的心思。

話說到這裡，姜錦魚已經不想再說什麼了，她頷首點頭。「大姐，我先走了。」

之後姜歡的事情，姜錦魚便再沒有關注了，就像她說的，她們姐妹本就不太像姐妹，還打小就有點像仇人，就不必再裝出姐妹情深的樣子了，面上過得去，便也夠了。

雙溪村是姜錦魚的家鄉，她的感情自然很深，但決定要回鄉探親的時候，她本來還擔心兒子們待不住，畢竟瑾哥兒和瑞哥兒從來沒在鄉下待過。

哪曉得她小看了兒子們的適應能力，尤其是瑞哥兒，很快便靠著嘴甜的本事，成功打入了堂兄、表兄們的行列。

大兒子像顧衍，小兒子卻是不知道像誰，嘴甜得不得了，無論是誰，看到他都會心軟。她每每看著，好笑之餘，又實在納悶。

姜錦魚跟娘何氏說起的時候，被何氏笑了，點著她的鼻子道：「能像誰？我看瑞哥兒就是像妳，妳小時候也是這麼哄妳奶的，我那時候稀奇得不得了，妳那麼小小的人，怎麼就把妳奶哄得服服貼貼的？我看瑞哥兒就是像妳，倒是瑾哥兒，像女婿，讀書聰明，小小年紀就穩得住。」

聽何氏提到顧衍，姜錦魚倒是真的有點想他了，兩人成婚起，除了上回顧衍去容縣之外，兩人還從未分開這麼久過。

何氏多麼眼尖的一個人，一看就明白，她倒也不多說什麼，只在心裡暗暗高興了一下。女兒這時候還會惦記女婿，說明兩人感情好，否則巴不得離得遠了，那才舒坦。早都不是新婚夫妻了，還能這麼甜蜜，當真是讓人又好笑又覺得羨慕。

遼州，顧衍剛從州衙回來。

回到家中，便有小廝上來詢問，要不要上晚膳，顧衍隨口「嗯」了一聲，便打發了那小廝。

用完晚膳，顧衍只覺得偌大的院子實在冷清，想了想，索性去了書房，處理了些公務。

但這段時間州裡的事情不多，基本什麼事都走上了正軌，手底下人也得用了，實在用不著他堂堂州牧回家還要忙忙碌碌。

只費了一刻鐘的工夫，手頭上的事又都沒了，顧衍坐在書桌前有些落寞，靜靜看了眼桌上的一盆綠植。

這還是剛到遼州的時候，姜錦魚尋來放在他桌上的，說讓他忙完了，看看歇歇眼睛。不光他這裡有，連兒子們念書的書房也有，嫩綠嫩綠的一小株。

收回視線，屋外傳來一聲蟲鳴聲，在寂靜無聲的夜裡，顯得格外明顯。

他忽然無比想念妻兒，以往綿綿在的時候，府裡總是熱熱鬧鬧的，哪怕是一棵樹、一株草，都生機勃勃。天氣好的時候，綿綿愛在長廊下看遊記，懷裡往往抱著那隻橘色的肥貓兒，手邊放著茶點，讓人看著，就生出一股愜意閒適的感覺來。

下雨、下雪的時候，綿綿則會靠在窗櫺上，屋內暖意濃濃，聽著屋外或淅淅瀝瀝，或滴滴答答的雨聲、雪聲，手裡撥弄著算盤，對著底下管事交上來的帳本。

那時候，他每每撐著傘穿過庭院，便能一眼望到綿綿，就只需一眼，便讓他捨不得挪開眼睛了。

他知道，遼州官夫人圈子裡謠傳著一種說法，大約便是說綿綿好手段，拿捏得住他，讓州牧府上沒有妾室，連一個通房都沒有。

手底下官員偶爾也會有那麼一、兩句閒言碎語，彷彿為他的潔身自好感到震驚，又時不時會用風月之事來試探他，無果之後，免不了來上一句「州牧夫人好生厲害」之類的話。

他們又怎麼會知道，從來不是綿綿拿捏他，是他離不開綿綿罷了。

正當顧衍出神的時候，一隻橘色的胖貓甩著尾巴進來了，四周看了一眼，試探性的走到男主人腳下，用自己柔軟的皮毛蹭了蹭男主人的腿。

顧衍有所察覺，低頭看見平日與他並不親近的貓兒，彎下腰，抱起琥珀，放在膝上，伸手在牠腦袋上輕輕揉著，等貓兒舒服得直呼嚕時，他垂著眉眼，唇邊不禁帶著一絲笑意。

「你也想她了，是不是？」

琥珀打了個滾，喵的叫了一聲。

顧衍沒抱太久，很快便把貓放回地上，又重新把注意力放在了面前空白信紙上。

顧衍的信送到姜錦魚手裡時，她剛要跟著何氏出門，準備去吃宴，因此只能暫且擱置。

姜家人丁興旺，何家那邊也不遑多讓。

姜錦魚幾個舅舅都是肯吃苦的，這些年阿娘何氏也幫襯了娘家一把，眼瞅著也是日子越過越興旺了。

姜老太聽到孫女要回外祖家，也不酸溜溜了，大方了一回，道：「老二媳婦，妳帶著綿綿住幾天，也陪陪親家、親家母。這些年妳都跟著老二在外頭，難得回家一趟，是該多陪陪他們。」

何氏含笑應下來，道：「多謝娘。」

姜老太四處張望了一下，看屋裡、屋外都沒人，腿腳索利走到母女跟前，往兩人手裡一人塞了一個荷包。

姜錦魚沒推拒，何氏卻被驚了一跳，等摸出荷包裡是銀子的時候，她忙道：「娘，不用，我手裡頭有錢。」

何氏是掌家夫人，又在外邊那麼些年，手裡銀子怎麼會少？哪裡要婆婆補貼。

可姜老太彷彿早知道她要推辭，硬是塞到她手裡，道：「我知道妳有，但我做婆婆的，補貼點怎麼了？妳跟二郎不在家裡，妳大嫂可沒少讓我補貼，拿著拿著，別推來推去了。」

何氏只好收下。

姜老太這才高興起來，拉著何氏的手，推心置腹道：「我這些年也攢了些東西，我跟妳爹心裡都有成算。老大媳婦一直就是個眼皮子淺的，我也不好說她什麼，不過姜興跟他媳婦陳氏都是拎得清的。我跟老爺子手裡這點銀子、鋪子啊，多是妳跟老二置辦，老四也出了些，而老大、老三呢，沒老二、老四有出息。

「可自己的兒子，也嫌棄不得，再說大郎、三郎都孝順，孫輩也敬重我跟老爺子。我是想著，我跟老爺子年紀也大了，指不定哪天就不行了，我就先把話放在這兒。我曉得妳跟二郎不圖我跟老爺子手裡那點東西，可該是你們的，就得是你們的不是嗎？」

何氏回來好幾天了，妯娌幾個處得還算和氣，四弟出息，四弟妹也跟著平心靜氣的，不把兩個老的手裡這點東西看在眼裡。大嫂孫氏卻不一樣，大哥、大嫂一直跟著公婆住，大約也是因為這個，孫氏有時便會在她跟前說上那麼幾句酸話。

何氏沒放在心上，但回去也跟姜仲行說了，兩人一合計，想著大哥、大嫂和三弟卻是親力照顧長輩多些，給他們也是應該的，沒必要為了這麼點銀子爭個頭破血流。

事實上，兩人壓根兒沒想過從老太太、老爺子手裡要東西，相反，他們即便那些年沒空回來，每年孝順的禮也是少不了的。

要不是大嫂說酸話，何氏都壓根兒沒有反應過來還有這回事。

兒婆婆看出來了，何氏也就不藏掖著了。「娘！都是一家人，算得這麼清楚做什麼？二郎是您和爹養大的，我們就該孝順您，哪還要計較那些有的沒的？兒媳常年不在您身邊，都是大嫂照顧您和爹，大嫂的辛苦，我們都看在眼裡，實在沒必要爭那些。」

這意思便是不會和孫氏爭，二兒媳這麼說，其實姜老太也猜到了些，說真的，要不是大兒媳孫氏實在太蠢了，她還真不想把這些事拿出來說，可事情既然鬧出來了，那該說明白的就得說明白，否則，矛盾只會越來越深。

姜老太雖然是個不識字的農婦，可論管家還是很有些自己的本事，家裡有四個兒媳，妯娌間為了小家，本來就容易起爭執。老太太愣是把二兒子供成了京官，雖說也是姜仲行自己肯吃苦，可他讀書那些年，家裡嫂子、弟妹說嘴的也有，全被老太太一人給壓下去了，愣是沒起一點兒波瀾。

到如今大家日子過得好了，大兒媳孫氏又開始好日子不過，要鬧了，姜老太心裡一桿秤可清楚得很，孫氏鬧不要緊，帶著姜歡鬧，也不打緊，她一句話就能處置了。姜歡一個外嫁孫女留在家裡，孫氏還敢在她面前說三道四？

可姜老太怕什麼呢？她就怕因為這事兒，讓何氏心裡起了疙瘩，老二一家子都是厚道人，不會做什麼害人的事，可老二官做到這分兒上，不用他做什麼，單單因為孫氏這大嫂不幹人事，與姜興這姪兒產生了齟齬，那就夠姜興吃一壺的了！

她跟老頭子現在還在，家裡當然是親近，可等他們一走，大家分家過日子後，也不常走動了，孫氏非要這時候鬧，到時把血緣情分給斷了，這不是傻是什麼？蠢蛋一個！

姜老太懶得說孫氏什麼，大兒媳這些年壓根兒沒長進，都做祖母的人了，還是沒腦子，丟了西瓜撿了芝麻！她也不去縣裡打聽打聽，誰家有二郎這樣出息的兄弟，不好好聯絡感情，反倒把人得罪了個透的？說她蠢蛋，都算是好聽的了！

孫氏她是不管了，可兒子、孫子她還得管，姜老太也不跟何氏說那些客套話，道：「妳大嫂眼皮子淺，我也不說什麼叫妳多擔待些的話，妳跟二郎啊，擔待得夠多了，咱家能過上這樣的日子，沒有二郎，想都別想。往後呢，妳大嫂再犯蠢，不用你們擔待著，別搭理就成。

「可虎娃跟他那個娘不一樣，打小忠厚老實。個人有個人的命，不過虎娃就是你們姪兒，也沒道理要你們當爹做娘管著的，有大郎看著呢。我就是盼著，你們別離了心，都是一家子人，往後老大家的、老三家的要是過得不好了，你們看在我跟你爹的面子上，拉他們一把。」

何氏也明白了，婆婆這是怕他們因為大嫂，對姪子有想法。

她道：「娘，您放心，虎娃也是我看著長大的，我跟二郎能不管他？再說了，大嫂就是嘴上說兩句不好聽的，我們回家，這上上下下打點得舒適，也都是大嫂置辦。我不會放在心上的。」

何氏一番話，安撫了姜老太，兩人這才從姜家出發，往何家去。

路上，姜錦魚心裡不太好受，面上不由得顯露了幾分。

何氏到底是親娘，輕輕握著她的手，溫聲問道：「覺得妳奶太小心太客氣了？」

姜錦魚悶聲悶氣「嗯」了一聲，道：「其實我明白了，阿奶是怕我們跟大伯家生分了。」

何氏微微笑了下，她比姜錦魚經歷的事情多得多，對這種變化，態度也從容許多。「這很正常，女婿有手段，把顧家的事情處理得很好，所以妳不大有感覺。像我跟妳奶，算是處得好的婆媳，可到底人經歷多了，不在一起久了，抑或是身分不一樣了，相處起來也會變得客套。妳也不用太放在心上，老人家心思細，答應著就行了。」

何氏也沒打算安慰什麼，這種情況太常見了，就譬如當初一家子還住在雙溪村，相公還沒考上秀才的時候，大嫂對他們一家子總沒什麼好臉色。後來二房發達了，大嫂便一下子態度大變，這都很正常，何氏早就習慣了。

在她看來，女婿往後的發展，只怕比自家丈夫要好得多，這樣的事情，女兒往後肯定也要經歷，提前感受一下，不是什麼壞事。

再一個，何氏語氣鄭重了些，道：「再者，雖說都是一家人，但也有個裡外親疏。像我們母女倆自是很親近，妳與妳阿兄、阿弟也親近，可妳與妳嫂嫂相處少了，沒那麼親近，顯得生疏些。日後妳阿弟娶了媳婦，興許妳與弟媳婦投緣，關係好，也興許彼此看不來，關係差，這都很正常，我不會太當回事，妳也不必放在心上。說到底，都是各過各的日子。女婿才是妳往後要一起過一輩子的人，別人的想法，妳不用看得太重。」

姜錦魚這些年也算是在外當家，比起以前自是長進不少，聽了阿娘的勸解，也想開了。

到了何家後，酒宴還未開始。

這回嫁人的是姜錦魚遠房的一個表妹，她只在幼時見過幾面，不過本來便是親戚，便是不眼熟，面上也不會生疏到哪裡去。

小表妹名叫何田靜，模樣秀氣，說話也輕聲細語的，見了她，羞怯低著頭，喊了句。「表姐。」

姜錦魚含笑過去，笑道：「新娘子今日真好看。」

新娘子羞答答低下了頭，臉上染上紅暈，看得姜錦魚很是懷念，回想自己當初剛嫁人的時候，是不是也是跟新娘子一樣容易臉紅。

但仔細想一想，那時候她還算淡定，打趣她的人也少，倒是還好。

姜錦魚與新娘子說笑了幾句，就有外祖家這邊的姑娘請她坐下，都是些年輕姑娘，陪著新娘子等著喜時辰。

何田靜見表姐與旁人說起了話，才羞答答抬起腦袋，睜大眼睛打量著面前的表姐，只覺得她面若芙蓉，皮膚白中透粉，搭在膝上的那一雙手，十指纖細，一看便是十指不沾陽春水的官夫人。想到這位表姐嫁的人家，何田靜不由得心生羨慕。

她先前便聽過這位表姐的事，打小便那樣有福氣，後來又做了官小姐，嫁給了探花郎，一直過著富貴日子。

今日一瞧，她那心裡的羨慕更濃了，別看這一屋子都是未嫁的姑娘和新媳婦們，可那麼一看，還是自己這位表姐樣貌最鮮嫩，丁點兒看不出是生了兩個兒子的婦人，若說是雲英未嫁的姑娘，也不是沒人信的。

難怪都說富貴養人、富貴養人。可不是嗎？不用操心生計，不用為了點銀錢受婆婆的氣，自己怎麼舒服怎麼來，自然養人……

何田靜也就是隨便那麼一想，很快便又打起精神，融入了眾人的話題之中。

她可是知道，自己婆婆會選她做兒媳婦，跟她是何家的閨女離不開關係。但何家哪來這麼大的面子呢？還不是因為自家出嫁了的姑姑和表姐。

她臉皮薄是臉皮薄，可腦子卻不蠢。今日她表現得跟姑姑、表姐越親，婆婆肯定越看重她、越不敢對她說重話。

至於旁的，等她跟相公越處越好了，生下孩子，婆婆更加沒話說了。

何家表妹的婚事辦得挺熱鬧的，姜錦魚作為貴客，也就老老實實坐著，時不時看外祖家的親戚過來和她說說話。

第六十六章

等把新娘子送走後，又吃完酒宴，姜錦魚與何氏便回了姜家。

還未進門，便看到四叔家的堂弟姜魁跑得一頭汗，身後追著一群小蘿蔔頭，看上去都以他為首一般。

一群小蘿蔔頭衝過來，到姜錦魚的身邊站定後，挨個兒老老實實喊人，「姑姑」、「堂姐」的聲音此起彼落。

然後便跟一群小鴨子似的，用又黑又圓的眼睛眼巴巴看著為首的姜魁。

姜錦魚一看這架勢，猜出這群孩子有話跟自己說，便問姜魁。「找我有事？」

姜魁到底是孩子王，別看平日裡「作威作福」，在孩子堆裡吆三喝四的，可要真有什麼事，他這個老大也得扛著，否則怎麼能服眾呢？

姜魁挺起胸脯，給了其餘孩子們一個「你們放心」的眼神，扭頭對姜錦魚道：「堂姐，能不能讓瑾哥兒帶我們念書啊？瑾哥兒懂得好多，比我們加起來都多。」

姜錦魚微微驚訝，就看一群求知若渴的小蘿蔔頭們跟著一塊兒七嘴八舌。

「瑾哥兒好厲害！他什麼都會！」

「我爹說啦，瑾哥兒的爹爹是探花郎，他本來就什麼都會！」

「那敬哥兒的爹爹還是狀元郎呢！」

「瑾哥兒的字也寫得好看！」

眼看著一群人要為「顧瑾和姜敬誰更厲害」這個問題吵起來了，姜錦魚忙打斷他們。

「好了，好了。」

她一張嘴，一群小孩子們都眼巴巴盯著她瞅，滿眼的擔憂忐忑，彷彿怕她不答應。連跟皮猴子一般的姜魁也直直看過來，滿臉渴望。

一旁的何氏見女兒沒作聲，笑著替她道：「成，讓瑾哥兒教你們。」

以姜魁為首的小蘿蔔頭們頓時歡呼雀躍，然後一窩蜂爭著湊到顧瑾身邊，七嘴八舌套近乎。

瑞哥兒委屈壞了，見哥哥被一堆堂哥、表哥給搶了，委屈得嘴上都快能掛油壺了。雙胞胎打小就親近，府裡又向來只有他和哥哥兩個孩子，這一下子見哥哥被搶走了，瑞哥兒滿心不樂意。

好在顧瑾也很疼自己這個弟弟，雖然被圍得嚴嚴實實的，但也不忘朝弟弟伸出手，喊他過來。「瑞哥兒過來我這兒，別落下了。」

然後就見瑞哥兒笑起來，挺著小胸脯，從眾人讓開的一條道中走過去。

姜錦魚看小兒子那樣子，忍不住失笑，搖搖頭，目送一堆小蘿蔔頭跑開了。

母女倆進屋，何氏忍不住笑道：「我看瑾哥兒最像女婿，小小年紀就能服眾。之前你阿兄也說過，女婿生來就是做官的，說話做事穩重可靠。」

姜錦魚聽慣了娘成日誇自家相公，畢竟丈母娘看女婿，越看越喜歡，可這麼變著法子誇，著實有點承受不住了，忙道：「娘，我們快進屋吧。」

何氏笑咪咪跟著進屋，恰好看見從姜老太屋裡出來的姜歡，兩人打了個照面。

姜錦魚一怔，便見姜歡黑著臉，躲開了她的眼神，扭頭對何氏招呼了一聲。

「二嬸。」

何氏照樣是一副笑模樣，道：「欸，歡姐兒來陪妳奶說話呢，真孝順。」

姜歡不自在的躲開眼神，敷衍的「嗯」了一聲，匆匆點點頭告別。「我屋裡還有事，就先走了。」

何氏自然爽快道：「行，妳忙去吧。」

等姜歡走了，何氏才納悶道：「妳這大姐可一向不往這邊來的，我回來好些日子了，也沒瞧見她來過。」

姜錦魚笑了笑，沒說什麼，轉而提起了別的話題。

何氏這些年養尊處優，小日子過得很舒服，倒也不太在意隔房出嫁了的姪女想做什麼，索性不去想，含笑道：「妳舅舅前些日子知道妳要回來，送了好些皮子來。我本來都忘了，今日妳舅舅跟我提到我才想起來。走，我帶妳去看看。」

姜錦魚今日去舅舅家，也沒空手去，帶了好些遼州的特產，都說舅甥親、舅甥親，姜錦魚小時候，她這兩個舅舅可是格外疼她。

她彎著眼睛微微笑。「好啊，舅舅太客氣了。還送什麼東西過來？這些留在家裡給舅母們用多好！」

何氏邊領著她走，邊道：「妳又不是不知道，妳兩個舅舅最疼妳，就是嘴笨了點，可心裡都惦記妳。」

看過皮子，母女倆又說了會兒話，何氏便有點乏勁上來了。「到底比不得年輕時候，不過是去了妳舅舅家一趟，竟睏成這個樣子了。」

姜錦魚忙道：「娘，您快去歇一歇。」

何氏點頭去休息了。

何氏走了，姜錦魚這才有空，把從遼州寄來的家書拿出來。

打開信封，裡頭先掉出來幾片乾花花瓣，她拿起來一看，不由得會心一笑，心裡甜滋滋的。

她有時候感覺，自己和顧衍跟其他夫妻不一樣，其他夫妻都是從情意綿綿到相敬如賓，他們則是反過來的，一開始兩人就像過了十幾年的夫妻一樣平淡，說感情也有，但更多的是像家人，反倒他們是兒子都生了，倒似老房子著火，忽然甜蜜起來了。

就連她自己，有時候偶爾也會覺得，兩人是不是有些太黏膩了？

連她自己都會這麼想，估計外人看了，更是覺得如此，也難怪身邊兩個丫鬟，成了親的小桃每回瞧見了，總忍不住羨慕又失落地說幾句「跟大人比起來，我家裡那個可真是根木頭」。還未成親的秋霞，也總是面上紅霞滿滿，就跟不好意思瞧一樣。

姜錦魚將花瓣拾起來，用帕子墊著，放在小炕桌上，展開信細讀。

其實兩人也才分開沒多久，顧衍平時起居她是知道的，除了衙門那些事，旁的也沒太多的樂趣，真要寫起來，也挺悶的。

可大約是情人眼裡出西施的緣故，姜錦魚看得挺開心的，眼睛一眨不眨的從頭看到尾，等看到信的末尾，顧衍用略微委屈的筆觸，「抱怨」廚娘熬的藕湯，不如她親手做的好吃時，姜錦魚恨不得現在回遼州去。

別說一碗藕湯了，就是連熬半個月的藕湯，她都甘之如飴。

可這也就是想一想，怎麼也要等阿娘、阿爹回盛京，她才能帶著兒子們回遼州。

又從頭到尾把信看了一遍，心裡那點甜蜜又濃了幾分，正這時，瑾哥兒牽著弟弟氣喘吁吁跑過來，道：「阿娘，梁叔叔說，阿爹寄信過來了？」

姜錦魚正要找他們，見兒子來了，便從信封中取出另外兩封薄了不少的信紙，遞過去。

瑾哥兒、瑞哥兒樂壞了，瑾哥兒還沈穩些，強忍著喜悅，故作淡定接過那信。

瑞哥兒可沒那麼冷靜，一下子就把信接過去，喜孜孜道：「爹爹也給我寫信了！」

說起來，姜錦魚本以為兒子們會不大習慣鄉下生活，沒想到兩人如今跟那一群小孩兒們，倒成了兄弟一般，看上去比早他們來幾天的敬哥兒還要融入得更好些。

作為娘親，姜錦魚心裡挺驕傲的，兒子這樣出息，也是她和相公的功勞。

當然，真算起來，大部分算顧衍的功勞吧，畢竟她很少插手兒子的教育，倒是顧衍，平時看著冷冷清清的，對兒子們的事實則很上心，否則瑾哥兒和瑞哥兒也不會這樣親近他。

還在遼州的時候，顧衍便會每旬與兒子們的夫子聊一聊，問問兒子們學業上的進展，她有次還看到，顧衍給兒子擬的書目，寫了滿滿一張紙，是非常用心的。

一連見了許多客，姜家才漸漸沒那麼熱鬧了，門檻不似以往那樣，要被踏破了一般。

姜錦魚清晨起來，到了阿娘這裡，便聽何氏道：「妳爹今日去縣裡赴約了，把瑾哥兒、瑞哥兒也給帶上了，妳沒別的事，不如在這兒陪陪我說話。」

作為外祖父，阿爹姜仲行可以說完全是溺愛型的，若非瑾哥兒、瑞哥兒早都定了性子，這樣寵下來，只怕要被寵壞了。

姜錦魚接過何氏貼身婆子遞過來的蜂蜜水，微微抿了一口，略有些埋怨道：「爹也太疼他們了。我昨日還聽瑞哥兒說，阿爹答應帶他們去抓蛐蛐，還親自編了草籠子。」

何氏見怪不怪，不在意道：「妳小時候妳爹也是一個樣子，現如今妳長大了，妳爹不好黏著妳，便改黏外孫去了。」

兩人正說著，便看見何氏的貼身婆子進來通報孫氏來訪。

姜錦魚與自家娘對視了一眼，不知道大伯母來做什麼。

過了會兒，大伯母孫氏便風風火火進來了，這些年姜家日子越發富足起來，她又是大房的媳婦，裡裡外外都很有體面，也越發有派頭了。

何氏見到嫂子，笑著請她坐下，兩人寒暄著，看上去倒比一般妯娌還親熱些。

其實在鄉下，一般的妯娌處得近了，難免鬧得不太好，即便是何氏這樣能忍的性子，先前還在雙溪村的時候，也與孫氏起過衝突。

但如今兩人雖是妯娌，但實則一年半載見不上一次面，遠香近臭，兩人離得遠了，孫氏反倒惦記起何氏的好來了。

孫氏寒暄幾句過後，見到差不多了，便露出了些許為難之色，道：「其實我這回來找弟妹，也是有件事想請弟妹幫個忙。」

何氏自不會一口回絕，也沒直接答應，道：「嫂嫂不如說來我聽聽，若是我辦得了，自是不會推辭。若是我辦不了，也早些與嫂嫂說了，好讓嫂嫂去找旁人，省得耽擱在我這裡。」

姜錦魚在一邊聽得心下點頭，心道：不愧是娘，看這話說得滴水不漏，讓人挑不出半點毛病。

再看大伯母孫氏，面上果真露出喜色來，喜孜孜把事情給說了。

姜歡如今算是歸宗女，前些日子在大伯母的催促之下，辦了和離。照她的話是，章家家裡那個姜連兒子都生了，姜歡又與章昀離了心，即便是強行逼她回去，也只是讓女兒回去受苦，倒不如先和離，之後再另說。

至於這個另說，那便是她眼下要說的了。

孫氏痛訴了一番章家行事，然後道：「章家荒唐，可咱們姜家卻不能與他們一般見識。我早先便想說，我歡姐兒嫁他章家，分明是低嫁，他章家倒好，絲毫不知珍惜，既是如此，倒不如和離了事。」

姜歡只是隔房的姪女，孫氏這個做娘的都拿了主意，何氏自是不會多嘴，點頭道：「倒也是這個理，強扭的瓜不甜。」

孫氏見何氏應自己，話鋒一轉，又把話題轉到了一旁的姜錦魚身上，半真半假地羨慕道：「哎，弟妹啊，我是真羨慕妳家綿綿啊。打小生得好，後來又嫁得好，生了那麼一對雙胞胎，天底下做女人做到這分兒上，也真是好福氣。妳這做娘的啊，可真是半點都不用操心。不像我，我那歡姐兒啊，沒妳家綿綿命好，這麼些年也吃了不少苦頭。我啊，只盼著她找到疼她的人，好生把日子過下去，生個一兒半女的，也好有個人養老送終啊。」

何氏瞭解自家這個嫂子，孫氏是無利不起早的性子，從前便是如此，無端端把自家女兒一頓誇，定是有事求她。她也應和道：「歡姐兒還年輕，再找一個也不是難事。」

孫氏一拍掌，連聲道：「是這個理，我也是這麼想的，總不能讓歡姐兒在家裡住一輩子不是？弟妹啊，就是我歡姐兒的親事，我想讓妳幫忙一把。」

何氏也不意外，孫氏這話繞來繞去，總歸是繞回來了，她道：「我畢竟常年不在縣裡，認識的人也不多。嫂嫂若是想讓我幫忙說親，那可是有些為難我了。嫂子自己可有中意的？」

孫氏也不敢把給女兒找人家的事，全盤丟給何氏，畢竟人心隔肚皮，萬一何氏見不得她女兒好，挑個差的，那她是答應好，還是不答應好呢？但讓她白白把何氏這麼大的助力捨棄不用，她心裡也覺得虧。

索性便想了個主意，她和女兒兩人挑好人選，但出面說親的事，讓何氏母女倆去。

孫氏道：「我聽我嫂子說，咱們縣裡主簿家的夫人正為她二兒子的親事打聽呢。」

何氏也懂了，點頭道：「嫂子既是有中意的人家，那我便找個日子，替嫂子走一趟，至於成不成，還得看兩家有沒有緣分。」

孫氏笑得合不攏嘴，高興道：「有弟妹妳出馬，那定是十拿九穩的事！主簿家二公子我打聽過，這回也是續弦，和歡姐兒倒是同病相憐，般配得很。」

孫氏也不傻，自家女兒什麼條件，她心裡也有數，和離總歸對女子名聲有礙，她也不敢託大，去找個連半點希望都無的人。至於相中主簿家二公子，這也實屬她與姜歡的私心。一輩子做個農婦，哪裡比得上何氏母女這樣做官太太舒服體面？即便是個小小主簿，那也是官不是？

孫氏把事情託付給何氏，便又寒暄了會兒，才找個由頭出去了。

孫氏一走，何氏頭疼地摁了摁額角，一副苦惱的模樣。

姜錦魚看在眼裡，不由得有些感同身受，說實話，她也很討厭作媒，偏偏在遼州的時候，總有官夫人找上門，以她婚姻美滿、定然有福為由，求她出面。總拒絕又不好，可作媒，卻實打實是一件吃力不討好的事。

「娘，大伯母倒是越發精明了。」

何氏聽罷，無奈道：「妳大伯母是看準了咱們娘兒倆出面，那主簿夫人定然不好一口回絕。不過妳大姐這樣在家裡待著，也的確不是長久之計。便是妳大伯母不來求我，妳奶估計也會開口提這事兒。罷了，走一趟便是，到底是一家人，雖說她們母女倆見不得我們好，可我們也不好計較什麼，否則，倒顯得我們肚量小了。」

何氏話這麼說，也不推三阻四，她向來是個有事就做的性子。

過了兩日，便帶著姜錦魚去拜訪那主簿夫人了。

主簿夫人夫家姓鍾，人們便喚她一聲鍾夫人。鍾夫人彷彿很意外她們來，但態度上倒是很親熱的。

她請她們進屋，又讓大兒媳婦過來作陪見客。

何氏眼瞧著時機差不多了，才道：「不瞞鍾夫人，我今日來，乃是為了我的姪女……」

何氏與鍾夫人聊，姜錦魚坐在一邊，時不時接幾句鍾夫人兒媳婦的話，聽她說幾句家長裡短。

等鍾夫人兒媳婦說到她妹妹嫁人的事情時，何氏與鍾夫人總算說得差不多了，兩人陸續停了下來，端起茶水喝了一口。

這時，鍾夫人率先開口，道：「何夫人您我自是信得過的，端看您家女兒的樣貌言談，我便曉得姜家女兒定是不一般。但不瞞您說，我那兒子也是個執拗性情，前頭那個去了三年，直到最近才鬆口，讓我替他相看起來。至於最後成不成，還要看我那二兒子與姜大小姐有沒有緣分。」

何氏也不可能為了姪女的婚事，強按著人家鍾家人的頭，要人家應下這門親事。她也大度道：「是這個理，我們也是長輩著急，哪曉得他們小兒女彼此合不合眼緣呢？」

鍾夫人一聽，心裡對這門婚事已經滿意了七、八分，唯一不太滿意的地方，便是這姜大小姐嫁過人，乃和離之人，生怕委屈了自家兒子。但轉念一想，自家兒子也是續弦，這倒是沒那麼大的講究了。

只是心裡滿意，嘴上還不好承諾什麼，但態度顯然親熱了許多，等姜錦魚她們要離開時，鍾夫人更是含笑送到門外。

從鍾家出來，何氏便曉得，這門親事估計能成了。

但姜歡如願之後，能不能過得好，又是另外一回事。端看今日鍾夫人這作派，便曉得絕不是那等好糊弄的婆婆。姜歡做人兒媳婦，若是老老實實的，那倒還好，可若是耍些手段，只怕也要吃些苦頭。

姜錦魚見自家娘面色凝重，不由得安慰道：「娘，您別操心了，我們能做的都做了，至於往後的事，到底是大姐自己過日子，旁人替不了，擔憂也無用。」

何氏聽罷，也不再想那些，反正人家是孫氏和姜歡自己選的，她只負責出面做說客，至於旁的，也的確用不著她管。

姜錦魚見何氏神色放鬆了些，轉眼瞥見街頭的糖畫攤子，攤子前人不多，顯得有些冷清。

她不由得一時興起，喊停了馬車，道：「娘，我想買些糖畫帶回去。這小玩意兒在遼州倒是沒見過。」

第六十七章

何氏本來不怎麼有興致，一聽外孫都沒見過，不由得心疼道：「去吧，多買幾個。這玩意兒妳打小便喜歡，小時候便時常鬧著大人給妳買，連妳哥都被妳掏空荷包過，瑾哥兒、瑞哥兒口味隨妳，肯定也喜歡。也沒見敬哥兒吃過這個，估計妳嫂子也沒買給他過。」

姜錦魚下了馬車，戴著帷帽走到那糖畫攤子前，撩起黑紗，表情笑咪咪的和糖畫老人要了幾個不同形狀的糖畫。

糖畫老人坐了一天了，好不容易有生意上門，且一看這打扮、容貌，便知道是有錢人家的夫人，不敢怠慢，忙精神抖擻撈起溶化的糖水，手腳索利開始畫了起來。

等了約莫半刻鐘不到的樣子，姜錦魚要的糖畫便都好了。

小桃付了銀錢，道：「剩下的老人家收著便是，我家夫人賞你的。」

老人家便喜孜孜的謝過姜錦魚，把糖畫放進小桃取出來的匣子中。

糖畫買好了，姜錦魚便又重新放下帷帽，轉身要離開之際，忽然聽到旁邊一聲。「妳是錦魚嗎？」

姜錦魚聞聲回頭，竟是遇見了老熟人。

她微微一怔，頷首道：「姑母。」

潘姚氏站在姜錦魚面前，眼角細紋疊生，與同齡婦人相比更添了幾分滄桑，她看著姜錦魚，有些不敢認她，待姜錦魚喊了她之後，她才確定自己沒認錯人。

潘姚氏似乎有些侷促，寒暄道：「回來了啊？姑母好多年沒見妳了，妳都長大了。」

姜錦魚無言以對，說起來，上輩子她恨之入骨的潘家人，這一輩子彷彿成了生疏至極的陌生人，再見到潘姚氏，只覺得恍如隔世，先前的怨恨，早都煙消雲散了。

當然，即便無悲無喜，姜錦魚也不打算和潘家人再有什麼瓜葛。

於是，她平淡道：「是，前不久剛回來，我隨相公去了任上，好些年沒回來了，這回是帶著孩子來看看阿爺、阿奶。」

潘姚氏越發侷促，說起來，姜錦魚的記憶中，上輩子的潘姚氏行事風風火火、面慈心惡，哪裡像現在這樣，倒似個受氣的老婦人。

潘姚氏僵著臉笑了一下，不是很自然的樣子，又道：「妳過得還好吧？當初我本想讓衡兒與妳……」

這時，對面的首飾店中走出一年輕婦人，一下子便走到了她們二人跟前。

那年輕婦人正是潘姚氏的兒媳婦——桂氏，乍一見自己這慣會裝可憐的婆婆丟了，桂氏扭身就出來尋，見著人才算安心了些。

「娘，您怎麼不說一句就出來了？您若是丟了，我還要派人去尋，現下家裡這樣忙，您別添亂了。」

桂氏說話文文弱弱的，可說出來的話卻不怎麼好聽。

說罷，扭頭瞧見了姜錦魚。桂氏年少時見過幾分富貴，現下家裡落敗了，可當初的眼光還在，很快便瞧出了門道，客客氣氣道：「這位夫人，您認得我娘？」

這話一說，便不難看出，桂氏這兒媳婦可真真是當家作主的人，一般兒媳婦哪裡敢在婆婆面前這樣說話？

姜錦魚沒看潘姚氏哆嗦著的嘴唇，徑直對桂氏點點頭，道：「我幼時見過姑母幾面。」

桂氏一聽，心裡門兒清，她可不是那等憨人，她爹沒有兒子，連生三個女兒，兩個姐姐都嫁人了，輪到她的時候，桂氏心裡有成算，說服爹娘找了入贅女婿，生下的兒子要跟他們桂家姓。

雖說他們桂家日子不如以前，鋪子關了好幾家，可到底是把香火延續下去了不是？會找潘衡，桂氏便是相中了潘衡的好相貌和讀書人的身分，但要說喜歡，那絕對是沒多少的。至於潘姚氏這個跟著兒子上門的婆婆，桂氏原想著，若是和氣的，便敬著，畢竟是婆婆。可相處下來，就覺察出來了，這婆婆也不是個厚道人，一把年紀了，慣會裝可憐。

她現下對潘氏母子感情淺薄，若非看在潘衡是自家兒子的爹爹，她早都懶得理二人了。

因此乍一看到婆婆似乎有個富貴親戚，桂氏起先心裡還嚇了一跳，現下一聽姜錦魚這話，心裡頓時鬆了一口氣，大度道：「原來是親戚，那真是巧了，我家就在那邊的巷子裡，不如去我家坐坐，您也好與我婆婆敘敘舊。」

姜錦魚抬眼打量著面前的婦人，桂氏不算什麼大美人，但舉手投足很索利，說話做事絲毫不拖泥帶水，看得出在家裡是作主的人。婦人眼睛中帶了絲打量，說請她做客的話時，帶著絲試探，態度有些直白，但並不算惹人討厭。

在面慈心惡的潘姚氏面前，桂氏這種把意圖表達得直白的人，反倒還更讓人安心些。

「不必了，下回有空，我再來拜訪姑母便是。」姜錦魚微微搖頭，對著桂氏道。

然後就見桂氏鬆了口氣，態度自然地要送她。

姜錦魚沒要桂氏送，只向潘姚氏點點頭。「姑母，那我先走了。」

回到馬車上，何氏問起，姜錦魚滿不在乎的說了句。「方才遇到奶後娘家的姑母了。」

何氏一聽還沒回過神來，半晌才想起來。「那位啊……我倒也很久沒見過她了。」

似乎是提起了潘姚氏，何氏便起了興致，便把以前的事拿出來說，道：「說起來，潘家以前還想跟我們家結親來著，我還沒吭聲，妳奶就先不答應了。雖說潘衡那後生倒還不錯，不過考運不太好，一直就那樣，跟妳前大姐夫差不多，我聽妳奶說，潘衡入贅了，做了縣裡桂家的上門女婿，也算是衣食無憂了。」

「入贅？」姜錦魚聽得有一絲驚訝，倒是沒想到，潘衡那樣要面子的人，居然選擇了入贅？

再轉念想到方才潘姚氏和她兒媳婦之間的相處，頓時理解為何桂氏一個做兒媳婦的，居然能把潘姚氏這個做婆婆治得死死的，是入贅，這就說得過去了。

「潘家怎麼會答應讓他入贅？」據她所知，潘家可就潘衡這麼一個兒子，所以才會寵得跟什麼似的。

何氏撇撇嘴，道：「潘家犯了事，妳那時候剛嫁給女婿才不知道。潘姚氏還藉著妳大伯母的口，來求過妳爹。本來，都是親戚，關照一下也是可以的，哪曉得妳爹一打聽，潘家竟是販賣私鹽，這可是大罪，便沒插手了。只幫了潘衡一把，因為他本來就沒參與其中，是縣衙有個看不慣他的小吏作祟牽扯了他，妳爹幫著說了句，把人給救出來了。只是他爹犯了這種罪，潘衡的仕途也就那樣了。估計後來日子過不下去，便入贅了。」

何氏的語氣輕飄飄的，但顯然對潘衡不像以前那麼欣賞了，不是她太古板，潘衡入贅她能理解，但到底覺得倘若換作了她自己，無論如何也不會答應。

再看看自己現在的女婿，年輕有為，對比之下，當然越發瞧不上潘衡了。

姜錦魚聽完，倒沒太多的感慨，只點點頭，便沒再作聲了。

上輩子她在潘家委曲求全，照顧全家上上下下，受潘姚氏搓磨，還要被潘衡帶回來的外室羞辱，落得那等淒慘下場。

這輩子便輪到潘家來受這些罪，潘姚氏身為婆婆，卻被桂氏這個兒媳婦管著、約束著。潘衡那樣要面子的人，一輩子都逃不開「入贅」二字的羞辱，這對於旁人也許並算不得什麼，但對於心比天高的潘衡，肯定是天大的恥辱。

且看桂氏的性情，並非重兒女情長之人，更不會對潘衡溫柔小意，照著潘衡那樣認定女子便該柔順、該以夫為天的性情，往後的日子也不會太好過。

彷彿冥冥之中自有天意，害人者終將得到應有的報應。

馬車緩緩經過桂家的那條巷子，姜錦魚輕輕放下簾子，心中對潘家人，再沒有半分多餘的感覺，與陌生人無異。

她想：我總算無愧於老天爺給我的這一世。

潘姚氏回了桂家，見桂氏沒空搭理她，便急急忙忙奔後院去了。

一進門，便匆匆道：「衡兒，你猜我方才看到誰了？」

潘衡本就煩悶，桂氏並不是那種溫柔小意的妻子，相反，桂氏很有主見，他本以為自己入贅之後，便能接手桂家的生意。哪曉得，桂氏壓根兒只是將他當作孩子的爹，並沒有半點讓他插手桂家生意的意思。

他煩悶地道：「娘，怎麼了？有什麼事？」

潘姚氏小心翼翼打量了一下周圍，湊到兒子身旁，道：「我方才見著你二舅家的錦魚了。唉，衣裝很精緻，我差點都認不出了。早知道，當時娘便是不要臉面，也要替你說了你二舅家的親事，若是你成了姜二郎的女婿，我們潘家怎麼會到這個地步？你爹也就不會被流放了！」

潘衡本來聽得不甚在意，忽的拿筆的手頓住了，皺眉道：「妳見著她了？」

潘姚氏這些年被桂氏管得膽子越發小了，小聲嘟囔著。「是啊，我親眼看到了，我本來想上去套套近乎的，哪曉得你媳婦就來了，我們沒說兩句話，也就打了個照面。哎喲！姜家現在可真是富貴了，早知道我當初就該死皮賴臉也要把這門親戚結交起來的，現在可真是一點光都沾不著了……」

潘姚氏還在耳邊反覆念叨，潘衡卻是有些怔了，他稀裡糊塗想了些有的沒的，直到傍晚妻子桂氏抱著兒子過來看他。

兒子姓桂，打小就被桂氏抱著養，因此跟他不算親近。而且這孩子不跟他姓潘，就足以視作自己的恥辱，可桂氏在前，他只能敷衍的摸了下兒子的頭。

桂氏對潘衡沒多大感情，但見兒子湊上去跟爹爹親熱，潘衡卻不怎麼有耐心的樣子，皺眉道：「昌兒，來娘這兒。」

接著，便讓奶娘把孩子帶了出去。

桂氏翻身在床上躺下，催促著外邊躺著的潘衡。「吹了燈吧，我睏了。」

潘衡起床滅燈，夫妻相顧無言，背對背入眠。

迷迷糊糊之間，潘衡又作起了那個自己作了很多次的夢。

在夢裡，他喜得舉人的功名，娘潘姚氏笑得眉開眼笑，爹拍著手說要開宗祠給祖宗報喜。

夢裡的他也很高興，滿心都是喜悅，他微微側頭，便看見夢中的妻子仰著臉望著他，眉眼間帶著喜意，微微亮著的眼睛，很熟悉，看得他挪不開眼。

她踮起腳，湊到自己耳邊，唇畔帶著笑意，低聲道：「相公，我還有個好消息要告訴你。我……有喜了。」

夢裡的他高興得一下子愣住了，半晌才抱著妻子，整個人沈浸在喜悅之中。

潘衡嘴角帶著笑，忽然耳邊一陣喧鬧，把他從夢中驚醒，他一睜開眼，便看見屋裡起身穿衣裳的桂氏。

外頭天色大亮，桂氏回頭看了他一眼，語氣中帶了絲嫌惡。「讀書人便早些起床，你科舉雖是沒指望了，可總要給昌兒帶個好頭。今日我大姐回娘家，你讓娘多注意點，別又鬧笑話了。」

潘衡垂下頭，木然道：「我知道了。」

姜錦魚與何氏一歸家，孫氏便找了個沒人的時候過來了，進門時滿臉急切。

她問道：「那事如何了？鍾家如何說？」

話音一落，大約覺得自己太過著急了，又連忙拍起了何氏的馬屁，道：「瞧瞧我，弟妹出馬，這事兒保准沒問題。」

何氏也不同她計較，道：「鍾家的意思是，讓兩人先碰個面，看看性情合不合。至於約什麼日子什麼地方，就得嫂子自去與鍾夫人商量了。」

孫氏一聽，連聲道：「我去安排便是，這回多虧了弟妹。難怪二弟這官越做越大了，有二弟妹妳這樣的賢內助，日子自然是越過越好！」

然後又是一迭連聲的奉承，聽得何氏那叫一個哭笑不得。

姜錦魚在一邊忍不住偷笑起來，大伯母這個性子，讓她說什麼好？她們回雙溪村也好些日子了，還是第一次看到大伯母這麼熱切的笑容。

孫氏大約是自認奉承到位了，急著回去給女兒報喜，便又告辭出去了。

她一走，姜錦魚忍不住笑出聲來，眼角都笑出淚花來了。

何氏無奈瞥她一眼。「妳大伯母便是這麼個性子，妳還不知道嗎？說得不好聽些，叫無利不起早。說得體面些，便是放得下架子。那會兒妳剛生的時候，妳大伯母素來不喜歡女孩兒，偏偏你奶不知怎的，便是喜歡妳些，惹得妳大伯母連著幾年沒給妳好臉色。後來妳爹做了官，妳大伯母不就又一下子親熱起妳這個姪女了？」

姜錦魚悶悶的笑，笑得有點肚子疼，其實她倒不討厭大伯母這樣的人，總比那些又要占便宜，又要旁人去捧著她的人好多了。這些年見的人多了，那種放不下架子，巴不得別人自己湊上去給她幫忙，那種又要面子、又要實惠的，也著實不少。

也不知孫氏和鍾家如何商議的，姜歡和那鍾家二公子見了一次，便就那麼定了下來。

一日，聚在一起用晚膳的時候，孫氏總算尋到了機會，在飯桌上把這事兒一說。

她倒想謙虛一些，但大約是兩個女兒都嫁得不好，好不容易有一個姜歡能翻身了，她的語氣還是止不住的炫耀。

「那鍾夫人見了歡姐兒，喜歡得不行，連聲說咱家女兒教得好。鍾二公子我也見了一面，生得好生俊朗，說話也很有禮節，可比那章昀好太多了。歡姐兒先前那樁婚事，家裡人看走了眼，讓她吃了不少苦頭，這回可算是找了個合適的……」

孫氏越說越激動，恨不得把鍾家誇到天上去，把章家踩到泥裡去，聽得一桌子人都有點尷尬。

還是姜老太把筷子往桌上一放，嚴厲道：「行了，妳少說兩句！以後少提章家，我們姜家跟他們無親無故，比什麼？歡姐兒既是與章昀和離了，那就是斷了，大路朝天，各走一邊，往後都不必牽扯在一起了。」

孫氏到底是怕姜老太這個婆婆的，頓時噤聲，訕笑道：「娘教訓得是。」

訓過之後，姜老太的神色也放緩了些，看向一邊坐著的姜歡。「既是門好親事，那往後就好好過日子。奶知道妳心氣高，可這日子過得好不好，不是比出來的，好就是好，不好就是不好，比也沒用。再富貴，也就睡得了一張床、住得了一個屋、吃得下一碗飯。」

姜歡方才還得意的臉色微變，嘴角掛著笑，卻微微低下頭。「奶教訓得是，孫女知道了。」

被姜老太這麼一打岔，母女倆總算消停下來了。

姜四郎媳婦鄭氏見狀，忙岔開話題道：「廚房還燉了湯，我去讓人端上來。是用綿綿從遼州帶來的山蔘熬的，爹和娘等會兒多用些，大補。」

說罷，笑盈盈起身。

氣氛稍稍好轉，眾人又重新說說笑笑起來。

姜歡的婚事，總算是家裡的一樁喜事。

也不知孫氏和鍾家是如何商議的，訂親趕得頗急，照孫氏的說法，兩人都是二婚，本就年紀不小了，拖來拖去反倒不好，索性早點辦。

提到訂親，就有不得不提的一件事，那就是嫁妝。

姜家還未正式分家，雖說已經分了好幾個院子住，但鄉下素來是這樣的慣例，父母猶在，便不輕易分家。

但姜老太早已不大管幾個兒子的家事，一心只想著頤養天年，娶孫媳婦那會兒起，姜老太就徹底把這事給交出去了，由各家媳婦們自己操持。

所以，孫氏假惺惺上門的時候，姜老太看得眼皮子直跳，一句話就給她堵回去了。「老大媳婦，妳怎麼來了？噢，歡姐兒的婚事啊，我不是早說了，你們自己拿主意，不用來問我。」

姜錦魚恰好坐在一邊，陪著老太太嘮嗑，見自家奶那副不待見大伯母的樣子，莫名讓她想笑，無奈起身道：「大伯母，您坐下說。秋霞，來倒茶。」

孫氏跟個小媳婦似的，凳子都只坐了個邊兒，小心翼翼道：「瞧您這話，咱們沒分家，媳婦哪敢自己拿主意。您經的事比我們小輩多得多，可不得拿來問問您。」

姜老太心道：也不見妳平時來看看我，這會兒遇著事了，倒是想起我老太婆來了？但再不待見，也是自個兒孫女的婚事，加之姜錦魚也在一邊替孫氏說話。「奶，大伯母也是敬著您呢，這才來求您老人家拿個主意。」

姜老太這才勉為其難道：「老大媳婦，什麼事，妳說來我聽聽？」

孫氏這才揣著一顆心道：「有件事，媳婦實在拿不定主意。就是歡姐兒的嫁妝啊，我想著，歡姐兒先前嫁的時候，咱家還沒什麼錢，我這做娘的，心裡實在覺得虧了她。眼下家裡有銀子了，我琢磨著，想多補貼點歡姐兒。她這些年吃了不少苦頭，我這個當娘的，也是打心底裡心疼她的。」

孫氏要補貼自家女兒，姜老太自是沒意見，只道：「這事說得過去，妳親閨女，妳補貼點也不是沒道理。就是虎娃媳婦那裡，妳也要和她說兩句，別讓人心裡不舒服了。」

孫氏一聽老太太這話，嚥了嚥口水，訕笑道：「娘，我不是這個意思。」

第六十八章

姜錦魚一聽這話，頓時暗叫不好，恐怕大伯母又要把奶惹生氣了。

果然，孫氏下一句話說出口，便是。「我的意思是，家裡能不能補貼點。我和大郎都沒什麼大出息，可歡姐兒幾個叔叔們都是有大出息的，特別是二弟和四弟，這姪女出嫁，叔叔們總不好眼巴巴看著不是？」

話說完，姜錦魚便瞧見自家奶的臉色都變了，整張臉都黑了下來，有力的目光直直盯著孫氏的臉看。

「二弟和姪女婿都做了大官了，歡姐兒的婚事也不能失了體面，否則也是失了全家的臉……您說是這個理吧？」

孫氏不自覺的聲音越來越輕，到最後已經是強撐著了。

姜老太把杯子往桌上一放，「咯噔」一聲，屋裡的氣氛都變得緊張起來了。

半晌，她開口了。「這個理？姪女出嫁，嫁妝要叔叔拿，姐姐出嫁，嫁妝要妹妹拿，妳孫家，是這個道理？」

孫氏被臊得滿臉通紅，看了看坐在一邊的姜錦魚，似乎覺得在姪女面前不好開口，便道：「娘，要不我和您私下說？」

姜老太的嗓子一下子大了起來。「私下說？當著姪女的面開口，妳也會覺得難為情？妳也知道沒面子？那妳還好意思開這個口？妳都是做奶的年紀了，還這麼糊塗！」

在姜老太的訓斥聲中，孫氏壓根兒沒有開口的機會，低著頭，滿臉喪氣從姜老太這兒走了。

姜錦魚抬手端了溫水過去。「奶，別生氣了，對身子不好。您不是說了嗎？不管兒孫的事了，您眼下最重要的事，就是養好您和爺的身子。大姐的婚事，讓大伯母自己操心去。」

姜老太見孫女這樣說，不由得嘆氣。「妳看看妳大伯母，多大年紀的人了還這樣不穩重，被妳大姐一說，就眼巴巴跑來我這裡。憑她的腦子，哪能想得到這麼多。」

姜錦魚替姜老太拍著後背的手微微一頓，眨眼道：「您說這是大姐的主意？」

姜老太撇撇嘴。「按說我們姜家也沒虧待妳大姐，可妳大姐總是覺得，我們一家子都欠了她似的。章家是做得不厚道，可妳大姐也不是個好相與的，真要計較起來，兩邊都有錯。旁人是看在妳爹的面上，幫著姜家，都說章家不好，把章家貶得一文不值，可我心裡清楚，妳大姐半點錯都沒有嗎？這回也是，她自己不敢來，便讓妳大伯母來拱火，連親娘都算計，我當真是替孫氏心冷。」

姜老太停下，換了換氣，又道：「妳大姐心氣高，恨不得把妳比下去。可這命好、命差的，還不是人過出來的嗎？」

姜錦魚不想她老人家氣著，不再說這事，寬慰她道：「奶，您喝口水，別動怒。您剛才那麼說，大伯母也不敢觸您的霉頭，這事兒估計沒下文了，您別放在心上。」

姜老太搖搖頭，要是尋常的事情，姜歡鬆口也就鬆口了，事關嫁妝，只怕孫氏是怕了，可姜歡卻未必。

但她也不想把自己的想法說出來，倒顯得她把自己孫女想得太壞，只搖頭道：「妳去把妳爹娘和妳四叔、四嬸喊來，我有點事要和他們說。」

姜錦魚心知，奶這是要說大姐嫁妝的事情，按她的想法，給了就給了，就當破財消災也沒事，畢竟總是一家人。可很顯然，自家奶不是這麼個想法，這回肯定是要治一治大姐了。

她站起身，出去喊人。

姜錦魚不知長輩們是如何商議的，等到當晚用晚膳的時候，阿爺姜老爺子便放下了筷子。

爹、三叔、四叔也跟著放下了筷子，似乎在等著老爺子開口。

姜錦魚見到這架勢，看了眼另一側坐著的姜歡，她的神色有些緊張，臉似乎白了些。

這時，姜老太開口了。「你們爹有點事要說。」

說罷，眾人皆將目光投向正位坐著的姜老爺子。

姜老爺子不慌不忙開口，他年紀越發大了，這些年不如以往操勞，反倒精神奕奕起來。他道：「大郎，歡姐兒要嫁人，我們做爺奶的，都替她高興。至於嫁妝，妳媳婦說得也有幾分道理，你們夫妻二人若有心補貼她些，便補貼也無妨。」

姜大郎聽得一頭霧水，心道：爹娘早不管他們屋裡的事了，自家媳婦又拿這些小事去煩勞爹娘做什麼？再說，歡姐兒本就是他女兒，他難不成會虧待了女兒不成？

他稀裡糊塗點點頭。「爹，兒子知道了。」

應了後，又看了眼旁邊的妻子孫氏，本有些埋怨她多此一舉，卻看到孫氏白著臉，迴避了他的眼神，心中更加想不通了。

姜老爺子「嗯」了一聲，緊接著又慢悠悠道：「至於幾個叔叔家裡，就按照先前慧姐兒雅姐兒嫁人那樣，每家給些添妝就好了。這姪女嫁人，沒有叔叔出大頭的道理，誰也不是冤大頭。」

姜大郎臉一下子臊得通紅，憨厚的面上羞愧難忍，他雖木訥了些，但也知道自家爹娘不是那種隨意生事的人，此時說出這樣的話，定是有人在爹娘面前多嘴了。

再聯想到孫氏迴避的眼神和蒼白的臉色，心中已猜到大半。他自覺無顏面對弟弟們，當初慧姐兒鬧出了那樣的事，陷害了二弟家的綿綿，眼下歡姐兒嫁人，又生出這樣的事端，他簡直無地自容了。

姜大郎坐不住了，站起身來，羞愧道：「爹說得是，怪我管束不嚴，才鬧出這些事端。本來歡姐兒這門親事，便是弟妹幫忙走動才得來的，我心內感激不盡。如今孫氏糊塗，又惹得家宅不寧，都是我不好。」

姜二郎見大哥面上羞愧之色，忙道：「大哥無須放在心上。」

姜老爺子特意沒吭聲，等兄弟幾個說開了，才慢吞吞道：「這事不用再說了。我和你們娘拿了主意，你們照做就是。常言道，樹大分枝，人多分家。」

這話一說，姜大郎臉都白了，嚇得直道：「爹，不可──」

姜老爺子看了大兒子一眼，其實自己這幾個兒子都孝順，甭管出息不出息，他這個當爹的已經心滿意足了。他沒接長子的話，接著道：「我尋思著，有時候走得太近，便生出齟齬來了，算計這個、算計那個的，算來算去，都是算到自家人頭上，索性分家，一了百了，也省得算來算去。」

這下兄弟幾個都站了起來，連孫輩也都出聲求爺爺三思。

這時，姜大郎下了狠心了，咬著牙道：「都是我不好，可分家一事，我絕對不同意。爹娘若是怕日後生事，那我今日便休了孫氏。只她到底為我生了一兒二女，我會把家產分她一半，剩下的全交給虎娃夫婦倆，也算圓了這些年的夫妻情分。」

此話一出，孫氏渾身發顫，哆嗦著兩行淚滾下來，連聲乞求。「大郎、大郎，我知錯了，你原諒我這一回吧！我只是一時糊塗！」

姜大郎不忍看她，扭過頭道：「這些年，妳時有些小心思，我念妳也是為了兒女，一直沒怎麼說妳。我也有錯，錯不全在妳，但我身為姜家長子，肩上扛的不僅是這個小家。妳若擔不起長嫂的名頭，我們早些散了。」

姜興等幾個孫輩此前毫不知情，乍一看家中這等情形，又聽阿爹要休了阿娘，頓時不知所措，身為人子，只得跪下道：「阿爹，阿娘知錯了。您就原諒阿娘一回吧！」

孫氏亦嚇得不行，見姜大郎神色堅定，即便是兒子跪在跟前，都未曾動搖，不由得心下絕望，想到那些被休婦人的淒慘下場，更是後悔得心肝疼。

再看兒子姜興磕得額頭通紅，孫氏更是後悔不已，只恨世間沒有後悔藥。

孫氏跪倒在地，哭了起來。

眼看大房這副樣子，姜老爺子皺皺眉，開口道：「大郎，你媳婦這回是做錯了，可遠不到要休妻。我乍一聽這事之時，的確是動過分家的念頭，可你幾個弟弟們都不願，我也不強求什麼。只一點，日後再鬧出什麼事端，那誰求到我跟前來都沒用，該分家就分家。」

這話的意思，便是這回便算了。

家中眾人皆鬆了口氣，雖說樹大分枝，可父母猶在，且兄弟幾個感情甚篤，要是分家，豈不是彼此生分了？

尤其妯娌之間，更是這樣覺得，連一向不爭不搶的姜四郎媳婦都有點埋怨起姜歡來，大家都知道孫氏的性子，明白後頭是怎麼回事，若是真因為姜歡的事鬧得分家，二房自是沒什麼，可他們其餘幾房，卻免不了要吃些苦頭。

自家四郎生意這般順利，自然離不開做官的二哥，單單是因著這些便利，她也是一心要與二房嫂子和姪女處好關係的。

終究是沒鬧得分家，孫氏也因此吃了掛落兒，老實了下來。她大約也是想明白了，她自己都是泥菩薩過江，自身難保，哪裡還有心思去為女兒姜歡謀劃嫁妝？連原本讓自家補貼些的話，她也不敢提了。

先前好日子過久了，孫氏便有些洋洋得意起來，被富貴迷花了眼。如今被敲打了一番之後，她一下子把先前的謹慎給撿了起來，腦子也一下子清明起來。

女兒嫁的人家是好，可鍾家再好，她也不可能跟著女兒去鍾家過日子，往後還是得跟著兒子、兒媳婦過日子，要把兒媳婦得罪狠了，對她沒什麼好處。

這麼一想，孫氏打定主意，不再想著為姜歡的嫁妝謀劃什麼了，一切都按著先前慧姐兒嫁人的時候準備。

姜興媳婦本來對於婆婆要補貼小姑子，心中尚有一絲不滿，只是礙於性子和善，沒說什麼。此時見婆婆自己改了主意，心中自是高興。

最覺得不高興的，那便是竹籃打水一場空的姜歡了。

但事已至此，即便是姜歡，也沒什麼法子替自己轉圜了，尤其是訂親在即，她也怕真把二嬸一家惹怒，跑去鍾家說她的壞話，弄得好好的親事都吹了，因此收斂心思，只一心待嫁。

何氏倒沒想過做這些損人不利己的事情，只對著姜二郎感慨了一句。「大嫂如今想明白了，總不算太遲。」

說實話，補貼女兒不是不行，疼女兒的人家大有人在，譬如她自己，可得有個度，若算計到兄弟的家產上，可就說不過去了。

姜二郎眉間有些不快，皺眉道：「歡姐兒這丫頭自小便心思重，好在咱們也不久住，綿綿那裡還需妳提點一句，讓她莫要同歡姐兒湊一塊兒去。」

何氏應聲。「綿綿的性子你還不知曉？她早都躲得遠遠的了。」

姜二郎心中仍覺鬱鬱，他雖念在手足之情上，不想追究太多，可今日姜歡的事，勾起了他心中關於姜慧算計自家女兒的記憶。

他想了想，翻來覆去，片刻後，同何氏道：「我本想等歡姐兒訂了親再走，如今看來，倒不如早些回去吧。綿綿跟女婿分開也有些日子了，也是時候讓她回去了。年輕夫妻，分開太久不好。」

姜二郎這般打算，過了幾日便找了由頭，去與爹娘說了。

姜老爺子非但不惱，反而道：「你是告假回來的，是該按時回去。正事為重，大郎那裡我跟你娘說去，你儘管回去。」

等姜二郎離開，老爺子搖頭道：「大郎媳婦這回，是真惹得二郎動怒了。」

姜老太一貫是偏心的，且從不吝嗇於表達自己的偏心，隨即道：「別說二郎，換了我，我也心冷。二郎沒少幫襯兄弟吧？可你瞧瞧那一個個沒良心的，不是算計何氏、就是算計綿綿，慧姐兒那事才過了多久，這是什麼？這是用刀子戳二郎的心窩子！我生的兒子我最瞭解，心冷不至於，就是不能和親戚計較，只能躲著。」

姜老爺子仍是嘆著氣，姜老太卻道：「兒孫自有兒孫福，我們想那麼多做什麼？要我說，二郎回去也好，大妞不是算計著叔叔家的銀子嗎？這回就該讓她吃吃苦頭。她真以為鍾家是看上她姜歡這個人？別人是看上她是二郎的姪女，看上她姜歡有個做官的二叔！呵，二郎媳婦不邀功，她就當咱們全是瞎子、聾子呢。且等著看，成天看著她算計旁人，這苦頭也要她吃吃看！老頭子，你不必再說，也不許去勸。」

姜老爺子也一把年紀，懶得管子孫的事，見老妻說得那樣堅定，點頭答應老妻。「妳放心，我不去勸。兒孫自有兒孫福，我也不操心了。」

姜老太這才滿意點頭。「就是，咱們一把年紀，顧好自己，別給子女添亂就成了，哪還管得了那麼多！」

兩個老的鬆了口，旁人多說無益，得知姜二郎一家要走的消息，最羞愧的就是姜大郎，他上門來請罪。

姜二郎反過來勸道：「大哥言重了，本就是決定這些日子走了，京中有事，弟弟要務在身，實在離不得。只是大姪女的婚事怕是趕不上了，還望大哥別怪我。」

姜大郎哪會怪罪？滿口道不會，只是面上還有些失落。

送君千里，終須一別。

姜家眾人送他們出城，到了不得不揮手告別的時候，這些時日的齟齬反倒變淡了，只餘下不捨。

姜錦魚遙遙望了一眼只餘下極小人影的親人，心裡不由得想到，人皆有私心，在一起總不免有爭執算計。即便是血親，亦是如此，但離開時，心中卻又生出不捨，無怪乎古人有「遠香近臭」之說。

天邊一行大雁南飛，給朝陽增添了一分離別之感。

姜錦魚愣怔之時，身旁的小兒子忽的拉了拉她的袖子，仰著圓圓臉蛋，滿眼期待的模樣清脆道：「娘，我們是不是要回家見爹爹了！」

她不由得露出淺笑來。「是啊，是不是想爹爹了？」

瑞哥兒使勁點著小腦袋，篤定道：「想的！好想爹爹了！」

兩行人同行不過數十里，便不得不分道揚鑣了。

自從出嫁起，姜錦魚便極少有機會回娘家，在盛京時還能回幾次，但在遼州，路途遙遠，即便有探望爹娘的想法，也不易成行。

因而，到分別時，她心中升起濃濃的不捨之情。

姜錦魚似幼時一般，拽著阿娘何氏的衣袖一角，磨磨蹭蹭不讓人走。

何氏亦不捨得女兒，由著綿綿拉著她許久，握著女兒的手，半晌捨不得放開。

見天色漸黑，再耽擱下去便不行了，自家倒還好，女兒那邊的侍衛卻是直直立在馬車外，面露為難之色，彷彿想上來勸行，又不大敢。

何氏硬著心腸，摸了摸綿綿的腦袋，道：「好了！又不是不見面了。等女婿調回盛京，妳隔三差五回來一趟，都沒人說妳。」

姜錦魚委屈得不行，軟聲靠近阿娘懷裡。「阿娘，我捨不得您和阿爹。」

何氏還沒開口，一邊的姜仲行先坐不住了，他一向是寵溺女兒的阿爹，和妻子打商量道：「要不我們跟著綿綿再走一陣，就當送送她。」

話音一落，何氏沒好氣看了姜仲行一眼，再扭頭一看姜錦魚，果然滿臉期待仰著臉望過來，神色讓人狠不下心拒絕。

何氏心頭一哽，用手指輕輕點了點女兒的腦門，搖頭道：「都做阿娘的人，還擺出這副模樣，也就女婿縱得妳，跟孩子似的。」

話雖這麼說，可何氏面上嚴厲，卻也是寵女兒的人，想了又想，再看身邊滿眼期待望著自己的父女倆，終於妥協道：「送妳出了這縣，我們便掉頭了。到時候可不許再耍賴。」

姜錦魚笑得直點頭，滿口保證。「嗯，我聽娘的。」

就這般，兩方車馬又同行了一陣，終是分開了，姜家的車隊掉頭，往盛京的方向而去。

至於姜錦魚，則帶著兒子們，往遼州的方向走。

比起來時，回程的路要好走得多，小桃的男人梁永是個穩妥人，又是熟門熟路，一路都安排得十分妥當。只是路上下了幾場雨，行程便耽擱了幾天。

快到遼州城外時，姜錦魚正給兒子們餵吃的，一匙塞一口，泡好的芝麻糊甜香濃郁，瑾哥兒和瑞哥兒都愛吃。

用完了一碗芝麻糊，瑞哥兒巴著窗，眼巴巴問：「阿娘，我們是不是快到家了？」

姜錦魚含笑，將碗遞給丫鬟，示意她收起來，將瑞哥兒攬到懷裡，摸了摸他的額頭，不燙手也不涼，又把瑾哥兒也攬進懷裡，試了試額頭的溫度，見孩子都無異樣，才慢吞吞道：「快了，已經到城外了。」

孩子們想爹爹，姜錦魚這個做娘的清楚，別看顧衍平時是個嚴父，可嚴厲歸嚴厲，像他那樣對孩子上心的父親，很少。在平民百姓家中尚且不多，更別提官宦人家。

遼州官員人家帶孩子，吃穿住行基本都交給乳娘，孩子念書有教書先生、夫子，做爹娘的也就是每日關心幾句，真要細問他們關於孩子的事，恐怕知道的還沒有乳娘多。

因此，顧衍這般上心，孩子們肯黏著他，姜錦魚一點都不意外。

第六十九章

早在收到妻兒要回來的消息之時，第二日，顧衍便派了人，在城外守著，一有消息，便回城同他稟報。

因此，顧家的車隊一露面，顧衍這邊便得了消息，朝東城門而去。

「駕——」

出了東城門，馬蹄聲由緩變急，掀起黃沙一陣。

遙遙望見車隊，顧衍縱馬騎近，勒停身下的黑馬，月白衣袍隨風掀起。

梁永忙喊停車隊，翻身下馬，疾走上前，低下頭，恭敬道：「大人。」

顧衍翻身下馬，站定後，雙手背在身後，微微頷首。「辛苦了。」

梁永忙低下頭，尋思著自己方才是不是看見大人笑了，也不敢多想什麼，只當自己看錯了，忙不迭道：「不敢，卑職職責所在。」

顧衍沒工夫與他多說什麼，大步邁向最中間的那輛馬車，伸手掀開車簾，見到思念許久的妻兒，在車上妻兒都怔怔的神色中，才緩緩勾唇一笑。

「我來接你們。」

州牧府上，顧宅。

冷冷清清了好一陣子的顧宅，在女主人攜兩位小少爺歸來這一日，終於上上下下都熱鬧鮮活起來了。

廚房、灑掃、花園……一眾奴婢下人們都忙碌起來。

廚房管事風風火火給眾人派活，這邊灶上要熬瑾少爺愛吃的雪梨湯，那邊灶上要蒸瑞少爺愛吃的紅棗山藥糕，眾人忙得不可開交。

有那被老子、娘帶進來打下手的小丫頭，還沒見過這陣仗，納悶地問旁邊人。「不就是夫人回來了嗎？我看平時大人一個人在府裡的時候，也沒忙成這個樣子。夫人是不是很嚴厲啊？」

旁邊人笑出聲來，難得好心了一回，指點了丫頭兩句，道：「這話妳可別到處胡說。不是咱們夫人凶，妳進來得遲，還沒見過咱們夫人，妳見了就曉得了，夫人脾氣最好，脾氣不好的是州牧大人。」

小丫頭撇嘴不信，心想：妳把我當憨丫頭哄呢？州牧大人分明脾氣很好，只是看上去冷淡了點，定是那種面冷心熱的人！上回她跟著丫鬟姐姐給客人上茶時，不小心摔了杯子，都沒受罰。肯定是夫人脾氣很壞！

旁邊人見這丫頭一副不信邪的樣子，懶得多說，擺手道：「不信就算了。」

反正這丫頭有老子和娘會教的，用不著她在這裡多嘴多舌。

廚房管事一見這邊還有個手裡沒活兒的，當即吩咐道：「小丫頭，杵著當木頭呢？幫忙去！」然後又對外邊吼。「香蘭！帶著這丫頭，有什麼活兒吩咐她幹。」

廚房裡各人忙各人的，忙得都騰不出手來了，香蘭忙扯著嗓子應了管事一句，進來把丫頭領走了。

香蘭是從盛京跟著主子來的，剛到遼州那會兒，做事還要其他大丫鬟帶著，現如今也能獨當一面了，專門負責上菜。

難得她還脾氣好，忙裡不忘問一句。「小丫頭，妳叫什麼名字？我沒見過妳。」

小丫頭忙道：「香蘭姐姐，我叫阿芙。」

說話間，就聽到裡頭有人喊該上菜了，香蘭也顧不得多說，招呼著負責上菜的丫鬟們幹活，等瞧見身邊的阿芙時，又怕她弄砸了差事，自己跟著吃掛落兒，便道：「阿芙妳等會兒跟著我。」

阿芙心道：跟著香蘭姐姐上菜，豈不是可以看見那位壞脾氣的夫人了？

這般想著，忙不迭點頭，甜笑道：「欸，香蘭姐姐。」

香蘭又忙碌起來，廚房忙中不亂，把接風宴都做好了，只等著將菜端上去。

香蘭領著丫鬟們上菜，緊緊跟著她的，便是管事剛交給她的阿芙。

等到了後院門外時，香蘭輕聲囑咐了一句。「都小心著些，輕手輕腳，別摔了東西。」

說罷，便微微低頭，帶頭往裡走。

阿芙緊跟著進門，跟著前面的香蘭一起屈膝問安，她起先還老老實實低著頭，等聽到一聲溫柔的「起來吧」，便忍不住悄悄抬起頭，拿眼風偷偷去掃自己揣測中那位「壞脾氣的夫人」。

她剛抬了個頭，眼風掃到一半，才看到那位壞脾氣的夫人溫婉秀氣的側臉，見她正側著身子，給身旁的小少爺們用帕子擦手。

阿芙沒忍住，又盯了一會兒，她本來還以為夫人就跟村裡地主家的夫人一樣，描眉畫眼也遮不住面上的刻薄，尤其是看到府裡下人那副嚴陣以待的模樣，更是堅定了這個念頭。沒想到真正的夫人，跟她想像中的完全不一樣，說話溫溫柔柔的，聲音好聽得像溪水，生得比沒出嫁的閨女還年輕漂亮。

被人這麼直愣愣盯著，姜錦魚倒還沒察覺什麼，倒是一旁注意力一直放在妻子身上的顧衍，神色冷淡的看了一眼傻傻望向這邊的丫頭。

阿芙只覺得身上一冷，等察覺到冷冽目光來自心目中好脾氣的州牧大人時，不由得縮了縮脖子，嚇得躲在香蘭姐姐身後。

上菜、放好碗筷，阿芙才跟著領頭的香蘭一道出了門，總算沒出什麼岔子。

出了門，香蘭便道：「去歇一會兒吧，等會兒還有得忙呢。」

「是，香蘭姐姐。」

丫鬟們應聲後，陸陸續續散去，只留下個阿芙，沒處可去。她就是個跟著阿爹、阿娘來打下手的，還算不得顧家的下人，也沒給她安排屋子。

香蘭想了想，好心道：「那妳跟著我吧，去我的屋子歇一歇。」

阿芙立刻跟上去，邊走還忍不住打聽。「香蘭姐姐，我能不能留在府裡伺候啊？」說著，臉上兩團可疑的紅雲。

香蘭看得不由得警醒起來，心道這丫頭不會對大人動了心思吧？那自己可要提醒她幾句，別看大人生得好，平時也不怎麼罰他們，但府裡上下哪個不知道，真把大人給惹惱了，可就不是罰月銀、打板子這種小懲罰了。而且大人最忌諱這些亂七八糟的事情了！

香蘭猶豫了一下，正準備勸幾句，就見臉紅紅的阿芙抿抿嘴，語氣莫名的期待。

「我好想在夫人身邊伺候喔……夫人看上去脾氣好好噢。」

香蘭一肚子話頓時憋了回去，看著小丫頭滿臉期待，僵硬道：「嗯……那妳努力吧。」

誰不想去夫人身邊伺候？搶破頭都想！

夫人性子溫和，從不打罵下人，似小桃、秋霞那些貼身伺候的，夫人還幫著找夫家。看小桃嫁給了梁侍衛，日子過得那樣和和美美的，誰不羨慕啊？

昨天才回遼州，今日一大早，顧嬤嬤和福嬤嬤便把帳本送來姜錦魚這裡了。

窗外微風徐徐，姜錦魚臥在榻上，翻看著府裡的帳本，這段時日她不在，府裡上下都交給兩位嬤嬤把關，帳冊也沒出問題，如以往般清楚明瞭。

顧衍素來是不管這些的，男主外、女主內，他一向不插手後院的事，偶有一回見他動氣，還是攆出去一個不守規矩的丫鬟。

看過帳冊，姜錦魚有些犯睏的打了個哈欠，便瞧見小桃進來了，見她犯睏的模樣，還沒開口，先露出了了然的神色。

姜錦魚被她的眼神看得哭笑不得，放下捂嘴的手，納悶道：「做這副怪樣子做什麼？」

小桃嫁人之後，不像做姑娘那時那麼容易羞了，露出一副我都懂的神色，話裡隱晦暗示。「沒什麼，大人出門前吩咐廚房熬了補湯，您這會兒喝嗎？」

姜錦魚本來還沒想到這事來，被小桃這麼一說，不由自主的紅了臉，強撐著道：「先不喝了。找我什麼事？」

小桃這才不提這話題了，道：「盛京送了家書來。」

姜錦魚接過去，翻開盛京顧家寄來的家書，不出意外，裡頭是祖母顧老太太的口吻。

他們剛來遼州的時候，除開老太太每月一封家書之外，自己那位公爹顧忠青，偶爾來了興致，也會提筆寫上一封。

但隨著時日遷移，來自顧忠青的信便間隔越來越長，到如今已經有半年沒收到了。

姜錦魚倒不會因為公爹這顯而易見的偏心而如何，只是心疼顧衍，因此對本該恭恭敬敬的公爹，也是恭敬有餘，親近全無。去年寄回家的年禮，公公那裡，她只挑了貴重體面的年禮，面上好看，卻也僅限於此，與送到祖母那裡的年禮，簡直不能比。

祖母算是府裡最疼顧衍的人了，作為妻子，就算顧衍不說，姜錦魚心裡也明白，絕對不能輕慢祖母，而且這些年他們在遼州，顧家那邊真正惦記他們夫妻與孩子們的，也就這位祖母了。

老太太照例寫了洋洋灑灑好幾張，從顧衍送去的那個大夫如何得用，說到自己今年舊疾未犯，連咳嗽都沒咳嗽，無非都是些雞毛蒜皮的小事，姜錦魚卻看得很是認真，想著等會兒晚上要和相公討論。

信到末尾，提了些家裡大大小小的事，說三弟顧酉訂親了，二弟顧軒多了個女兒。

姜錦魚看到這裡，在原本準備給老太太的禮中，又順帶加上了顧酉的訂親禮和小姪女的見面禮。

顧衍與自己這兩個兄弟關係都一般，與顧酉還算親近些，這孩子是個庶子，想必自己那位小氣的婆婆定然不會多大氣，思及此，姜錦魚便把訂親禮給厚了幾分。這訂親禮是他們作為哥哥、嫂子給女方的，厚重幾分，也算是替顧酉給女方體面。

等到顧衍晚上回來，用了晚膳，兩人在屋裡歇著，姜錦魚便把家書拿了出來，托著腮道：「三弟的訂親禮，我讓福嬤嬤擬了禮單，等會兒你也看看。」

顧衍倒與妻子想到一處去了，接過禮單，一邊道：「厚三分吧。」

顧酉母子到底也為他做過事，即便人情早都還清了，顧酉姨娘為他盯著後母，他薦顧酉進了書院。但比起自己那個二弟顧軒，顧酉顯然要順眼許多。

姜錦魚「嗯」了一聲。「我就知道你會這麼說，我已經與顧嬤嬤說了。給太多，也不好。」

顧衍自無二話，基本只是掃了一眼，便道：「妳決定吧。」

姜錦魚又絮絮叨叨說起了給祖母準備的禮。「庫房裡有根老蔘，最是滋補，給祖母送去吧。她老人家入秋便身子虛，這時候補一補最合適。還有些燕窩……」

說了一堆，忽然發覺顧衍都沒怎麼接腔，姜錦魚便抬頭去看他，就見他一雙黑黝黝的眸子直直盯著她，眼裡帶著似有似無的笑意，清冷的眉眼在柔和燭火中，顯得莫名溫柔。

姜錦魚怔了怔，臉莫名其妙跟著紅了。

她微微挪開臉。「盯著我做什麼？」

嘴上這麼說，心裡卻是不由得想到，小桃白日裡那一句「一日不見如隔三秋」的玩笑話。

顧衍面上笑了下，他很少笑，倒不是愛面子、裝冷清，天性使然罷了，他的大多數笑，欣喜也好、開心也好、苦笑無奈也好，都是給了家裡人。

他起身，長身而立，站在姜錦魚面前，他比姜錦魚高出許多，站在她面前時，影子彷彿將她整個人籠罩在懷中，燭光微顫，莫名顯得屋內兩人連影子都親密無間。

顧衍驟然開口。「歇了吧。」

啊？姜錦魚幾乎都沒反應過來，這話剛進了耳朵，身子便一下子騰空了。

明明顧衍也沒說什麼甜言蜜語，姜錦魚臉上卻發燙了，雙手抱著男人的脖子時，手腕觸碰到男人後頸的皮膚，一下子便滾燙了起來。

燭火還沒吹滅，院子裡有呼呼的北風在吹，守門的小丫鬟尚不知事，還毫無所知的打著哈欠。

與她一起值夜的另一個丫鬟卻是紅了臉，忙拉扯著小丫鬟。「我們去隔壁小屋裡坐一坐吧。主子一時半會兒不會有什麼吩咐的。」

第二日，姜錦魚睜眼時，外頭天色已經大亮了，身旁人早已去了州府。

想到這幾日夜裡顧衍一日比一日「過分」的行徑，姜錦魚拍了拍發熱的臉，決定今晚一定要堅持住，整天沈迷於那什麼，也太不像話了一點！

最重要的是，明明顧衍出力更多，為什麼偏偏是自己腰痠背痛，顧衍卻一副沒事人的樣子？太不公平了！

隔了幾日，姜錦魚才與商雲兒碰了面。

兩人可以算是前後腳成婚的，如今的近況雖截然不同，但感情倒是比起從前還要更好了些。

商雲兒坐下，姜錦魚便去看她，見她神色還好，心情彷彿不錯，遂也不主動提起什麼不好的話題，只道：「我從老家給妳帶了些料子，都是我堂姐夫家送的，說是南邊的新鮮貨。

有疋珠光粉的，好看得很。」

商雲兒也來了興致，姜錦魚便叫人把那疋十分難得的珠光粉的料子取來了。

商雲兒看著擺在自己面前的料子，摸了摸，不由得驚豔道：「還當真是，裡頭莫不是摻了金絲還是什麼的，亮得有點晃人眼睛。」

「興許是金粉吧，聽說是南邊的新手藝。」

料子也不算貴重，但委實很特別，又十分少見，在遼州只怕也就姜錦魚帶回來的這幾疋，商雲兒哪好意思拿，便推辭道：「妳給我做什麼？自己留著做衣裳呀！」

說著，還自嘲起來，道：「我做了衣裳，穿著也無人看，倒是委屈了這料子。」

姜錦魚看她那副懶怠模樣，便道：「妳這話我不愛聽，穿了好看的新衣裳，自己開心，難不成都是穿給外人看的？日子是為自己過的，又不是為了旁人過的。我說句妳不愛聽的，越是這個時候，妳越得讓自己舒舒服服的，否則豈不是真讓那些不懷好意的人如願了？親者痛，仇者快，妳自己心裡也不舒坦。我不管，這料子妳快拿走，不許推了！本來就是為妳準備的！」

商雲兒以前是個性子驕縱的人，這些年興許是遇到的事情多了，再不似從前那般不識好歹，這麼大一個遼州，自己也就這麼一個能說話的朋友，見姜錦魚這樣堅持，她也點著頭應道。

「我知道了，我收下就是。」然後又忍不住感慨一句。「我記得從前的時候，人人都誇妳性子和善穩妥，處處與人為善，從來與人方便。倒是我，一直便是咱們這一夥人裡頭的怪人，既不合群，又不討人喜歡。如今在我面前，妳倒是固執得很，說一不二的。」

話雖這麼說，商雲兒自己心裡也明白，自己這個朋友是真心實意待她的，否則換了旁人，誰肯這麼推心置腹的勸她？

姜錦魚不在意道：「人的性子哪有只有一面的？沒良心的，若不是為了妳好，我才懶得與妳多費口舌。」

商雲兒忍不住笑了出來，道：「嗯，我知道妳是關心我。顧夫人大人不記小人過，別與我一介小女子計較了。」

看商雲兒還有心情作怪，姜錦魚心安了些，兩人又聊起了其他。

說話時，瑾哥兒和瑞哥兒那邊下了學堂，兩人一前一後進來，跟阿娘請安。

兩人都揹著小書袋，身上的小長衫是同色的，均是姜錦魚特意挑了好久的竹青色，襯得二人很精神。加上兩人規矩也好，模樣又湊齊了爹娘的優點，一個穩重、一個活潑，一齊走進來時，實在讓人挪不開眼睛。

連商雲兒這樣對孩子沒多少期待的，都忍不住羨慕的眼神，在雙胞胎身上看了又看。

兩人恭恭敬敬給阿娘請了安，看到一邊的商雲兒，又過來齊聲喊她。「商姨。」

商雲兒真是有點眼饞了，她府上也有個庶女，可那是珊娘的孩子，她不樂意湊上去。但看到顧家這對雙胞胎時，她當真是有點羨慕了。

兩人請過安，見阿娘還有客人，便又乖乖提出先去寫夫子今日佈置的課業，姜錦魚是一向管得不太嚴的，不過兄弟倆自己心裡都很有成算。

她便應道：「嗯，阿娘知道了，你們去吧。別做太久了，等會兒小桃給你們送點心過去。是阿娘親手做的，你們記得吃。」

兄弟倆一齊出去了，出了門，還看他們兩人湊在一塊兒在說著什麼，有商有量的模樣，看著兄弟感情便很深。

第七十章

姜錦魚目送兒子們走遠，收回視線，便看到商雲兒也戀戀不捨望著遠去的兄弟二人，眸中帶著一絲隱含的羨慕。

她輕輕咳了一句，見商雲兒轉回視線，不由得道：「孩子的事情，妳之後有沒有打算？妳還年輕，真打算往後就這樣了？」

若是商雲兒表現得極為豁達，壓根兒不在意孩子，那她也不會多嘴。可明擺著，商雲兒挺眼饞旁人家的孩子的，那她便問了一句。

商雲兒被問得一怔，低下頭失落的搖搖頭。「沒什麼打算。其實我也不知道。」

「不知道什麼？」姜錦魚順著她的話往下問。

商雲兒似乎是考慮了下，下了決心才道：「我也不知道，自己是選對了還是選錯了。妳說得對，孟家先前對我有愧，可最近幾次，孟夫人寫信來的語氣有些變了。孩子出生之後，府裡頭雖然仍是沒給那邊什麼體面，可看得出來，太太挺想見見那孩子的。我有點迷茫，我現在這樣，究竟是恨孟旭，還是在跟他嘔氣？我自己都弄不明白了。

「我阿娘要我出面，把那孩子抱到自己身邊養著，養大了也算個寄託。可我心裡就是不願意，那又不是我的孩子，我對她都沒有感情，我抱過來做什麼？孩子是無辜沒錯，我也沒想著害她，可讓我養她，我也不想。孟旭也問過我，我當時就想，阿娘也好、孟旭也好，一定都覺得我很可憐吧，要搶別人的孩子回來養。」

姜錦魚理了理孟家那團亂糟糟的關係，道：「妳是嫡母，若是妳願意養那孩子，自是沒什麼二話的，沒人挑得出妳的不是。妳若是不願意養，讓孩子留在生母身邊，也沒什麼，全看妳自己樂意不樂意。不過，這麼一直拖著，對妳沒什麼好處。我還是那句話，妳還年輕，什麼都還來得及。」

商雲兒被說得一愣，她一直糊裡糊塗過著，阿娘、阿爹鞭長莫及，旁人勸她時，未免帶了三分幸災樂禍，唯獨姜錦魚的話總是一棒子打醒她。

人不能一直稀裡糊塗過，她不能一直等著別人來替她決定，走也好、留也好，總得把日子給過起來，一直渾渾噩噩的，她到底是在折磨自己，還是折磨身邊的親人？

「用別人的錯，來懲罰妳自己，是最不值得的。」

姜錦魚搖搖頭，還是忍不住囉嗦了一回，兩人是一塊兒從盛京來的，多年交情，她無論如何也做不到眼睜睜看著商雲兒往死胡同裡鑽。

大約是說了這事的緣故，商雲兒接下來便不大有精神，總是走神，姜錦魚心知她需要獨處考慮這些事情，也不去吵她，有一搭沒一搭喝著茶。

等到兩人散的時候，再看商雲兒的神色，不像之前那麼迷茫了，彷彿心裡有了主意。

送走商雲兒，姜錦魚就去找兒子們了。

一進門，便看到瑾哥兒一副兄長模樣，站在一邊給弟弟指點課業，她輕手輕腳走過去，靜靜看了會兒，等課業做完，才開口道：「歇一歇吧。」

兄弟倆方才太認真了，全然沒注意這邊，聽到阿娘的聲音，全都欣喜望過來。

兄弟兩個緊緊挨著姜錦魚坐下，瑞哥兒望著阿娘，語中不捨道：「阿娘，我跟阿兄去明堂書院，是不是就不能每天見阿娘了？那我會好想好想阿娘的。嗯，也想阿爹。」

兩孩子啟蒙有段時日了，恰逢夫子身子也不太好，顧衍便同她商量，要將孩子送到書院去。多與旁人接觸總是好的，再一個，明堂書院的夫子也多是本地的有學之士，擅長的方面不同，術業有專攻，啟蒙之後再學，自是要學精細才好。

瑾哥兒雖然沒開口，但顯然也不大適應。

姜錦魚這麼一看，有些心軟了，將兒子們攬到懷裡，道：「書院有很多與你們同齡的同窗，你們白日在書院上課，等休假了，我與你們阿爹就去接你們回家。等放了長假，便帶你們去莊子裡玩好不好？」

瑞哥兒委屈得癟嘴，倒是瑾哥兒很有哥哥的樣子，點頭認真道：「阿娘，妳放心，我會保護弟弟的。」

姜錦魚也捨不得兒子，可念書不是能隨便推了不做的事，便不再多說，轉而說起了其他事情，道：「過幾日，你們可以請平日裡玩得好的來府裡做客。先前出去這麼久，他們肯是惦記你們了。」

她想了想，道：「吃喝我會讓廚房替你們準備，要請誰來，就由你們自己定，請帖也由你們自己寫。」

兄弟倆一直挺懂事的，但之前一直是姜錦魚替兄弟倆安排，這回她想著，孩子們該長大了。家裡有這樣的能力，讓孩子自小接受這些鍛鍊，有這樣的機會去結交和接待屬於自己的朋友，那她何不把這機會交給他們自己呢？

別看兄弟倆平時人緣很好的樣子，一方面是瑾哥兒、瑞哥兒確實身上優點很多，另一方面，也未嘗沒有那些孩子家中大人顧忌自家身分，提點過那些孩子一二的緣故。

所以這回讓兒子們自己去安排佈置，她也是想考驗一下兒子們，看看沒有大人出面，這些孩子還能玩到一塊兒去嗎？

話這麼說，兄弟倆倒是很有條理，很快便把名單給擬好了，連來了之後要做什麼，都佈置得明明白白。

姜錦魚雖然沒插手，但聽兩位嬤嬤時不時來她跟前「炫耀」一下小主子們多厲害，哪怕她沒露面，也知道顧瑾、顧瑞兩人，將請來的小客人們都安排得高高興興的。

很快，便到了送孩子們上書院的日子，姜錦魚本來打算自己一人送的，沒承想，本來早該出門的顧衍，愣是在家坐到與他們一道出門的時辰。

瑾哥兒、瑞哥兒身後都各自領著個書僮，一出門，見到阿爹、阿娘兩人相攜站在門外，便知道今日是阿爹、阿娘一起送他們，不由得就高興起來。

福嬤嬤和顧嬤嬤兩人都捨不得，眼巴巴來送，一直忍不住的囑咐書僮，這要如何，那要如何的。

明堂書院不算太遠，但書院是寄宿的，按照書院的說法，是書院中氛圍濃郁，學子回家之後，大多無心學習，倒不如留在學舍住。自是有嫌棄學舍簡陋，不願孩子住學舍的人家，但明堂書院什麼都可能缺，最是不缺學子。便是連城內官員人家的孩子，明堂書院都沒鬆口，要是說多了，把人惹惱了，便是簡簡單單、不留情面的一句話就打發走了。

「連這點苦都吃不了，您家小郎君我們明堂書院伺候不起，您還是帶回去自己教，您請回吧。」

送到門口，一家人都下了馬。今日不是書院開學的日子，因此門外倒是沒什麼人走動。但大約是早就知道今日有學生要來的緣故，門口有小廝在等著，小廝斯斯文文，拱手道：「先生知今日二位小郎君要來，特命小人在此等候。請小郎君們與我一道進去。至於大人與夫人，便就此止步吧。」

這規矩，姜錦魚先前也打聽過，只聽旁人說過，這明堂書院的架子很大，很講究要學生親力親為，雖鬆口讓年齡小些的帶了書僮，但更多的，卻是不准了。

姜錦魚彎腰摸了摸兒子們的臉頰，面上笑得溫柔又溫暖，她輕聲道：「那阿爹與阿娘便要回去了，等放假時，我們來接你們回家。」

瑾哥兒沈穩點頭，帶著弟弟拱手恭敬道：「兒子拜別阿娘、阿爹。」

瑞哥兒沒出門時，還是一副不樂意的樣子，在馬車上都黏著姜錦魚，可下了馬車，見到外人，也將架子端了起來。

他是遼州州牧的兒子，是阿娘的兒子，他才不會給阿爹、阿娘丟臉呢！

瑞哥兒亦十分克制的點點頭，不捨的道了一句。「孩兒會好好念書的。」

明堂書院那小廝見多了要少爺脾氣的官員孩子，在門口吵著鬧著要回去的、哭得鼻涕眼淚一把的，各種花樣都有。乍一見到兄弟二人這樣守禮，心裡還有點驚訝，不由得添了三分好感。

目送瑾哥兒、瑞哥兒進了書院的門，姜錦魚心裡是真的很不捨得，眼巴巴瞅了許久。

還是一邊的顧衍開口道：「回去吧。」

回到家中，顧衍也要去州衙處理公務，只剩下姜錦魚一個人在屋裡坐著了，閒來無事，她便打算給雙胞胎做衣裳。

剛吩咐小桃去取料子來，結果進來的卻是秋霞。

姜錦魚邊讓秋霞跟自己裁料子，邊問：「小桃不在？」

秋霞抿抿唇，輕輕紅了臉頰，卻是道：「這事我和您說不合適，還是讓小桃姐姐自個兒和您說吧。您聽了，定是要高興的。」

姜錦魚一聽，馬上猜出來了，手上的動作停了下來，側頭喜道：「她有好消息了？」

說起來，小桃跟梁永在一起也有段時日了，梁母那邊估計也惦記得很了，那還當真是個好消息。

秋霞笑著不接話，姜錦魚也不怪她，搖著頭道：「妳不說便算了。等小桃那邊事兒完了，就該給妳挑了。」

秋霞一下子滿臉通紅，可心裡卻是喜孜孜的，強忍著羞意屈膝道：「那奴婢先謝過夫人了。」

秋霞其實生得不錯，柳葉眉彎彎的，且性子也和善，自己身邊這幾個丫鬟，家裡沒爹娘、長輩的，姜錦魚都替她們惦記著終身大事。

畢竟都是姑娘家，耽誤了花期，便不大美了。

過了一日，再次見到小桃時，小桃果然把這好消息與姜錦魚分享了。

姜錦魚自是替她高興，這門親事算是她作主的，自是希望兩人和和美美的，便將梁永叫進門囑咐。「小桃替你生兒育女，吃了不少苦頭，你日後定要好好待她。若是讓我曉得她在你們梁家受了委屈，旁人我不去找，第一個便要找你。」

梁永也是昨日才知曉自己要當阿爹，正是高興的時候，對妻子亦是體貼得不得了，心中明白夫人這是在提醒自己，莫讓家中阿娘給小桃委屈受，忙點頭答應。

「夫人放心！我會好好待小桃的。」

夫妻倆面上帶笑出門，姜錦魚看著有孕的小桃，不由得想起自己懷雙胞胎那會兒，累確實累，但如今卻是半點也想不起來了，只覺得再苦再累都值得。

想到兩個貼心孝順的兒子，姜錦魚又開始扳著指頭數兩人何時放假回來了，一算還有三日，不由得有些失落起來。

福嬤嬤過來找她，問鋪子的事情，等事情聊完了，見她無聊至極的神色，忍不住道：「夫人可是覺得家裡悶了？」

姜錦魚還以為自己隱藏得挺好，聽了福嬤嬤的話，笑了笑，道：「往常瑾哥兒、瑞哥兒時不時來一會兒，這一下忽然不來了，的確冷清了些。」

福嬤嬤滿是皺紋的臉笑起來，她與顧嬤嬤都把大人和夫人當自家孩子，自是有什麼說什麼。

她想了想，道：「這也是沒法子的，小少爺們要上學，大人要去州衙，咱們府裡人也不多，平時清靜是清靜，但有時候也確實冷清。府上若是有位小小姐，讓她陪著您，倒還熱鬧些。」

福嬤嬤這麼一說，姜錦魚不由得想到平日偶爾會一起喝茶聊天的夫人家中，大多都有女兒，打扮得漂漂亮亮的，說話軟軟糯糯的，的確很是討喜。

想是這麼想，孩子可不是生出來玩的，姜錦魚笑了笑，轉而讓福嬤嬤替她壓著料子，她好裁。

明堂書院每月放兩次假，顧瑾、顧瑞是初一去的書院，滿打滿算得待滿十五日，才能回來休一日的假。

到了十五那一日，姜錦魚早早吩咐下去，要廚房提前準備些兒子們愛吃的菜，手頭的事情暫時都放了放，親自乘上馬車去書院接兒子們。

顧瑾牽著弟弟顧瑞，兄弟倆恭敬的與夫子告別，與新結識的同窗們一同朝書院的大門走去。

同窗們本以為顧瑾兄弟乃州牧家的公子，定然性子高傲，極不好相處，又都是些年紀不大的孩子們，對於家中長輩囑咐他們親近州牧家小公子十分反感，一開始還冷落兩人。

後來，他們卻是被顧瑾的學業給折服了，這位州牧家的大公子一入學堂，第一次小測便奪了甲等第一，本來還等著看兄弟倆笑話的同窗們，徹底傻眼了。

夫子亦被驚訝到了，可甲等第一是沒地方可作弊的，第一名能抄誰的？再者他親自監考的，自然知曉不會有什麼內幕。

等到講評小測之時，夫子便點了顧瑾之名，細細詢問他。

這時同窗們才明白了其中的緣由，只見州牧家的大公子不卑不亢解釋。「學生此前在家中啟蒙，家父時常親自教導。」

夫子這才解了惑，他們遼州文人都曉得，這位初上任，便做了許多實事，在遼州民間頗負盛名的州牧大人，乃是貨真價實的一甲進士出身的探花郎，莫說給幼童啟蒙，便是來書院教書，亦是十分夠格的。只是令他沒想到的是，身居高位的州牧，居然會親自督導孩子的學習。

雖如此想，但兄弟二人是一同學的，顧瑞雖學得不錯，但到底不比哥哥顧瑾這般扎眼，可見除了州牧親自教導外，是顧瑾的天賦使然。夫子沒說旁的，只摸著鬍子點點頭，勉勵了幾句，又繼續講課。

顧瑾在小測中奪魁之事，卻是讓本來不理睬兄弟二人的同窗們，主動放下了心防，滿臉羞愧的湊上去結交了。

相處之後，又發現兄弟二人既沒架子，也不似他們想像中那般高傲，同窗們越發覺得自己的想法未免過分了些，就這般，兄弟二人的人緣漸漸好了起來。

顧瑾牽著弟弟的手往外走，與他們一同往外行的同窗熱情相邀。「我打算明日在家中設宴，你們兄弟二人可有空前去？只是個小宴，來的都是咱們同窗。」

顧瑾素來沈穩，見同窗那副激動的模樣，微微搖頭道：「我與阿弟便不去了。有些時日未歸家了，我們想陪陪父親、母親。同窗們在書院能日日相見，安穩在家陪家人的日子，每月卻只有三日罷了。」

邀他的同窗聽罷，不由覺得羞愧，記起自己剛入學時，每次放假時，恨不得時時黏在爹娘身邊，那時爹爹、娘親雖嘴上嫌棄，可面上的笑容卻是萬般真切。再看自己現在，在書院結識了許多玩伴，他便漸漸記不得陪陪爹娘了。

身為人子，實在慚愧。

同窗面露羞愧之色，顧瑾卻是沒心思顧及他了，走到書院門外，看見不遠處那輛熟悉的馬車，他不緊不慢與同窗告別。「那我與阿弟便先走了。」

兄弟二人走到自家馬車前，車夫是熟面孔，恭敬又不失親近的同二人打招呼。「大公子，二公子。」

顧瑾在外一貫沈穩慣了，依舊內斂的點點頭。

這時，馬車的車簾忽的掀開了一半，姜錦魚笑盈盈探出頭來，見兄弟二人驚喜得呆住了，溫婉一笑，伸手對雙胞胎道：「娘來接你們回家了。」

馬車穩穩當當在路上駛著，馬蹄聲在車廂裡也依稀能聽見。

身旁是溫柔的娘親，耳邊是阿弟顧瑞激動向阿娘訴說著在書院的經歷，顧瑾彷彿一下子放鬆了下來，難得的露出些屬於他這個年紀的稚氣。

姜錦魚看著小兒子一臉興奮和自己分享書院的事，面上笑著，時不時應上幾句，等小兒子說累了，才道：「喏，娘給你們帶了糕點來，瑾哥兒喜歡的馬蹄糕，要不那麼甜的，瑞哥兒喜歡的蓮子糕，要甜一點的，對不對？」

顧瑾先給弟弟遞了一塊過去，扭頭便看娘笑咪咪給自己遞了一塊過來，心裡頓時暖暖澀澀的。他是長子，照顧弟弟是應該的，大家都這麼覺得，他自己也把弟弟當成他的責任，但在娘心裡，他和弟弟是一樣的，無論是弟弟課業不如他，還是他不如弟弟活潑討喜，在娘心裡，她都一樣的喜歡他們兄弟。

他雖然年紀小，經歷的事情不多，卻也知道，即便是一母同胞的情況下，有些人家的爹娘也會偏心哥哥或者弟弟，但他的娘卻從來不會偏心誰，不會覺得他是哥哥，理所應當讓著弟弟，也不會覺得弟弟念書不如他，日後定不如他有出息。

娘那麼好，所以他和瑞哥兒兄弟二人從未生分，一直像他們還在娘肚子裡的時候那樣親近。

顧瑾吃了手裡的馬蹄糕，忽然抱住娘的手，十分親暱的蹭了蹭。

姜錦魚微微有些驚訝，意外大兒子忽然這般親近自己，畢竟雙胞胎性格迥異，瑾哥兒沈穩、瑞哥兒活潑，瑾哥兒也不似瑞哥兒那般愛黏著她。

但她只稍稍一愣，旋即又露出溫柔的笑容來，摸摸大兒子的腦袋。

第七十一章

回到家裡，瑞哥兒就像隻小老虎回了窩一樣激動得不行，把兩隻年歲漸長，已經不大愛動彈的貓兒，騷擾得不厭其煩。

瑞哥兒摸了摸琥珀毛茸茸的尾巴，忽然仰著臉問：「娘，琥珀和玄玉怎麼不生小貓？」

姜錦魚無語，心道：兒子，為娘尋思著，你也和這兩個小祖宗玩了這麼多年，竟還不知道琥珀和玄玉都是公的？

瑾哥兒倒是知道，見弟弟呆呆的，也不嫌棄，好脾氣同他解釋。「琥珀和玄玉是一隻母貓生的，他們和我們一樣，是一胎的兄弟。都是公的，生不出小貓。」

瑞哥兒聽得一臉失落，天真道：「我以前還想，琥珀和玄玉生的小貓，說不定是黑橘條紋的。」

兄弟倆還圍著貓說話，姜錦魚忽然看見秋霞進來了，手裡拿了封信。

她接過信，看了眼信封上的「商雲兒」三個字，心中微微疑惑，展開信紙看了起來。

她上回勸了商雲兒，走時見她神色堅定，似乎下了什麼決心，沒想到商雲兒居然當真不聲不響與孟旭和離了。

信中表示，和離後，她打算回盛京，倒不是回去投靠家中，因她在盛京還有宅子與鋪子，吃穿住行皆不用發愁，本想走之前與她見一面，但她一介和離之身，並不願帶壞她的名聲，便只留了這封信。

又言，她知曉自己性情桀驁不馴，從前未有旁人介入她與孟旭間時，她便只顧自己自在，作為妻子，她亦有不當之處。如今，兩人說開了，亦知道再無再續前緣的可能，便和和氣氣談了和離之事。往後她亦不想再嫁了，興許自己並不適合為人妻子。

最後道：「姜姐姐，妳是我唯一的好友，唯盼妳不必經歷與我一樣的痛苦，二人夫妻恩愛和睦，長長久久。待妳日後回到盛京，我自當上門請罪，請妳原諒我的不辭而別。」

姜錦魚放下手中的信，驚訝於商雲兒走得如此決絕，自己認識商雲兒的時候，便看出她是個被家人寵壞的姑娘。

大約這段感情，雖然令她深陷痛苦，卻也讓她成熟了。

秋霞小心翼翼看了一眼，見夫人有些出神，道：「夫人，這信可有不妥之處嗎？那送信來的是個小廝，我問他哪個府上的，他道是商府，然後便跑了。」

姜錦魚聽到「商府」二字，不由得一笑，看來她這好友想得很開，旋即擺手道：「沒什麼，妳下去吧。」

雙胞胎們這時見娘忙完了事，便又回到姜錦魚身邊來，被兒子們這樣圍著，姜錦魚只覺得溫暖，拋下了那些煩心事，起身道：「走，去門口迎一迎你們爹爹去。你們不在的這些日子，你們爹爹心中很惦記你們。」

母子幾個來到門內的院子裡，才等了片刻，兄弟倆便眼尖的瞧見了自家的馬車，瑞哥兒興奮跑出去，還不忘拉著哥哥的手。「哥哥、哥哥，爹爹回來了！我們去接爹爹！」

馬夫認得家裡的兩位小公子，忙小心翼翼喊停馬。

顧衍亦不在意多走幾步路，掀開車簾下馬，便被蹦蹦跳跳的小兒子撲了個滿懷，沈穩的長子在一邊微微紅著臉，喊了句。「孩兒見過爹爹。」

他看了眼不遠處含笑的妻子，那一眼很溫柔，然後伸手牽住兒子們，牽著他們往門前站著的妻子那邊走去。

吃過晚飯，等到了孩子們就寢時，姜錦魚親自哄著孩子們入睡，見一個、兩個都睡得沈沈的，才起身推開門。

顧衍在門口站著，聽到聲音便回身，唇邊微微含笑，朝她伸出一隻手。「回屋吧。」

姜錦魚輕輕「嗯」了一聲，把手交給相公，掌心微熱的體溫傳過來，她有些微微的睡意，忙甩了甩頭，醒了醒神，道：「雲兒與孟旭和離了，我也是今日才曉得的。」

顧衍對旁人的家事並不關注，但曉得妻子與孟旭之妻關係不錯，唯恐她心裡不舒服，道：「孟旭為人忠誠，領兵帶將均極有章法，但在家事上，的確是個糊塗人。」

「豈止是個糊塗人！」姜錦魚有些替好友不平，搖頭道：「朝三暮四、優柔寡斷，若我是雲兒，早與他和離了。」

話說完，發現身邊人好長時間沒接話，姜錦魚不由得看過去，卻見顧衍臉繃著，似乎不快，心下微微一怔。「怎麼了？」

顧衍聽出這語氣中的忐忑，面色不由得放緩了甚多，無奈道：「妳呀，孟旭失了妻子，已經夠可憐了，雖是他自作自受，與旁人無關。但妳叫我這個做上官的，也忍不住想公報私仇，給他穿小鞋了。什麼叫妳若是商雲兒？即便妳改名叫商雲兒，或是生在商家，那妳也是我顧衍的妻子，輪不到他孟旭。」

姜錦魚怔了下，沒想到他在吃這樣的飛醋，又忍不住心裡甜滋滋的，抱怨了一句。「我只是隨口一說，哪有你這樣當真的！」

但話雖是抱怨的，語氣卻沒有半分怨。

顧衍聽著妻子的「控訴」，心中不以為意。

孟旭與商雲兒分分離離，他不關心，但綿綿與孟旭之妻關係好，那他再瞧不上孟旭之妻，也不會置喙半分。可綿綿是他的妻子，輪不到旁人覬覦，即便是假想，也不行。

他想這事時，全然沒想到那比喻言自他妻子，全怪罪在孟旭身上了。

離上次下雪已有一月，小桃清晨來她屋裡開窗的時候，姜錦魚驀地發現，光禿禿了一冬日的枝頭，冒出了星點的綠芽。

她笑了一下，對小桃道：「看來得叫針線房開始裁春裳了。」

小桃聽主子提起這個，笑應道：「是得提前備起來了。下午奴婢去庫房要份綢料名冊來，主子您掌掌眼，奴婢再拿去針線房。」

姜錦魚點點頭，心裡盤算著得給父子三人多準備些春裳。

到了春日，州衙政務中最主要的便是保證百姓春種，相公顧衍又是個極為負責的人，定是少不了親自去各地巡查，上了路，可沒處尋衣裳去。而明堂書院則有采青慣例，兒子們的春裳也得提前備齊了。

小桃見她似在盤算，便靜悄悄退了下去。

過了會兒，秋霞來了，她今日是特地來府裡，給主子磕頭來了。

趕著年前忙完的那陣子，秋霞成了親，她男人是府裡的管事，在主子們面前還有些體面的那種。只是，嫁人歸嫁人，他們還不急著生孩子，早早便回主子跟前伺候了。

姜錦魚放下筆，抬眼細細看了秋霞一眼，見她面色紅潤，氣色尚好，滿意點頭道：「劉管事待妳可還好？日子可還過得舒坦？」

身邊的婢女嫁人，她還是頗上心的，尤其是小桃和秋霞兩個，日後若是不犯下什麼大錯，定是做到府裡給她們養老的年紀。她都用慣她們了，換人不適應不說，情分也不一樣。

只見姜錦魚一問，秋霞臉雖紅了，卻是大大方方回話。「回主子的話，劉青人不錯，在外頭雖油嘴滑舌了些，但在奴婢面前，卻是個忠厚的人，待奴婢也體貼。不過奴婢尋思著，還是早些回主子身邊來，眼瞅著馬上開春了，府裡的事不少，奴婢怕小桃姐一人忙不過來。」

姜錦魚聽得含笑點頭。「那便好。妳回來也好，只妳平日住在府裡，劉管事住在外頭，你們夫妻長久不在一塊兒，恐生分了去。我想著，讓妳與小桃搬到一處去，那院子還有間屋子，妳若是願意，你們夫妻便一道住那兒，都在一個府裡做事，妳過來伺候也方便。」

秋霞忙低頭應道：「多謝主子體恤，奴婢願意。」

姜錦魚點點頭，未再多說什麼，上午對著綢料冊子，擬好了府裡要做的春裳，後頭都細細標了要用的顏色和料子，時間一晃便到了用午膳的時候。

小桃來問時，她沒什麼胃口，想著今日只有她一人在府裡用飯，便只要一盅魚粥來。

遼州這邊魚價略高，尋常百姓食豬肉多些。府裡師傅魚做得極好，打開盅蓋，撲鼻便是一陣鮮香，遼州特產的大米被熬出濃濃米香，兩種味道相得益彰，一下子把魚鮮味襯得更加濃郁了。

可姜錦魚聞到那味道，胸口卻是一陣悶堵，喉間更是冒出一陣酸水。

畢竟不是什麼未經人事的姑娘家，前頭生雙胞胎的時候，到底經歷了不少，姜錦魚立即反應過來了，忙叫小桃將魚粥端走。

小桃見主子臉色蒼白，嚇壞了，忙把魚粥擱得遠遠的。

「夫人，您沒事吧？」

姜錦魚把那股噁心勁兒緩過去了，搖搖頭道：「去請府醫來。」

小桃起先嚇得魂飛魄散，再看姜錦魚面上微微帶著笑，不像是壞事的樣子，後知後覺回神過來，但反倒更加緊張，飛快跑去叫府醫了。

府醫過來，隔著帕子診脈，因這府醫在府裡數年了，打他們來遼州起，便一直在府裡給大小主子們問脈，府裡也不話裡藏話，道：「月分還稍有些淺，還不大摸得出來。夫人最近可有身子困乏無力？」

姜錦魚回憶了一下，發現自己最近的確容易犯睏，本以為是冬日犯懶，懶得動彈而已。

府醫聽了，又轉頭細細問了小桃關於主子日常起居的事，小桃皆據實回答，不大確定的，還把秋霞喊來確認。

一番望聞問切後，府醫心裡已有了答案，面帶喜意道：「恭喜夫人，是喜脈。」

小桃與秋霞一聽，全都喜洋洋齊聲道：「恭喜夫人。」

其實府醫還沒來的這段時間裡，姜錦魚就確定了肚裡孩子的存在，因而倒是還算冷靜，面上笑著，吩咐小桃取賞錢給府醫，想了想，又道：「月分還淺，就不必四處說去了，對了，妳去請福嬤嬤和顧嬤嬤過來一趟吧。」

府醫接過賞錢，笑著應聲道：「是，夫人想得周到，月分尚淺，若大肆張揚，恐驚動了胎兒。」

說罷，笑盈盈拱手下去了，做大夫的最喜歡喜脈。不說別的，請大夫卻能讓眾人滿面喜色的，也就是喜脈了。

過了會兒，顧嬤嬤和福嬤嬤過來了，她們二人年紀大了，姜錦魚也不想再勞累她們，便留她們在府裡養老，還撥了兩個丫鬟照顧二人。

姜錦魚含笑道：「小桃與秋霞兩個經歷的事情少，我思來想去，還是得勞累嬤嬤們了。」

顧嬤嬤和福嬤嬤最是謙遜，絕不會仗著主家給面子，便把自己當主子，忙點頭道：「就是夫人您不讓來，我們自己都要來，兩位小少爺皆是我們伺候著平安出生的，您肚裡這位啊，我們定也給您護得好好的。」

顧嬤嬤笑眯了眼睛，慢吞吞道：「老奴今日就擬一份食譜出來，這一日三餐啊，都按著食譜來。保准您每日都吃得香、睡得好。」

姜錦魚頷首聽罷，滿面笑意。「有您二位坐鎮，我便安心了。」

這胎一來，姜錦魚平日裡打發時間的針線也好，遊記也好，都被叫停了，只能百無聊賴看看屋裡、屋外。

好不容易熬到夕陽西下，只覺得實在艱難，姜錦魚都想不起來，自己懷雙胞胎時，有沒有這般無事可做。

顧衍從州衙回來，回到後院，進門瞧見的便是妻子在燈下發怔。

月下賞花，燈下看美人。在他眼裡，綿綿自然是天底下一等一的美人，自是賞心悅目，但他記得，妻子一向很能把日子過得有滋有味的，何曾見她這樣發怔過？

他放輕腳步，走到姜錦魚身側，伸手溫柔撫了撫她耳側的頭髮。「怎麼呆坐著？」

姜錦魚回過神來，下意識仰面一笑。「你何時回來的？」

然後拉著顧衍的手，讓他坐在自己身側。

「方才怎麼了？誰惹妳生氣了？兒子？」

姜錦魚頓時哭笑不得，輕輕拍了他一下。「什麼呀？瑾哥兒、瑞哥兒都還沒放假回家，哪裡惹得到我了？」

「而且，我哪有生氣。就是今日喊了趙大夫一趟。」

顧衍神色微變，以為綿綿生病了，但仔細看看神色又不大像。

姜錦魚對他笑了下，把顧衍的手貼著自己的小腹放，溫柔道：「要給瑾哥兒和瑞哥兒添個弟弟或者妹妹了。」

顧衍足足怔了好一會兒，忙把手縮回來，慌亂解釋道：「我手冷，別凍著妳了。」然後又起身，站了站，道：「我去屋裡換身衣裳，落了一身灰，免得嗆著妳了。」

一番折騰，換好了乾淨的衣裳，顧衍回到內屋，面上倒是看不出方才的慌亂了，又恢復了平日的沈穩冷靜，過來問妻子，白日裡府醫是如何說的。

姜錦魚哪記得那麼多？只說了個大概，就見顧衍眉頭擰起。

姜錦魚忙耍賴道：「一孕傻三年，你別同我計較。」

顧衍馬上放緩臉色，像是怕嚇著綿綿，沒脾氣的解釋道：「我不是生妳的氣，我是怕自己做得不好。當初妳生瑾哥兒、瑞哥兒的時候，我們也不懂，都是稀裡糊塗來的。這回卻是不能胡來了。」

姜錦魚倒沒那麼大的壓力，生雙胞胎兄弟的時候，她都沒怎麼害怕。現在更加沒什麼負擔了，就是覺得沒事打發時間，有些無聊。

但顧衍就不大一樣，按照他的預想，有了雙胞胎之後，便不打算再讓妻子懷孕了，可這孩子直接就打破了他的設想，但墮胎又是萬萬不能的，太傷身。老人家都說，年紀越大，生孩子越艱難，坐月子恢復得也越慢，妻子年紀雖不算大，但顧衍也不想冒險。

明明是第二胎，顧衍的重視程度，卻是比第一胎還更慎重些，惹得姜錦魚也有點跟著緊張起來，還是顧嬤嬤看著不對，以過來人的口吻勸了幾句，才沒鬧得夫妻二人睡不著。

第二日，姜錦魚發現，顧衍好像從昨日的慌亂中緩過來了，開始為未出生的孩子高興了，一大早便時不時伸手摸摸她平坦的小腹。

姜錦魚被摸得癢癢，躲了一下，問他。「你怎麼不去州衙？今日休沐？」

顧衍「嗯」了一聲，道：「今日在家裡陪妳。」

姜錦魚懶洋洋打哈欠。「那正好，讓針線房給你量個尺寸，馬上就要做春裳了。」

這些事，顧衍向來是聽安排的，點點頭，又認真的道：「我昨晚夢到個小女孩兒，長得肖似妳。」

「啊？」姜錦魚仰臉看身旁的男人。「你不會想說，我肚子裡的是女兒吧？不一定吧，萬一是兒子呢？」

顧衍以前是不信神佛的，但近年來倒是覺得因果之談並非虛妄，神色嚴肅，伸手捂住妻子的嘴，道：「妳這樣說，女兒聽了要不開心的，會以為妳不喜歡她。昨夜她來入我的夢，便是來看看我們喜不喜歡她的。」

姜錦魚被他繞進去了，忙為自己辯解。「我哪有不喜歡？都是我生的，兒子也好、女兒也好，我都喜歡。」

反正被顧衍這麼一說，姜錦魚自己也有點預感，難不成肚裡真是個嬌氣的小姑娘？還知道要入爹爹的夢，看看家裡人喜不喜歡她？

過了約莫半月，姜錦魚驀地發現，府裡後院的守衛人數似乎多了一倍，一夜之間，後院就跟鐵桶似的，圍得嚴嚴實實的。

發現後，她起先還以為顧衍是擔心孩子，心裡還嘟囔了幾句，是不是太小題大作了。等晚上，夫妻二人坐在一起，顧衍才說起了要出去視察春種的事情。

姜錦魚一下子顧不上琢磨府裡的守衛了，慶幸道：「幸好春裳早早趕製出來了，這回大概要去幾日？我明日替你把行李收拾起來。」

顧衍見妻子忙著翻找箱子，像是恨不得立即便把行李收拾出來，起身扶著妻子的肩膀，扶她坐了下來。「綿綿，妳先別忙活，去不了幾日。妳坐下，我有事要同妳說。」

姜錦魚眨眨眼，乖乖坐下，接過男人遞過來的小暖手爐，放在手裡捂著。「什麼事？」

難得見顧衍這樣慎重又鄭重的神色，姜錦魚也跟著認真起來。

顧衍回憶了一遍自己對府裡的安置，從裡到外絕無紕漏，才開口緩緩道：「我這回名義上是去視察春種，但實際上，只是個幌子。自去年起，我便發現州衙中有數名官員暗中勾結外寇，只是我長期在府城中，他們不敢有什麼異動。

「這一回，我打算假借視察春種之名，引蛇出洞。州衙之中諸事，我自安排妥當了，但妳與瑾哥兒、瑞哥兒，還有妳肚裡的孩子，我一直放心不下。如今府裡的守衛皆是精兵悍將，牢牢將後院圍住了。明日我便把瑾哥兒、瑞哥兒也接回來，妳千萬記得，無論外頭出了什麼事，都絕不要踏出顧府一步。最多半個月，事態便能平息。」

第七十二章

姜錦魚一向不會打聽顧衍的公務，但也曉得，遼州這樣偌大的一個州，本來地方勢力便十分強大，不過是被相公想方設法打散了，加之周文帝對相公這個州牧的重視，才令那些原本心有不服的官員不敢輕舉妄動。

但長此以往，並不是什麼好事，拖並非長久之計，而盛京那邊，也未必容得他們一直這樣拖下去。

天子並非什麼大善人，既然以州牧之位相贈，定然也是有所求的。

腦中各種想法轉了一圈，姜錦魚冷靜了下來，面色沈靜道：「我知道了，我會守好府裡、守好孩子們，等你回來的，你儘管去便是。」

顧衍又道：「後日一早，我便帶著負責春種的官員們離城了。」

姜錦魚點頭道：「你儘管安心去，我不會逞強的，無論誰來找，我都不會出府。理由都是現成的，我本來便懷孕了，你又不在府裡，閉府不出是應當的。」

這事，姜錦魚若是被從頭瞞到尾，她未必會覺得安心。顧衍這般把前因後果計劃打算，都同她講明白了，姜錦魚反倒安心不少，雖然心裡有些擔憂，但到底是知道詳情，不會像全然不知情的時候胡思亂想。

第二日，雙胞胎便被接回府裡，送到姜錦魚身邊來了。

顧瑾、顧瑞路上還不知情，到了府裡，見到阿娘，顧瑞還高高興興跑過去，親親熱熱要姜錦魚抱抱。

他這動作把顧嬤嬤嚇了一跳，忙攔住他，道：「瑞少爺，您慢著些，夫人肚裡可懷著小弟弟呢。」

顧瑞忙放慢了動作，扭頭問：「嬤嬤，是弟弟嗎？我想要個小妹妹！」

顧嬤嬤好笑道：「興許是小妹妹也不一定。若是妹妹，瑞少爺可更得小心些，女兒家嬌氣得很。」

姜錦魚倒不拘著雙胞胎，喊他們到自己身邊來，一手攬著一個，同他們溫柔道：「明日你們爹爹要出去辦公，阿娘又是雙身子，你們爹爹不放心，便把你們接回來了，讓你們陪著阿娘。從今天起，你們便搬到阿娘的院子裡來，好嗎？」

顧瑾身為長子，比弟弟沈穩甚多，尤其是進了書院後，更是隱隱有了些其父的風采，他表態道：「娘放心，爹爹不在，我會照顧好您和弟弟的。這段時日，我和瑞哥兒不去書院，功課也不會落下的，我會帶著弟弟一起學習。」

顧瑞也自詡是個小男子漢了，緊跟著哥哥拍胸脯著急道：「我也是大孩子了，我也可以照顧娘！」

姜錦魚見兒子們自信滿滿的模樣，心下欣慰。她倒不是真的要兒子們來照顧她，只是關鍵時候，能用這藉口把孩子們約束在她的身邊，這樣她才能安心。

府裡他們娘仨好好的，相公在外，才能安心幹自己的事情。

她自認能力有限，唯一能做的，也就是管好後院這一畝三分地，至於官場上那些事，她相信相公的能力。

第三日，顧衍按照計劃出城。

起先，府城內還一片寧靜，大約是顧衍走了兩日後，府裡的侍衛一下子警惕了起來，後院時時刻刻都有侍衛守著，連唯一一個進出的採買入口都被關上。

顧瑾和顧瑞雖是孩子，卻也能感受到府裡緊張的氣氛，兩人卻並未害怕，頗有小男子漢的氣概，兩人守著姜錦魚，白日裡還主動給她讀遊記，打發時間。

是夜，府城城牆上一處守夜的哨所，兩、三個士兵打著哈欠，睏得腦子都有點糊塗了，稀裡糊塗想著，怎麼今日來換哨的人還不來？今天巡城樓的兄弟怎麼沒瞧見？

這時，傳來敲門聲，資歷最淺的士兵忙去開門，一開門，迎面一悶棍就來了，他眼睛登時直了，撲通一聲倒地。

另兩個士兵察覺不對勁，抽出貼身帶著的刀，門外湧進了五、六個同樣穿戴的士兵，兩方短暫兵刃相接，守夜的兩個士兵相繼倒下。

同樣的事情，也發生在另外幾個哨所。

不知為何，本該四處巡邏的隊伍，今日居然一次都沒出現。

臨到三更天的時候，天色伸手不見五指，城牆外不遠處，一隊騎兵竟是越過了城外嚴密的防線，策馬朝遼州城來。

城門不知何時大開著，騎兵徑直穿過空無一人的城門，長驅而入，若是有人看見這一幕，便能發現，這隊騎兵不是大周將士，而是令人膽寒、憎惡的胡兵。

之前，在顧衍和孟旭的聯手之下，遼州境外的胡人早已被打怕了，雖覬覦遼州的金銀、糧食和女人，卻是不敢打遼州的主意了。

而這一次，不知因何緣由，胡人膽大包天，居然幾百人便敢闖遼州府城。

這一夜是極混亂的，姜錦魚一直閉府不出，只曉得外頭似是不大太平，但具體情況如何，卻也不大清楚。

隔日，姜錦魚與兒子們一同用午膳時，小桃忽然急匆匆進來傳話，道：「夫人，孟大人在府外，說有事找您。」

姜錦魚微微一怔，垂眼看了看顯得有些不安的兒子們，想了想，搖頭道：「不見。就說相公不在，此時見外男，不大合適，請孟大人回去吧。」

小桃略一遲疑，道：「孟大人說，城內近日不太平，想接您和少爺去安全的地方。」

她這麼一說，姜錦魚更加堅持了，再次搖頭道：「我哪兒也不去，妳去回了孟大人。」

小桃退了出去，瑞哥兒這時候仰著臉，小心翼翼問：「娘，孟叔叔也要害我們嗎？」

之前商雲兒還未與孟旭和離時，孟顧兩家走得近，瑞哥兒和瑾哥兒喚孟旭一聲孟叔叔，並不過分。且孟旭和自己相公同是盛京派來的，一榮俱榮、一損俱損，應當不會有害他們一家的心。

但眼下這樣的時候，孟旭可信不可信，姜錦魚不清楚，也不敢去賭。她只信顧衍。

姜錦魚摸摸小兒子的腦袋，安撫他不安的情緒。「娘不是這個意思，孟大人未必想害我們，更可能是想幫我們。但你們爹爹走之前說了，要我們待在府裡，哪裡也不去。當你不知道該聽誰的時候，你一定要記得，天底下絕不會害你的，只有最親近的人。」

孟旭鎩羽而歸，回到府中後，親信來報，道：「大人，今早俘虜的那數十騎兵，在獄中自殺了。」

孟旭皺了皺眉。「我知道了，你下去吧，今夜務必把城門給我守好了，若是再放進一批騎兵為禍百姓，我等再無顏見遼州百姓了！」

親信答應了下去，議事的房門忽的被推開，孟旭警醒的抬頭，看見是珊娘後，不由得擰眉。「不在後院好好待著，來這裡做什麼？這不是妳該來的地方！」

珊娘被訓得微微一顫，美目染上星點的淚意，柔聲道：「大人，您前幾日不是說過，今日要去看小阿語嗎？妾左等右等，見大人一直未來，阿語又惦記爹爹，妾才大膽來找您的。」

提起女兒孟語，孟旭沒繼續訓斥，但仍是冷著臉道：「往後不許再來，我留妳，只因為妳是阿語的生母，妳自己的身分，妳要清楚。」

珊娘盈盈一拜，面上晶瑩淚滴隨著動作滾落，看得令人心生憐惜，偏偏孟旭卻似瞎了，皺皺眉。「下去吧。」

珊娘委屈的「嗯」了一聲，道：「妾告退。」

趕走珊娘，孟旭仍心情不快，看到珊娘，他便忍不住想起同他和離後回京的商雲兒。

正怔怔出神的時候，一枝箭矢直直的穿過窗紙，「叮」的一聲，牢牢釘在書桌上。

孟旭立即快走幾步，推開門，只見院子裡空無一人，射箭之人怕是早已遠去。

他回到屋裡，拔下箭矢，取下箭矢上紮著的紙，緩緩展開。

當夜，孟旭照舊宿在前院。

他睡下沒多久，離天亮還有幾個時辰之時，他手下的親信又匆忙來了府上。

孟府前院因著這動靜，頃刻間亮起了燈。

珊娘拍了拍被吵醒的女兒安撫，起身詢問屋外的丫鬟。「外頭怎麼了？像是大人那裡點了燭，妳去問問。」

丫鬟自然乖乖去問，片刻後回來道：「大人有事出去了。」

珊娘「嗯」了一聲，便又狀似睡意朦朧道：「興許是有什麼急事吧？這麼晚了，妳也去歇著吧。幸好沒吵醒阿語……」

漸漸的，說話聲漸漸輕去，丫鬟隔著簾子，聽裡邊的珊娘沒了動靜，便不敢吵醒主子，又得了主子的話，就放輕腳步聲，打算去旁邊的下人房裡瞇一會兒。

大約過了一刻鐘，本該沈沈睡去的珊娘卻翻身起來了，披上外衫，輕手輕腳走出房間。

在府裡住了這麼些日子，她早已對府裡的情況瞭若指掌。商雲兒還在的時候，便是個不管事的主母，在與不在，其實並無太大的差別。如今商雲兒與孟旭和離，府裡的女主子便只剩下珊娘，再加上還有個女兒，她也算是府裡半個正經主子了。

孟府是很明顯的外緊內鬆，大約是前主母商雲兒不管事的緣故，對底下的下人約束不嚴，下人摸魚打混是尋常事，商雲兒不管，孟旭又忙著外邊的事情，更無暇顧及，倒是便宜了珊娘行事。

摸黑來到前院，珊娘的腳步便越發放輕了。

孟旭雖給了她名分，但除開那次被她算計之外，從未來過她屋裡，亦從未給她好臉色過。最多便是去看看孟語。至於這前院，珊娘更是只來過幾回，旁的時候，孟旭在，她也不敢來。

珊娘只是個柔弱女子，有幾分美貌，但功夫卻是半點都無，因此摸到孟旭的書房外，已經背上全是汗了。

她輕輕推開門，打開一條縫，動作極輕的鑽了進去。

吹亮火摺子，珊娘在書桌上一陣翻找，才從抽屜中翻出了邊防圖，意外的，她也在此處找到了一直想找的官印。

珊娘忙翻出袖中一份早就準備好的書信，用那官印在書信上蓋章，然後摺好貼身存放。至於那邊防圖，珊娘不敢拿走，只能勉強記住大概，就把邊防圖與官印一同放了回去。

她不敢在前院逗留，事情辦完了，便匆匆回了後院住處。

大約是作賊心虛，珊娘也沒發覺，自己這一趟竟是順利得出奇，明明每每去前院時都撞見過人，那時候皆被她找理由矇混過去了，今日走了這麼一路，竟是半個人都沒碰到。

回到住處，珊娘忙點了燈，畫好記下的那部分邊防圖，然後同那蓋了官印的書信一同疊好。

走到門外，四下無人，她從胸口處掏出一個哨子，輕輕吹了一下，很快一隻灰撲撲的鴿子就落在她的腳邊。

珊娘蹲下身子，忙著把書信塞進鴿子腿上的細竹筒中，正忙活得滿身都是汗時，驀地，整個院子亮了。

燈籠將院子照得亮堂堂的，彷彿烏黑的夜空，被撕開了一個角。

珊娘抬頭，便看見本該不在府裡的孟旭，正用看著死人一般的眼神盯著她，雙腿一軟，整個人跪倒在地了。

珊娘像見了鬼似的嚇得花容失色，眼淚撲簌簌往下掉。

不得不說，美人即便是哭，也是美麗動人。

但孟旭卻無暇欣賞美人落淚的情景，他閉了閉眼，上前抓住珊娘腳邊的信鴿，然後將珊娘那份邊防圖取出來，看了一眼，喊親信遞來筆，現場在那圖上補了幾筆。若是此時珊娘有心神細看的話，便會發現，孟旭補的這幾筆，與她剛才在孟旭書房看到的一般無二。

只寥寥數筆，便把珊娘漏的那部分給補齊了。

又將那封蓋了他官印的書信取了出來，展開書信，旋即面上露出冷笑。

蹲下身，孟旭捏住了珊娘的下巴，逼迫她與自己對視，開口問：「妳是誰送進來的？」

見珊娘閉眼落淚，不肯答，孟旭甩開了她，隨口道：「帶下去，關起來。」

片刻後，一隻灰撲撲的信鴿，從孟府飛出，飛向遠方。

大約過了一刻鐘，灰撲撲的信鴿飛入了一個院落，外頭赫然寫著「薛府」二字。

次日，又有胡人騎兵突破重重布防，侵擾遼州城周邊百姓。

當日，孟旭親自領兵斬殺騎兵。

但仍是那一日，剛從戰場回來的孟旭，被堵在遼州城門外。

孟旭呼出一口氣，遙遙望了眼城牆之上的「同僚」們，喝道：「薛大人，為何攔我？」

薛亮站在城牆上，憐憫的看了一眼底下的青年將軍，這樣浴血奮戰的英勇，他年輕時候又何嘗不是？為何陛下偏要派人來接管遼州，先是個王爺，再是顧衍和孟旭。論資排輩，論對遼州的付出，這兩個黃毛小兒如何能與他比？

他蟄伏數年，總算能一舉將顧孟兩人趕出遼州了。

孟旭是能打，不過卻是個蠢貨，一個女人都能把他騙得團團轉，治他一個通敵叛國之罪，不算虧待他。

至於那個軟硬不吃的顧州牧，是有幾分手段，也的確將遼州治理得不錯，可惜選了孟旭這樣的人做左右手，活該被牽連。

薛亮滿是皺紋的臉上露出笑容，旋即向著城牆外的孟旭道：「孟大人，非我等冒犯，近日胡人數次來犯，我等早已心生懷疑。今日，薛某意外拿到了來自孟府的一封信件，已交由諸位同僚一併閱過。」

說著，他似失望透頂，搖著頭道：「我等實在未想到，孟大人你竟通敵叛國。人證物證俱在，孟大人可認罪？」

孟旭嘲諷。「欲加之罪何患無辭？我孟旭未曾有過通敵叛國之舉，要我認什麼罪？」

薛亮露出「同情」的眼神，似乎是在嘲諷孟旭死到臨頭，還在掙扎。

好在他本來的打算，也就是在全城百姓面前，把這個罪名釘死，索性將手中的書信揚了揚，道：「這是你孟旭與胡人來往的信件，上邊還蓋了你孟大人的官印！鐵證如山，容不得你狡辯！」

薛亮銜著全城百姓道：「遼州的父老鄉親們，薛某從縣令做起，至今從未離開過遼州，遼州生我、養我，我亦願為遼州百信豁出這一條老命去！」

這時，人群中有幾個人開始嚷嚷。

「薛大人是好官！」

「薛大人是為了我們遼州的百姓！」

「嚴懲叛國賊！」

人群也跟著開始喊，喊聲漸高，薛亮看了一眼人頭湧動的人群，越發擺出道貌岸然的模樣來了。

大約是被這氣氛給刺激到了，薛亮身後站著的官員們也陸續站出來表態。

薛亮狀似為難，搖頭道：「若是就此殺了孟旭，雖解了百姓心頭之恨，但到底不合律法，是否不妥？」

人群中又開始嚷嚷。「嚴懲叛國賊！嚴懲叛國賊！」

有人道：「薛大人多慮了。今日這情景，眾人都可以為您作證，殺孟旭乃是民心所向，而非我等公報私仇。再者，孟旭統領遼州軍隊，知曉諸多機密，若是此時不殺他，萬一胡人再來，我等如何抵抗外敵？還請薛大人下令吧！」

跟著薛亮一同前來的官員們均拱手齊聲道：「我等為薛大人作證！」

此時的情景萬般諷刺，城牆外是浴血奮戰歸來的將士，城牆內是群情激憤，喊著要殺了城外人的百姓，而城牆之上，享受萬眾目光的，卻是單憑著一張嘴，便給將士們安上通敵叛國之罪的衣冠禽獸。

連孟旭身後不知情的親信都開始動搖。「大人，我們——」

他想問，他們是不是該躲一躲，他們是被冤枉的，可不能乾等著箭雨射下來。

孟旭遙遙望著城牆之上，大聲道：「諸位同僚當真認定我孟旭通敵叛國？只憑著一封不知真假的信件，以及薛大人的一面之詞，便認定孟某為通敵叛國之人？」

可惜他雖這樣問了，薛亮身後的一眾官員，皆無半點動搖，彷彿是同仇敵愾，七嘴八舌說著要將孟旭當眾斬殺。

薛亮得意洋洋看了眼垂死掙扎的孟旭，享受著這塵埃落定的勝利，閉了閉眼，開口。「既是如此，那便放箭吧。孟大人，要怪只能怪你，竟敢犯下這通敵叛國的大罪！」

薛亮身側的侍衛抬手示意弓箭手放箭，片刻後，空中竟無半枝箭矢射出。

眾人愣怔之際，便聽到一聲透著寒意的「真是好生熱鬧」。

眾人回頭看去，便見到本該在外視察春種的遼州州牧顧衍，竟就站在眼前。

顧衍緩緩行至眾人跟前，清冷笑了一聲，嘲諷道：「這樣熱鬧的場面，怎麼能少了本官？諸位大人方才嚷嚷什麼來著，要殺了孟大人？若本官未記錯的話，孟大人是朝廷命官，何時輪到諸位來決定孟大人的生死了？」

第七十三章

薛亮怔了一下，連忙擠出笑來。「是下官糊塗，只是通敵叛國之人，人人得而誅之，城樓內百姓民心所向，下官亦不敢違逆民心。」

顧衍好整以暇點點頭，受教一般道：「薛大人不愧是老大人，思慮果然周到。為一己私利，通敵叛國之人，的確人人得而誅之。既如此，那也該讓百姓們看看，究竟誰為了一己私利，通敵叛國了。」

言罷，從袖中取出一疊厚厚的信件，薛亮看著那疊熟悉的信件，嚇得面如土色，心中哀嘆一聲，自知大勢已去，自己被算計了。

這一齣引蛇出洞，雖鬧得動靜大了些，但到底把薛亮底下大小官員，一同連根拔起了。該入獄的入獄，該換人的換人，州衙比以往清明了不少。

顧衍在州衙忙了三日，才堪堪收好尾，將這事的始末擬成一份摺子，上達天聽，也算是將周文帝派給他最重要的任務完成了。

門外門童來報。「大人，孟大人求見。」

片刻，孟旭進門，顧衍抽空抬頭看他，見他臉色不大好。

這幾日孟旭亦是忙得焦頭爛額，況且比起顧衍，孟旭那頭更是一筆糊塗帳。

孟旭倒也知道對方忙，不說客套話，直接道：「我將我府中那女子帶來了。」

顧衍提筆在紙上勾了一下，聞言不在意的搖頭。「你若是想留她一命，亦非不可。但人若是送到我這裡，命是絕對留不住的。」

孟旭似乎早想好了，並不打算為珊娘求情。「不必，看在她為我誕下一女，我只替她求個全屍。」

「我答應你。」顧衍允下，但又不見孟旭走，遂抬頭看他。「還有事？」

孟旭猶豫了一下，又搖頭作罷。「無事，那我先走了。」

孟旭推門而出，親手關上門，聽到咯噔一聲輕響，顧衍也未抬頭，由他出去了。

該要面子的時候不要，不該要面子的時候，倒死要面子活受罪了。

轉眼便至初秋，遼州夏短，早早便入了秋，府裡的桂花開得極好，香氣濃郁宜人，小桃領著一群丫鬟們在院裡曬桂花。

姜錦魚靠在窗下看，時不時指點一二，她沒懷身子的時候，是極樂意同小丫鬟們說說笑笑在一處做的。

丫鬟們笑鬧著將桂花曬在朝陽處，便陸陸續續退出園子，忙活其他事。

耳邊漸漸沒了聲響，姜錦魚也不在意，瞇著眼睛，享受著和煦的陽光，靠在被曬得暖暖的蕎麥枕上犯睏。

睡得迷迷糊糊間，便感覺有人朝自己走過來了，但因為是在家中，想來也沒什麼威脅，姜錦魚便懶得睜眼。

顧衍低頭看著妻子一副睡神轉世的模樣，唇邊露出一絲笑意，也並未說話，只站在一邊，替她遮住了照在眼睛上的陽光。

小桃正想來給主子蓋個毯子什麼的，一進來便瞧見這一幕，更不敢開口了。

顧衍見是綿綿身邊的貼身丫鬟，朝她伸手，沒開口，但意思表達得很明顯。

小桃忙悄無聲息將毯子送上去，又默不作聲屈了屈膝，安安靜靜退出去了。

等走遠了，她心底忍不住嘀咕了幾句。夫人和大人未免太恩愛了些，和夫人大人比起來，她和她家那位可真是湊合著過日子了。不能想、不能想，越想越絕望了！

姜錦魚感覺自己被人打橫抱了起來，緊接著穩穩被抱著走了一段路，然後被放到軟綿綿的物件上。她半睡半醒琢磨，估計是床吧？然後又睡死過去了。

大約睡了個把時辰，顧衍便不敢讓她再睡了，生怕她晚上睡不著，將人輕輕喊醒了。

姜錦魚揉著眼睛問時辰，得了回答，腦子還沒轉明白似的問：「我睡了這麼久？」

「嗯。」顧衍伸手撫了撫綿綿散在肩上的髮，入手微微帶著一股涼意，但烏黑發亮的，摸上去也十分柔軟。

顧衍就這麼靜靜的，等著綿綿自己醒神過來，也不去催她。

好不容易醒了個徹底，姜錦魚總算有了精神，伸手抓了本遊記來看，最近因為孩子的緣故，她睡得比以往都多，一本薄薄的冊子，一個多月才能翻完，大部分時候還會被相公和兒子搶走了念給她聽。

果然，見她拿起冊子，顧衍便伸手，動作輕柔卻不容拒絕的，從她手中取走了。不過這回不是要給她念遊記，而是有正事要說。

姜錦魚最近甚少操心什麼正事，覺得自己腦子都有些木了，慢半拍道：「什麼正事啊？」

顧衍越看越覺得不放心，無論是將綿綿留在遼州，還是讓她同自己一起上路去盛京，都不是什麼好主意，最好在此處將孩子生下來，養個一年半載再回京，才是最好不過的。

但陛下那邊本就催了又催，再推下去，一、兩個月興許能成，但一年的時間，卻是沒什麼討價還價的餘地。

思及此，顧衍又不得不開口，道：「陛下打算讓我回盛京。將薛家一派盡數處置後，陛下便有召我回京的打算。」

顧衍雖沒說什麼，但姜錦魚自己也想到了，京官自然比地方官吏金貴，尤其是自己相公在此處是立功回去的，回去了定然是要升官。一直未動身，估計也是考慮她的身子情況。

想了想，姜錦魚道：「陛下有令，那自是推拖不得的。再者，我覺得自己沒什麼不舒服的。而且此時動身，到京中還能休養兩個多月再生孩子，一切都有時間準備。否則再遲些，要是我生在路上，反倒不妥。」

這也是顧衍擔心的，這孩子來得實在不巧。

春天那會兒，胎兒未穩，是絕不好動身的，好在當時也能找由頭推遲。等再過一、兩個月再上路，指不定就要在路上生產，那定然又是不成。

盤算來盤算去，唯獨現在上路，對孕婦和孩子都是最好的。

數日後，聖旨果然來了。隨著聖旨一同來的，還有來接手遼州諸事的繼任者，大約是陛下那邊委實催得急了，繼任者壓根兒不敢留顧衍。

既打定主意要上路，自是不必再留，好在府裡顧嬷嬷和福嬷嬷兩人一開始便有準備，兩人又是老人了，安排得極為舒服妥當。

姜錦魚上了馬車，便開始打瞌睡，車廂不見擁擠，還鋪了厚厚的被褥墊子，她往裡一滾，便睡得不知今夕是何年了。

一覺睡醒，睜眼便瞅見兩個兒子乖乖坐在自己身邊，兩人在矮桌上下棋，聽見動靜，兩人都轉身喊人。「阿娘醒了。」

姜錦魚伸手，一人摸了一下腦袋。「怎麼過來了？」

顧瑾乖乖道：「爹爹說，讓孩兒們過來，等娘醒了，陪娘說說話。」

顧瑞早就想黏著娘親了，見爹爹不在，便也大著膽子上去靠一下姜錦魚的肩膀，小臉親親熱熱貼著她的肩。「娘睡得好沈。」

姜錦魚笑道：「阿娘肚裡有弟弟或者妹妹了，自然睡得又多又沈。你和哥哥小的時候，也特別能睡，一天要睡七、八個時辰，小寶寶都是很能睡的。」

顧瑾勸著。「弟弟過來，別靠著娘。」

姜錦魚倒沒覺得自己那麼虛弱，對大兒子招手。「沒事，娘不累，過來坐會兒。」

顧瑾也跟著坐過去，車廂裡有些暗，不好念遊記，在姜錦魚的建議下，雙胞胎兩個便比著背最近學的文章。

顧瑾是哥哥，時不時會讓著弟弟，見瑞哥兒卡住了，還給他提示一、兩句。

顧嬤嬤坐在馬車裡陪著，見狀也不由欣慰的笑起來，對姜錦魚道：「大公子、二公子真是乖，兄友弟恭的，誰看了不羨慕？」

難得能瞧見這麼和睦的兄弟倆，尤其是在官宦人家，嫡子、庶子之間成天算計來算計去的，哪會談什麼兄友弟恭？

自己的兒子，姜錦魚自然也誇，點點頭道：「我現在倒是慶幸得很，當時生的是雙胞胎，兩人一起長大，再親近不過。」

顧嬤嬤深有同感的點頭。「可不是？還是得有兄弟姐妹幫襯著，外人再親，也比不過親兄弟。等到了京裡，兄弟倆互相幫襯，有個伴，也不容易覺得孤單。」

這話就有點在暗示顧府的不是了，這些年姜錦魚對盛京顧府一直淡淡的，但不代表要下一代也記恨著，不說親近不親近，至少不該讓孩子們來承受這些。

除非那邊主動將事情牽扯到孩子身上，否則她不會在孩子們面前說孩子爺奶的不好。她神色淡淡的道：「倒也不會。我哥哥家裡還有個敬哥兒，顧府也還有他們的幾個弟弟呢，總能找著玩伴的。」

顧嬤嬤自覺失言，也覺得在孩子們面前說這些不好，忙住了嘴。

原夫人去了後，她一直伺候著顧衍，自然偏自家主子，對顧府沒什麼好印象。以前都在一個地界，還收斂著些，這些年在外頭久了，說話也自在不少，倒是有些口無遮攔了。可做爺奶的可以不疼孫兒，但做晚輩的若是不尊敬長輩，傳出去了，那可是念書都要受影響的！孩子小，未必像大人那樣藏得住事，這些話還是不說為好。

顧嬤嬤不再提這話，姜錦魚便也不再多說，顧嬤嬤、福嬤嬤都是老人，她這樣點一句，兩位肯定都能明白的，不需要她多囑咐什麼。

顧瑾、顧瑞兩人背完了書，便都過來和姜錦魚說話，姜錦魚身上精神頭好得很，也樂得陪兒子們說話。

數月行程過去，很快便到了盛京。

盛京繁華，比以往更盛幾分，瑾哥兒、瑞哥兒雖生在盛京，在盛京卻未待得多久，便隨爹娘去了遼州。

瑞哥兒坐不住，探出腦袋，好奇打量著車窗外的街道，便見鋪面遍地，百姓行走其間，吆喝聲、叫賣聲、孩童求著娘親討要的吃食聲……不絕於耳。

馬車外亦有人打量著馬車，見如長龍般，往後望去，一眼望不到車隊的盡頭，心中還尋思著：這又是哪家貴人進盛京了？

再看探出腦袋的小公子，生得貴氣，一雙眸子清清亮亮的，雖是好奇打量，卻不帶半點輕蔑，實在討喜萬分。

「弟弟，坐好。」顧瑾一開始還縱著瑞哥兒，但眼見著越往鬧市走了，怕他掀起簾子，害得阿娘被外人窺視去了，才開始管教他。

瑞哥兒忙縮回腦袋，賣乖對端正坐著的哥哥一笑。「哥，盛京的街道好生熱鬧，我在遼州還從未見過這樣熱鬧的。」

兄弟二人感情深，一個願意管著弟弟，一個願意被哥哥管著，和和氣氣的，從未在這方面起過爭執。姜錦魚也一向不插手兄弟間的相處，含笑道：「盛京是國都，自然與遼州不同。」

說話間，馬車上來了一人，身穿青衣，身長如玉，正是一路陪著妻兒的顧衍。

他方才在外騎馬，見兒子向外好奇張望，索性過來了，上車道：「走，帶你們看看盛京。」

瑞哥兒立刻歡呼一聲，而瑾哥兒雖看著小大人似的，實際上心裡也很孺慕父親，端正應了一句。

顧衍向妻子笑了下，這才帶了兩個小的出去，馬車裡一下子清靜下來，姜錦魚手裡拿著紅繩，有一搭沒一搭的打著絡子，當作打發時間。

這一路上，單單是絡子，就打了整整好幾盒了，不過這玩意兒拿來賞人倒是極合適的，倒也不算浪費了。

同車陪著的，今日輪到福嬤嬤，她張望了一下外面，似乎有些擔心兩位小公子。

姜錦魚見她比自己這個做娘的還不放心，不由得搖頭道：「嬤嬤不必擔憂，相公心裡有數的。」

福嬤嬤「欸」了一聲，但眼神是收回來了，心卻還繫在外頭的小公子身上，還發愁想著：自家夫人未免太心寬了些，哪有把孩子交給男人帶的？男子如何比得上女子心細。

又轉念想，她也算是伺候這位主子有些年頭了，心是寬，但命好卻也是實打實，要說運道，說不定還真有這回事，畢竟是寧可信其有不可信其無的東西。

姜錦魚也懶得解釋太多，旁人家的情況她不知，但自己的情況，她卻是清楚。自家相公可不是那等只知道打罵兒子的嚴父，別說帶一日，便是將兒子交給相公帶半個月，她也半點不擔心。

車隊行至顧府，眾人陸續下了馬車，開始搬運行李。

顧府雖空置已久，久無主家在居，可在府裡守著的下人還算用心，得知主家即將返京後，便早早拾掇起來了。

入了後院，回到熟悉的廂房，姜錦魚還未來得及歇息，便聽下人來傳話，說陛下口諭召顧衍進宮。

臨走前，顧衍特意遣人過來傳話。「大人命下人傳話於夫人，道今日先不急於訪親，待他回來，再同夫人一道去。」

姜錦魚點頭，兒子、媳婦回家，又是這麼多年未見，不去顧家拜訪，的確不好。但相公被召進宮去，忠君自是最高，自然只能拖一拖。

但人可以先不去，禮還是得先送上門，以免落了口舌。

因此她雖覺得身子乏，仍是喊來顧、福兩位嬤嬤，讓兩人分別將給兩方長輩準備的禮先行送到顧府與姜府去，將今日無法拜訪的事與兩方長輩言明。

吩咐好這些瑣事，姜錦魚便耐不住睏了，裹進被子睡得極沈。

睡到快夕陽西下了，她懶懶起身，詢問進來替她拭面的小桃。「夫君可回來了？」

小桃道：「還未回呢，只讓下人來傳了話，說是宮裡留人，讓夫人帶著兩位小公子先吃。」

姜錦魚帶著兩個小的吃了晚膳，又哄著因為來了新地方而覺得十分新鮮的雙胞胎去睡，自己大約是白日睡得足了，反倒不睏，坐在燈下，將路上雙胞胎弄亂的棋子分撿收到黑白罐裡。

剛撿了一半，便見黑夜裡一點影影綽綽的光，那光隨著人，越走越近了。

姜錦魚起身開門，男人著了官服，獨自踏著晚風而來，起初面上一派拒人千里的清冷，等見了門側那一抹女兒家的嬌影，登時柔軟了幾分。

「怎麼出來等了？」顧衍牽過綿綿的手，見是暖的，卻也不放，只拉著她朝裡慢慢走。

姜錦魚側著頭「嗯」了一聲，從顧衍紅色的官服上嗅到一股酒氣，抬著一雙杏眼望著他。「在宮裡飲酒了？我讓廚房送些醒酒湯來，你先去換洗一下。」

顧衍本沒什麼醉意，見綿綿一雙杏眼望著自己，反倒生出幾分醉意，放縱自己低頭攫住妻子嬌軟的唇，吻了片刻，才鬆開微微有些喘不上氣的綿綿，笑道：「我去換洗了。」

姜錦魚微微紅了臉，等顧衍拐進了側間換洗，姜錦魚才拍了拍略紅的臉，心裡念叨著：

都是老夫老妻，沒什麼可羞的！

接著喊來秋霞，吩咐她去廚房要醒酒湯來。

喝了醒酒湯，顧衍一身雪白的裡衣，夫妻二人坐在一處撿棋子。

顧衍倒不如何瞞著妻子，道：「陛下今日召我，有意命我兼任太子少傅。」

這職位別看只是個帝王家的教書匠，可若是太子繼承大統，顧衍便是帝師。當然，教導太子的不止顧衍一人，因此不必他時時守在宮中，只是兼任。

姜錦魚對此有些意外，道：「我從前看戲文裡演，能做太子的師傅的，最少也得是成名已久的大儒。你才三十出頭，陛下竟也對你如此信重。」

顧衍含笑。「陛下用人素來不拘一格。大約是提及太子之事，陛下有意重啟常元閣，選宗室朝臣之子嗣優秀者入學。」

姜錦魚忙抓了顧衍的袖子。「不會是要讓瑾哥兒、瑞哥兒也入宮吧？」

這一點正是顧衍想說的，其實他能猜到帝王的心思，一方面控制住宗室，另一方面，也是給太子殿下鋪路。既是如此，那他與綿綿的兒子，自是要入宮的。

顧衍反手握著妻子的手安慰。「不必擔心，太子殿下我接觸過幾次，不是難相處的人。且我們的兒子，外人不知，我倆卻是知曉的，不是笨的。倘若真在宮中被人為難了，還有我這個爹爹扛著。」

姜錦魚起先的確焦心，但很快便自己想通了。

皇恩浩蕩，君恩難辭，再者即便要入宮，也並非他們一家孩子入宮，陛下既是把各家的孩子接進宮中教養，想必也不會出什麼事，否則，豈不是令提出重啟常元閣的陛下失了顏面？

兩人次日起身，去顧府一事不能推遲了，夫妻二人帶著兒子們出發。

來到顧府，便被下人殷勤迎進府裡，對這位前夫人所生的大少爺，府裡下人都有點畏懼，尤其在顧衍日漸升官後，從前那些跟著胡氏輕視過他的下人們更是恨不能躲得遠遠的，生怕讓這位爺憶起從前自己偶有的不敬。

第七十四章

多年未歸，顧府倒是沒變樣子，走過前庭，行至堂屋。

堂屋內，一早便期盼著孫兒的顧老太太迫不及待起身，幾乎是快步走上前了。

顧衍攜妻兒給老太太磕頭。「不肖孫兒，給祖母磕頭了。」

顧老太太足足像年輕了幾歲似的，整個人面色紅潤，伸手去拉孫兒、孫媳婦，又把瑾哥兒和瑞哥兒拉到身邊。「這就是瑾哥兒和瑞哥兒吧？」

瑾哥兒瑞哥兒齊聲喊人。「見過曾祖母。」

兩人小小年紀，長相卻像極了父母，皆是龍章鳳姿，加上言談禮節，無一不大氣，儼然是兩位貴氣的小公子。顧老太太如何會不喜，都不捨得挪開眼睛了。

姜錦魚適時說起了俏皮話打趣。「祖母這是有了瑾哥兒、瑞哥兒，眼裡便瞧不見我與相公了呢。」

顧老太太年紀雖大，卻不是迂腐之人，最喜小輩活潑些，不愛那些心機深沈的，聞言笑道：「瞧瞧，瞧瞧，我這孫媳婦，居然同孩子們爭起寵了！祖母亦疼妳，孩子，過來。」

姜錦魚不作他想，以為老太太要同她說話，眉眼帶著笑意走近，卻被當著眾人的面塞了個荷包。

眾人一愣，卻看老太太笑呵呵道：「喏！這下總不能說祖母不疼妳了吧？」

姜錦魚略一遲疑，知道老太太手裡還是有些好東西的，此時既然拿出來了，那必然也是貴重的，正想推回去。

顧老太太倒不容她拒絕，當著眾人的面道：「妳陪著衍兒在那苦寒之地這麼多年，又教養出這樣好的兩個孩兒，這樣大的功勞，祖母賞妳的，妳可不許推。」

姜錦魚不好拂了老太太的意，含笑道：「那孫媳多謝祖母。」

拜過老太太，又要拜顧忠青和胡氏夫婦。

這一回，顧忠青這個做公公的倒是難得大方，見了兩個孫兒，喜歡得很，拿出的見面禮也頗為貴重。倒是胡氏，只簡單給了一人一個鍍金的長命鎖。

從前還礙於面子，胡氏如今倒似豁出去了，懶得裝和氣。匆匆給了長命鎖，便不愛看幾人爺孫和睦的模樣，尋了個由頭便離開。

胡氏走後，琴姨娘立即發揮了自己長袖善舞的手段，好聽話一串串的，又引顧酉和顧酉媳婦彭氏來給長兄、長嫂見禮，比起呆呆站在一旁的顧軒夫婦，不知高明了多少。

到中午時，自是要留飯的。

顧老太太興致好，將人都喊進自己的院子，打算一家人熱熱鬧鬧吃頓飯。

上了膳菜後，顧忠青彷彿十分有感觸般，舉著酒杯說了好一會兒的話，才心滿意足讓眾人開席。

這頓飯吃得還算和氣，酒席過半，顧軒的長子質哥兒嘴饞貪食，鬧著要那碟中最後一塊醋魚。本就是孩童貪食罷了，眾人皆不以為意，但坐在質哥兒身側的顧軒卻一張臉漲得通紅，氣急了似的，低聲訓斥著小兒。

質哥兒乃是家中的嬌嬌寶兒，祖母胡氏疼他，屋裡頭僕從、僕婦們皆當小祖宗似的供著，不過是要塊醋魚罷了，哪裡會不允？因而見爹訓斥自己，質哥兒非但不怕，反而鬧了起來。

顧瑾作為表兄，見狀忙將那塊醋魚送到質哥兒碗中，道：「質哥兒別哭了，你吃吧。」

本以為事情這般過去了，哪曉得顧軒看了眼大人模樣的顧瑾和乖巧用膳的顧瑞，竟是一下子惱怒了，當場拎著質哥兒，對著屁股就是一頓拍。

質哥兒「哇」的哭了出來，顧軒卻狠勁上來了，訓斥道：「你還敢哭？長輩都在，你娘平日裡就是這樣教你規矩的?!」

眾人被這架勢弄得有些傻了，甚至一向沈穩似小大人的顧瑾，都有些慌亂，感覺是不是自己做錯了什麼？

姜錦魚才不去管別人家事，見兒子面上流露出一絲茫然，忙伸手摸摸他的腦袋，搖頭示意無事。

被顧軒點到名的王寧倒是火了，忍不下這口氣，也不想忍。「你這話說得好聽，兒子難不成不是你的？怎麼就是我一人教兒子？」

顧軒剛想開口與她吵，顧老太太咳了一句，顧忠青登時反應過來，怒道：「有什麼可吵的？要吵滾出去吵！像什麼樣子！」

夫妻二人彼此嫌惡，皆轉開臉去，留下質哥兒一個孩子哭得上氣不接下氣沒人理，胡氏心疼，連忙抱過去哄著。

顧軒與王寧還嘔著氣，飯桌上的氣氛也有些低迷，本來談興正濃的顧忠青也彷彿是丟了臉，只顧著自己沈著張臉喝悶酒。

無人說話，自然便散得快了。

用過膳，胡氏尋了理由，便領著顧軒與媳婦王寧走了。

顧老太太本來就不待見胡氏，擺擺手便放人了。

「快過來坐著，別送了。衍兒扶你媳婦過來坐，那麼大的肚子，跟著你四處奔波，可遭了大罪了！」

姜錦魚乖乖在老太太身側坐下，聲音輕軟陪著老太太說著閒話。

顧老太太眼裡帶著滿意的笑，笑得浮起慈祥的眼紋，看了看恩愛如昔的年輕夫婦，再想到被引出去玩的瑾哥兒和瑞哥兒，心裡再一次感到很慶幸。

幸好自己當年隨了孫兒的意願，替他說了姜家的閨女。

到了她這個年紀，什麼富貴權勢，都是過眼雲煙罷了。人生在世，有人和你齊聲同氣，便是吃著粗茶淡飯，心裡也是舒坦的。

晚間，顧衍和姜錦魚回了府裡。

因白日裡外出做客，耽誤了今日的功課，一回到家中，兄弟倆十分自覺，要去捧書，將今日落下的功課補上。

姜錦魚將人攔住了，看明顯不大樂意的瑾哥兒，含笑勸道：「不過一日落下罷了，今日已晚，明日再做吧。」

顧瑾年紀雖小，但最是曉得刻苦，他生來就孝順，不願忤逆娘親，登時便覺得有些為難。

姜錦魚無法，給坐在一旁的相公一個眼神，示意他來說。

顧衍擱下茶杯，溫聲道：「別讓你們娘親擔心，早些去睡。」

爹爹一發話，兩個小的不敢不聽，且在讀書上，顧衍這個當爹的，可比當兒子的有經驗了許多，自然就說服了瑾哥兒。

將兒子們哄了去睡後，夫妻倆回到寢房，洗漱了後，並肩躺在床上，有一搭沒一搭閒聊著。

「我覺得祖母那裡怪冷清的，日後讓瑾哥兒、瑞哥兒多去陪陪祖母她老人家。」

顧衍點點頭。「老太太年紀大了，不愛出來走動，平素也不大有人說話。」

聽相公這樣說，姜錦魚越發上心了，倒不是別的，只是老太太這個年紀，不比從前，臉上已經有明顯的老態了。

說句不該說的，壽數還剩多少，端看閻王爺那本子上記著的是何年何月了。做晚輩的，吃的、穿的給得再多，到底比不過親自在老人家面前承歡膝下。

這樣想著，姜錦魚漸漸入眠了，她側躺著，迷迷糊糊之中，覺得肚裡的孩子似乎動了一下。

第二日，便要去瑾哥兒和瑞哥兒的外祖家了。

他們到的時候，姜家人早就殷切等著了，一見他們來，何氏就迎上來了，見女兒雖小腹鼓著，但氣色潤澤，粉腮玉面的，看著便不像路上吃了苦頭的，一下子將心放回肚子裡了。

姜仲行立在一邊，倒是想湊過來同女兒說話，可惜被自己妻子擋了個正著，無奈只能轉而去招待女婿。

眾人進了屋，女眷們十分自然的湊在一塊兒，事隔多年，姜錦魚才又與自家縣主嫂子碰了面。

姜錦魚頷首招呼。「嫂子。」

安寧縣主忙應了句，眼神中略帶了絲複雜。

她本以為小姑子跟著去了遼州那苦寒之地，日子過得定然不比她在京中這樣舒坦。且又是大著肚子回來的，路途遙遙、舟車勞頓，想來今日碰了面，看到的定是個臉色蠟黃的大肚婆。

未承想，小姑子臉色看不出半分搓磨痕跡，相比之下，反倒她自己才顯得老氣許多。

安寧縣主不自在的摸了摸髮簪，含蓄笑道：「妹夫這回回來，想必也是高升，妹妹往後可都是好日子了。」

姜錦魚抿唇笑道：「什麼高升不高升的？我一介婦道人家，也不去操心那些事情。」

何氏在一旁道：「我看妳也少操心那些，女婿有本事，心裡有成算。妳啊，眼下最緊要的，是顧著肚子裡的孩子，順順利利把孩子生下來。」

說起孩子，姜錦魚的眼神瞬間溫柔了起來。「我盼著這一胎是個女孩兒。」

何氏也不輕看女兒，她自己就對女兒寵得很。「我看妳這肚子尖尖的，懷相和我生妳那會兒有些像，興許還真讓妳說中了，是個嬌嬌。」

姜錦魚抿著嘴笑，甜甜靠在娘身邊撒嬌。「娘都這樣說了，那定然是個女孩兒了！」

何氏好笑，手指輕輕點了點女兒的額頭。「妳可少賴到我頭上來，若不是女兒，難不成還要我賠妳一個？」

安寧縣主坐在一邊，見婆婆和小姑子母女這樣親熱，不由得心頭一酸，想起自己也沒個娘家，連個作主的人都無，在婆家受了委屈，都得打落了牙往肚子裡吞。

再看婆婆平日裡瞧著脾氣好，實則也是個心裡有主意的，姜家的庫房、鋪子，半點都不讓她沾手，女兒那邊卻是動輒補貼，果然還是把自己當外人。

自己雖是個縣主，但日子過得倒還不如小姑子來得自在舒坦。

這般想著，她心中越不是滋味起來，神色中露出自怨自艾來。

何氏只一眼，便瞧出了兒媳心中在想什麼，微微皺眉，懶得同她說什麼。

說句實話，她的確沒把兒媳當女兒疼，這一點她認！

那是因為兒媳待她也沒太多真心，當初安寧進門時，她又何嘗不是勞心勞力的？也從未幹過那些噁心人的事，納妾塞人的，她可一樣都沒做。

比起那些搓磨兒媳、看不慣兒子與兒媳好的婆婆，何氏自認已經算是極為和氣了，便是拿著家裡的銀錢不放，那也是因為小兒子硯哥兒還未成親。若是安寧這個長嫂大氣，她又何必來當這個壞人？

好在兒媳私心雖重了些，但大兒子還是很顧念著弟弟的，且孫兒敬哥兒也是個孝順乖巧的孩子，她也懶得與安寧計較太多，睜一隻眼、閉一隻眼便算了。

姜錦魚和嫂嫂不算親近，只是個面子情，更不會去拆自家娘親的臺，去大張旗鼓安慰。且在她看來，自家娘同惡婆婆這三個字，可相差太遠了。

真要說起來，他相公的繼母，那才是實打實的惡婆婆。

走了兩趟親戚，姜錦魚便不再出門，安心養胎了。

顧衍倒不似妻子這般閒著，起初是進宮教導太子學業，後來便領了刑部的差。刑部尚書年過花甲，是位走路都顫顫巍巍的老大人，此前倒還算得盡職二字，但見顧衍來了後，彷彿總算等到接班人，一股腦兒將手裡的差事都交了出去。若非顧衍攔了攔，刑部尚書怕是連尚書官印都要一併直接給了。

朝中百官皆是人精，自然看得出，陛下有意讓這位拿下遼州的顧大人來接刑部尚書的差。這般年紀就冒頭的刑部尚書，年紀有些嚇人，可資歷卻也不算淺，似他這樣出去歷練過的，提拔起來，朝中眾人也不敢說什麼。

因著相公在外顯赫了，連帶著姜錦魚這邊，也跟著熱絡起來，一時間竟有些門庭若市。姜錦魚本不喜炫耀，且自家又是剛回盛京，風頭太盛，並非好事，問過顧衍後，除開實在不好回絕的帖子，其餘皆以身子不適給回絕了。

朝中官夫人們雖能諒解，但到底覺得這位小顧夫人膽子是否太小了些，明擺著該替自家男人出來走動結交的時候，卻因捧著個大肚子，便不出來了？

有那眼紅的小官夫人，便也私底下嘲弄幾句酸話。「若是我家男人這般出息，莫說我還沒生，便是坐月子時候，我也得出來！這小顧夫人果然是小門小戶出來的，上不了檯面。」

但這話傳到那些一品、二品乃至宗室官眷的耳裡，便又成了笑話了。

有那一品官夫人關起門來，教導自家幾個女兒道：「有那工夫說酸話，才真正是上不了檯面。妳們且學著些，這位顧夫人進門得有些年頭了，顧大人從一介小官到如今天子近臣，可瞧見屋裡納妾進美了？這才是真正的有本事、有手段！」

女兒不解，還納悶道：「這得生得多美？」

那官夫人立即笑出聲了，道：「美不美的，天底下一等一的美人多了去了，也不見人人能這般。況且容顏易逝，妳們呀，聽娘一句勸，莫太把自己的容貌看得太重了。修心修德，遠勝過修容。」

而這事落到百官耳中，則又成了另一個意思了，搖著頭感慨。「看來這顧大人啊，是要走純臣的路子了。」

又囑咐妻兒。「莫去招惹顧大人的家眷，也不必太主動結交，若是遇著了，客客氣氣說上幾句話，不結怨便好了。切記別眼高於頂，得罪了人去。」

倏忽大半年過去，院裡的柳樹垂得進了池塘，夏風拂過，撩動一池水。

姜錦魚出月子已有一個多月，因這一胎是足月生的，又是實打實坐了雙月子，因而恢復得也極好。

她靠在榻上，臨湖的窗戶開著，偶有夏風吹進來，掠過湖面，熱意消散了大半，還帶著些許的涼意。

搖車上方掛著的鈴鐺時不時被風吹得叮噹作響，搖車裡的小女嬰便伸著白嫩的手去捉，她身子骨還軟著，自然捉不到，捉不到了，便著急的直哼哼。

「安安。」

姜錦魚喚著女兒的小名，將人抱進懷裡，見她黑溜溜的眸子望著自己，漆黑的睫羽翹著，臉上忽然露出天真的笑容來，大約是知道娘親會陪她玩，立即將那鈴鐺拋諸腦後了。

姜錦魚用個紅色的平安結逗了小傢伙一會兒，小安安便「啊啊」了兩聲，嬰兒語委實難懂，好在姜錦魚這個娘與她還算心有靈犀，囑咐小桃將門窗關了，自己帶著小安安進了帳子內，打算給她哺乳。

小桃細心將窗戶關上，又默默退出門，想去廚房要些水來，等會兒主子餵完小主子，定是要溫水擦身的。

一轉身，卻見大人站在不遠處，險些嚇得腿一軟，差點跪了下去。

近來顧衍接手了刑部的事務，刑部司罪罰重責，除了盛京官員犯法外，各地如滅門、殺親等案件，亦要呈刑部。窮凶極惡的人接觸多了，作為刑部實際上的老大，又是不苟言笑的性情，自然積威深重。莫說小桃怕他，便是那些窮凶極惡的犯人，見了他，同樣發怵。

顧衍抬眼。「夫人在屋裡？」

小桃忙不迭點頭。

顧衍未多言語，徑直推門進去。

小桃後知後覺反應過來：主子在給小小姐餵奶，大人怎麼就這麼進去了？

但讓她去攔，小桃也沒這樣大的膽子，只能硬著頭皮，去廚房要熱水。

姜錦魚聽到推門聲，還以為是小桃，沒太在意，注意力全放在鼓著腮幫子，吃得正起勁的小安安身上，見她吞嚥得著急，忍不住笑了句。「真是小豬。」

話音剛落，帳子便被掀開一角，姜錦魚第一反應便是側過身子，護住大朵快頤的小女兒，扭頭見是顧衍，臉登時紅了，連帶著耳後也如用了胭脂般。

顧衍反倒不以為恥，當了登徒子也不覺羞愧，好整以暇坐下，還不忘將帳子拉得嚴嚴實實的。

小安安還不知道自己被爹爹盯著，「目中無人」占著自己的口糧，在娘親暖乎乎的懷抱裡喝飽了奶，末了，還打了個奶香奶香的飽嗝。

姜錦魚見小安安飽了，忙就著先前側身的姿勢，將吃飽喝足的小安安放回榻上，也顧不得胸前的奶漬，忙將雪白的裡衣合攏，外裳整理好。

她收拾好，一回頭，便見自家小豬已經被爹爹哄睡了，吃飽喝足，攤著手腳呼呼大睡，不說一句「小豬」，實在說不過去。

見女兒睡了，姜錦魚才有臉說顧衍幾句。「你方才進來做什麼？好不正經！」

顧衍托著腮，點頭承認妻子的指認，簡直比他獄中那些被拷打怕了的犯人還索利。「在我自己的妻子面前，還正經什麼？」

姜錦魚被他反將一軍，又好笑又好氣，推他出去。「你出去，我換身衣裳。」

姜錦魚換好衣裳出來，便見顧衍坐在一邊，臉上倒是正經了，翻看著針線房那邊送來的衣裳圖冊，時不時在上面圈畫。

姜錦魚走過去坐下，顧衍順勢將圖冊放在桌上，點了點其中幾件，道：「我記得庫房還有幾疋霜絲，妳和安安做了衣裳穿。」

這料子輕薄帶涼，且不容易積汗，姜錦魚本打算給顧衍做裡衣的，他常在刑部，又是個事必躬親的性子，牢房悶熱，穿這料子恰好。

她道：「我和安安成日待在家裡，也不出門，用這料子做什麼？我都盤算好了，給你做兩套裡衣，瑾哥兒和瑞哥兒各做一套。剩下的，給安安做件肚兜和羅襪。」

顧衍卻不忍心委屈妻子，直接道：「我的就不必做了。瑾哥兒、瑞哥兒各做一套，剩下的給妳和安安用。」

不等姜錦魚說什麼，男人便將圖冊合上了。

姜錦魚打定主意，也不厚此薄彼了，索性每人各做一套便是，也不是什麼大事。

次日，瑾哥兒同瑞哥兒從宮中回來，竟還帶了個客人，可把府裡上下給嚇得不輕。

姜錦魚看著面前龍章鳳姿的貴氣少年，剛要行禮，對方已經側開身子，態度十分親和的擺手。「顧夫人不必多禮，孤今日是來同窗家做客，不必拘泥那些繁文縟節。」

姜錦魚本來心中還惴惴的，畢竟是東宮太子，聽聞小小年紀便被陛下帶在身邊，乃是未來要繼位的儲君，但看太子言行和氣，倒安下心了，把對方當作兒子帶回來的同窗對待。

「既如此，那讓瑾哥兒、瑞哥兒陪著您。臣婦去準備午膳，也不知太子殿下有無忌口？若是有，同臣婦說便是。」

第七十五章

姜錦魚打量著太子，太子也在打量著她，顧衍的夫人、姜宣的妹妹，恰好這兩位都是父皇為他準備的臣子。

他在宮中聽聞，這位顧夫人頗得顧衍寵愛，府中二子一女皆她所出。且尋常連縣令都好納妾蓄婢，獨獨顧大人，官居從一品，卻從無什麼桃色豔聞，儼然被這位顧夫人「治」得死死的。

他還曾聽父皇玩笑似的問過顧大人，要不要贈他幾個美婢？

結果也被拒了。

所以今日撞見顧瑾、顧瑞出宮，他就想跟著出來看看，這位顧夫人到底有什麼本事。

結果見了面，才發現，顧夫人容貌雖是不錯，但也稱不上什麼絕世美人，就是一普通的年輕婦人，只是言行舉止給他的感覺，很是溫柔，讓人覺得舒服自在。

他就不由得想到顧瑞在宮中時常掛在嘴上的，什麼「娘給我和哥哥做的小書袋」、「娘知道我要學射，親手給我和哥哥做的箭袋跟手套」等炫耀的話。

雖顧瑞這些話顯得幼稚，但說實話，他心裡是有幾分羨慕的。起初，是羨慕顧瑾和顧瑞黏在一起，兄弟親得猶如一個人，後來便是對顧瑞能有這個事必躬親的「娘親」生出了羨慕。

太子殿下想了想，道：「孤並無忌口，不過喜甜，聽瑞哥兒說顧夫人善做糕點，不知今日是否有幸嚐一嚐夫人的手藝。」

姜錦魚本來還擔心這位太子不好伺候，見他有什麼說什麼，不藏掖著，並非性情乖僻之人，倒覺得放心不少，含笑應下。

日子過得很快，眨眼又是三年。

「娘……娘……」

姜錦魚清晨便聽到外面傳來女兒的聲音，一迭連聲的，又軟又糯，比廚房的甜糕還要甜上幾分。

身旁陪她纏線的小桃，面上掛起了笑意，忙不迭起身去迎人。

片刻後，府裡千嬌萬寵的小姑娘，便邁著小步子，被小桃小心翼翼牽著進來了。

小姑娘很懂事，還不忘回頭道：「謝謝桃姨姨。」

小桃快羨慕死了，她自己生的是個渾小子，起初她也高興，卻很快發現，自家兒子就是個混世魔王，幸好自家相公還降得住。

小姑娘邁著小步子跑到自家阿娘身邊，湊上去，大眼睛眨巴了一下。

姜錦魚一看她這樣子，便曉得這孩子又有什麼小想法了，語氣十分淡定。「什麼事？」

顧安安被娘那麼一看，小姑娘縮了縮脖子，明明家裡哥哥們都怕爹爹，但在她眼裡，爹爹就是個紙老虎，從來不會對她動手，連紅一下臉都不會。

可溫柔的娘親就不一樣了，她要是不乖，娘親是真的會打她屁股的！

「找娘什麼事，說吧。」姜錦魚當作沒看見閨女那點眉眼官司，淡聲道。

顧安安仰著臉，笑得一臉乖覺，小嗓子甜得同姜錦魚幼時一般無二。「安安來給娘幫忙！娘，我來幫妳纏線！」

她捋起袖子，一副要大幹一場的陣仗。

姜錦魚淺笑著，也沒攔她，指了指方才小桃放下的那團紅線，道：「行，那妳弄吧。」

小姑娘朝那邊看一眼，傻了。她本來只是想象徵性的幫一下忙，然後娘肯定會心疼她累了，給她吃好多糕的！

可是——可是這麼多的線，得理到什麼時候去啊?!

姜錦魚抬起眼，看了眼「知難而退」的閨女，見她一張小圓臉苦哈哈的，嘴角都垂下來了，不由得心中好笑。

這丫頭也不知像了誰，大抵是從小時便被一家子寵著的緣故，膽子大得很，連長輩都敢算計。

她佯裝沒瞧見，安安抬頭看了眼阿娘，見她似乎沒有收回成命的意思，只得可憐兮兮去弄那團紅線了。

起初還有些浮躁，漸漸便做得入了神，也不去琢磨糕點不糕點的了。她小手穩穩的，將那些繞在一起的紅線一根一根拾出來，遇見線頭，也是皺著小眉頭，認認真真解開。

母女倆各顧各做著手裡的事，半個時辰之後，姜錦魚放下手裡的活兒，朝閨女招手。「安安，歇一歇，來娘這裡。」

顧安安眨巴眨巴眼睛，才從漸入佳境的解線事業中回過神，邁著小步子，一跳一跳跑到娘身邊。

然後，眼睛驀地一亮，看著娘身邊那一小碟的甜糕。

姜錦魚摸了一把閨女的腦袋，點頭道：「剩下的明日再來做，今日便先做到這裡，吃糕吧。」

安安心底一下子迸發出無窮的喜悅，感覺比平時吃到一大碟子的甜糕還要高興，一下子撲到娘懷裡，蹭得頭髮亂糟糟的。

「娘最好了！我最喜歡娘了！」

姜錦魚含著笑，拍拍閨女的腦袋。「頭髮都亂了，吃了糕，娘給妳梳頭。」

顧安安一邊斯斯文文吃著糕點，一邊點頭，感覺自家娘親就是天底下最好最好的娘了，又給吃甜糕、又給梳頭，一點也不凶！

母女倆親親密密的，在一旁的小桃卻是對自家夫人的手段服氣了。

難怪府裡幾個主子，全都對夫人言聽計從的，莫說打小便孝順的兩位公子，便是身居高位的大人，也從沒有個不字的。

下午時候，府裡來了客人，不是旁人，正是姜錦魚的多年好友商雲兒。

當年兩人在遼州分開後，沒多久便在盛京重聚了，商雲兒似乎當真沒有再嫁的意思，一人住在莊子裡，日子過得清閒。

商家人始終覺得這樣不好，一再給商雲兒找了好些人家，習文的、習武的，什麼樣的都有，後來甚至求到姜錦魚府上來了，讓她幫忙同商雲兒說說。

說實話，姜錦魚是覺得，這事是冷暖自知，再嫁不再嫁的，旁人勸也無用。但見商家人苦苦哀求，她倒也與商雲兒說了些體己話。

那時，她問商雲兒是不是打定主意不想再嫁了？商雲兒道：「自己日子過得極舒坦，幹麼為了嫁人而嫁人，萬一又不合適，豈不是又要和離？」

於是，姜錦魚便給她出主意，道：「倘若妳真的不想再嫁，那便過繼個孩子吧。妳父母那樣苦苦勸妳，無非是怕妳日後沒了依靠，一人孤苦伶仃的。」

商雲兒聽了勸，當真去過繼了個孩子。

那孩子是商家族中一遠房親戚的，雙親過世，本來便被四處丟來丟去，商雲兒不嫌棄，「撿」回來後就當作親生的孩子養著。

孩子過繼後，商雲兒的父母果真無二話可說，便不再逼著商雲兒再嫁了。

比起從前，商雲兒的眉眼多了幾分沈靜，不像在孟府時的易怒感傷，似乎離開孟旭之後，她反倒活出滋味來了。

姜錦魚笑看著她，道：「好些日子沒見妳了，又去哪兒遊山玩水了？」

商雲兒托著腮，笑咪咪道：「去爬峨眉山了，妳都不曉得，峨眉山上那群小猴子多惹人喜歡，跟孩子似的，也不怕人。」

她眉開眼笑描述著那毛茸茸的小猴子，一副恨不得帶回家養的模樣。

姜錦魚替她高興，笑道：「妳可比我們瀟灑多了。」

商雲兒端起茶水抿了一口，神情中多了分感激，道：「若非當時有妳支持我，我也未必能過上這樣瀟灑快活的日子。妳別看我過得灑脫，其實我有時候挺羨慕妳的，妳看妳家顧大人對妳多好，放個仙女在他跟前，也不見他多看一眼的。我呢，就孤家寡人一個了。不過啊，羨慕歸羨慕，我這性子，是真的不適合做人妻子。」

姜錦魚溫溫柔柔地笑，兩人際遇和經歷都相差甚遠，但感情卻一直莫名不錯。況且商雲兒過得好，也有她出過力，自然令人高興。

忽然，她想起了近日聽來的一樁事，抬眼道：「我聽說孟家在給孟旭找繼室。」

商雲兒撇撇嘴。「連妳也知道了啊。」

姜錦魚聞弦音而知雅意。「找到妳府上去了？」

商雲兒也不瞞著，索性攤開來說：「是啊，孟夫人還同我說什麼破鏡重圓，我與孟旭是天定姻緣。說倘若我進門，就讓盛哥兒也入族譜。哼！我才不稀罕給盛哥兒找個爹呢。」

那個珊娘是內奸的事情，後來商雲兒也知曉了真相，是姜錦魚告訴她的。

不過，對商雲兒而言，真相不真相的，實在沒有太大的意義。無論當時怎麼樣，孟旭不都沒能做出選擇嗎？而且，她是實在不適合婚姻。

同孟旭知曉真相後，悔不當初不同，商雲兒的傷口早就癒合了，頂多留下了一個疤，是磨滅不去的一段記憶，但早已不疼。

見商雲兒對孟家之事這般不上心，姜錦魚便也不再提，兩人又敘起了舊來。

春去秋來，眨眼間又是幾載。

這一年恰是姜老太的大壽辰，因著他們二房常年在外，不常在二老跟前孝敬，導致禮送得再多，仍是覺得做得不夠。幾番商議之下，眾人決定回鄉給老太太過壽。

姜錦魚同顧衍提了這事，顧衍第二日便進宮告假去了，他為官十數載，一直極為勤勉，交給他的事務，從未有過差錯，因而周文帝十分看重他，定了日子，便爽快允假。

回鄉途中，姜錦魚和阿娘乘同一輛馬車，娘兒倆難得有時間這樣坐在一處，便有一搭沒一搭聊著。

瑾哥兒、瑞哥兒和敬哥兒兄弟三人從馬車旁騎馬而過，瑞哥兒是個嘴甜的，也不知哪根樹梢摘來的一枝桃花，掀開簾子，隔著窗，便笑嘻嘻道：「娘，給您。」

姜錦魚含笑接過那花，囑咐了兄弟三人幾句，要他們騎馬小心些，累了便回馬車歇歇，別貪玩。

兄弟三人皆恭恭敬敬的應下來，又策馬騎到前頭去了。

回過頭，姜錦魚將那桃花放在矮桌的竹籃裡，隱隱的香氣倒是極好聞。

何氏看了看那枝花，忍不住笑道：「這幾個孩子裡，就數瑞哥兒嘴最甜。他的媳婦啊，我看妳這個做娘的，不用太操心了。」

姜錦魚抿唇笑。「都是好孩子，娶媳婦還早呢！」

兄弟三人都是前後腳出生的，最大的姜敬，也才十四歲，的確還早了些。

何氏倒有些感慨了，看著少年郎們，不由得便想起了綿綿十三、四歲的時候，搖著頭道：「妳現下覺得還早，可幾年的工夫一下子就過去了。我看著他們兄弟幾個，就想起你們兄妹小時候，真真是一眨眼，妳都當娘了，我都當祖母了。」

聽著何氏回憶了一下往昔，兩人又聊到了現實。

姜錦魚問：「嫂子怎麼沒一起來？」

何氏不怎麼在意，道：「她不大想來，我就沒提。反正妳阿弟也成親了，要爭還是要吵的，隨她們妯娌兩人也罷，總還有妳阿兄鎮著場子，出不了什麼大事。」

姜仲行今年便致仕了，他年紀還不算大，比起朝中一把年紀，還賴著不肯走、倚老賣老的老臣子們，姜仲行身子骨還硬朗得很。

但大兒子姜宣已在朝中站穩了腳跟，且頗受帝王愛重，小兒子那邊又有當大將軍的老丈人幫襯著，姜仲行自覺離鄉多年，未曾好好孝敬過雙親同岳父母，妻子跟著自己也是操勞半生，便同何氏兩人商量了後，主動上書致仕了。

姜仲行要回鄉，何氏自然也要跟著走，反正小兒子媳婦都娶了，又用不著她帶孫兒。

姜錦魚也很支持阿爹致仕這個決定，她一直覺得，自家阿爹為他們這個家付出太多了，若沒有他當時拚命考上去，他們姜家哪會有如今的日子？況且家裡阿兄和阿弟都能獨當一面了，也是阿爹能休息的時候了。

她點點頭，道：「阿兄一向是很有主見的，嫂子近年來性子是偏頗了些，但有阿兄看著，想來也不會有什麼事。娘您放心，還有我呢，我替您看著。」

他們兄妹三人自小感情很深，長大了雖各自成了家，聚少離多，但骨血親情不是輕易能夠疏遠的。便是阿娘什麼都不說，姜錦魚也不會全然不顧娘家的。

何氏點點頭，倒不是很在意，笑道：「隨他們去了，兒孫自有兒孫福。我和妳阿爹能做的，也就僅限於此，往後姜家如何，還是要看你們兄妹。便是妳阿爹不提致仕，我也打算不管事了。」

馬車走得不算快，慢悠悠行了一路，幾個小的甚至還策馬騎到途經的鎮子上，買了好些地方上的特產小食回來。

等車隊到雙溪村時，整個雙溪村都沸騰了。整個村子都曉得，姜家那個出息的姜二郎帶著媳婦、兒子們回來，都連忙出來看熱鬧。

以前姜仲行雖然也回來過，但只是探親，遠沒有這樣大的陣仗，這回卻是打算回來安家。

且周文帝見他一心要走，還給他賜了個縣裡的虛職，品階頗高，平日也不用管事，但真要論起來，便是縣令也要在他跟前低一頭。

姜家雖發達了，但姜老太和姜老爺子不喜歡城裡，覺得鄉下日子過得舒坦，便也一直住在雙溪村。

而姜家的院子早就是一修再修了，極為寬敞，倒不見得多奢華金碧輝煌，但裡頭住著卻不比城裡的宅子差。

進了屋，家人們見了面，姜老太當真是老淚縱橫了。

她年過古稀，自己也曉得，剩下的日子都是數著過的，如今老了有兒子、媳婦能陪在身邊，怎的不值得哭一場？

倒是姜老爺子，捋著花白鬍子，勸道：「老婆子，妳可別哭了！老二這不是回來了？往後都在家裡陪咱們了。」

姜老太不服輸，瞪了老伴一眼。「又不是你身上掉下來的一塊肉，你當然不心疼，不惦記了！」

姜老爺子一下子叫屈了。「我什麼時候說過不想了？我親兒子，我能不想？」

見二老又要鬥嘴，姜仲行忙雙手握住二老的手，安撫道：「爹、娘，我跟孩兒他娘，往後便留在家裡，不走了，好好孝敬孝敬你們二老。」

姜老太年紀大了，人卻比以前還要明事理些，除開跟老伴鬥鬥嘴，其餘時候皆是個好脾氣的老太太，一迭連聲應道：「好好。你啊，也要多陪陪親家們，你媳婦跟著你四處跑，親家們不比我們想得少。」

姜仲行好脾氣道：「是，都孝敬。」

老太太的壽辰還未到日子，幾個小的倒是半點不嫌棄鄉下偏僻無聊，帶著小安安滿村子的跑，跑得小安安都曬黑了些。

姜錦魚本還想說幾句，但看小女兒樂在其中，抓著根狗尾巴草都能當寶的小樣子，也不去說教了，姑娘養得太嬌氣也不大好。

晚間用了晚膳，顧衍陪著老丈人喝了點酒，帶著些醉意回房。

姜錦魚這時正隨手做護膝，見相公醉醺醺進來，忙起身去扶他。「怎麼喝了這麼多？秋霞，去膳房弄點醒酒湯，給我爹那裡也送一份過去。」

秋霞應聲出去了。

見屋裡沒人，顧衍不再收斂自己的動作，靠著妻子的肩，喟嘆了一聲。「爹開心，我陪他多喝了幾杯。」

然後又抓著姜錦魚的手，凝視著她的眼睛，語速慢吞吞的，大約是酒喝多了，道：「我覺得妳在這兒比在盛京要自在許多，其實我也是，我也不喜歡盛京。等瑾哥兒、瑞哥兒能當家作主了，我便致仕陪妳遊山玩水去。」

姜錦魚抿著嘴輕笑，抬眼看顧衍，見他一雙眼望著自己，亮晶晶的，跟星星似的，便好聲好氣順著他說：「好啊，那我可等著了。」

顧衍細細盯著燈下的妻子，只覺得她身上依稀還有初見那年那個胖丫頭的影子。她打小便心善，見他落在後頭，怕他孤單，主動伸手來拉他。

小姑娘時的妻子脾氣軟，現在卻是個很有威嚴的主母了，府裡、府外哪還有人敢冒犯她？但顧衍心裡就是覺得，他家妻子脾氣同從前一樣軟，心地同從前一樣善良，還是讓他喜歡到骨子裡。

他知道，府裡、府外有很多傳言，說顧尚書極疼妻子，但其實要讓顧衍來說，分明是他家綿綿更疼他。

就是到現在，府裡已經有那麼多的繡娘，他貼身穿的裡衣，都還是妻子親手做的。他疼她，不過是給她地位、金銀、首飾這等俗物，但綿綿給他的，卻是他暗暗期待已久的一個家。

顧衍拽著姜錦魚的手不放，姜錦魚也任由他拽著，等醒酒湯來了，耐心的餵他喝下，而後輕輕拍他的手臂。

「去榻上歇會兒吧？我把剩下的做完了，就來陪你。」

顧衍雖醉得不輕，但腦子倒還清明，聽了卻不肯起身，有點貪戀妻子身上令人心安的氣息。

姜錦魚拿他沒辦法，便陪他一道躺下，吹了燭，屋裡很黑，窗外卻有燈籠亮著，風呼呼颳著，吹得窗櫺窸窣作響。

兩人躺在榻上，都沒睡意，姜錦魚側過身，兩人面對面，在黑夜中望著彼此亮亮的眼睛。

姜錦魚忽然忍不住一笑，抿著嘴道：「醉貓似的，下回不許喝這樣多了，可不是年輕時候了，要好生保重身子。」

顧衍的臉黑了黑。

什麼叫不年輕了？他分明還年輕得很！雖比綿綿大了幾歲，但那點年歲算個屁？這可不能讓綿綿誤會了去。

遂翻身，壓到又軟又香的妻子身上，決定讓妻子親身感受一下，他到底老沒老？

——全書完

文創風
869

好運綿綿 3 完

國家圖書館出版品預行編目資料

好運綿綿 / 采采著. --
初版. -- 臺北市 : 狗屋, 2020.07
冊 ; 公分. --（文創風）
ISBN 978-986-509-126-2（第3冊：平裝）. --

857.7　　　　109007943

著作者	采采
編輯	林俐君
校對	黃薇霓
發行所	狗屋出版社有限公司
地址	台北市104中山區龍江路71巷15號1樓
電話	02-2776-5889～0
發行字號	局版台業字845號
法律顧問	蕭雄淋律師
總經銷	知遠文化事業有限公司
電話	02-2664-8800
初版	2020年7月
國際書碼	ISBN-13　978-986-509-126-2

本著作物由北京晉江原創網絡科技有限公司授權出版

定價250元
狗屋劃撥帳號：19001626
網址：love.doghouse.com.tw　E-mail：love@doghouse.com.tw